張愛玲

張愛玲譯作選二

老人與海・鹿苑長春

主編的話

在文學的長河裡，張愛玲的文字是璀璨的金沙，歷經歲月的淘洗而越發耀眼，而張愛玲的身影也在無數讀者心中留下無可取代的印記。

為紀念張愛玲百歲誕辰及逝世二十五週年，「張愛玲典藏」特別重新改版，此次以張愛玲親筆手繪插圖及手寫字重新設計封面，期盼能帶給讀者全新的感受，並增加收藏的意義。

「張愛玲典藏」根據文類和作品發表年代編纂而成，包括張愛玲各時期的長篇小說、短篇小說、散文和譯作等，共十八冊，其中散文集《惘然記》、《對照記》本次改版並將增訂收錄近年新發掘出土的文章。

一樣的悸動，一樣的懷想，就讓我們透過全新面貌的「張愛玲典藏」，珍藏心底最永恆的文學傳奇。

宏觀與細品
——《張愛玲譯作選二》導讀

【《張愛玲學》作者】高全之

一

本書所收都是絕跡近二十年的寶貴文獻：張譯《老人與海》、《鹿苑長春》，以及張愛玲兩篇散論：〈《老人與海》譯者序〉、〈《鹿苑長春》譯後〉。另加〈海明威論〉，該文之前已收錄在皇冠版「張愛玲全集」中。

本文第二節試答這個問題：除了幫助皇冠版「張愛玲典藏新版」漸趨完備之外，本書在張學研究裡還有什麼意義？本文第三節試尋這兩部翻譯小說值得我們注意的原因。

二

試提本書在張學研究裡三種可能的意義。

其一，它曾幫助作者結緣交友。兩部受譯小說各有其他華文譯本，張譯都最早。一馬當先，當然與她翻譯《老人與海》有關。

張愛玲一九五二年在香港應徵美國新聞處公開徵求海明威《老人與海》譯員的報紙廣告。經過面談，得到那份差事。香港美新處翻譯計劃負責人宋淇當時已久聞張愛玲大名[1]，宋淇太太鄺文美原本就是張迷[2]。香港美新處處長麥卡錫曾說張譯《老人與海》「立即被稱許為經典」[3]。所以本書攜帶著作家傳記資料：張譯《老人與海》，從而結識了三位長期支持她文學生涯的摯友：麥卡錫、宋淇、鄺文美。

其二，本書引領我們回顧香港美新處譯叢的歷史貢獻。香港美新處先取得《老人與海》翻譯權，然後才找譯員[4]，可見選書的決定權主要屬於香港美新處。這很有意思。張與香港美新處合作翻譯的作品，本書所收即其兩例，代表美國文化精華。較諸一九三一年賽珍珠開始在美國多次勇敢指出基督教會在華傳教強勢硬逼，具有文化與種族優越姿態的種種不當[5]，二十一年後，張參與的翻譯計劃實為開明和平的文化推介措施。

其三，翻譯類同或勝於細讀，我們必須追問本書所收兩部小說是否影響了張愛玲小說創作？如果答案是正面的，那些衝擊為何？《秧歌》英文版完成於中文版之前，《老人與海》的英文書寫風格是否直接左右了《秧歌》英文版的文字：句子簡短、意象突顯奪目？〈《鹿苑長春》譯後〉注意到：「寫父愛也發掘到人性的深處。」在張愛玲小說裡，那種樸實可靠的父愛是否通盤絕跡？《老人與海》與《鹿苑長春》都呈現張愛玲小說裡難得一見的強勁男性力道，張愛玲是否在創作裡完全沒有表示過對男性強勁生命的呼喚或嚮往？

凡此總總，都是本書刺激我們，值得深思的問題。

三

從翻譯角度來看，只要「保留張譯本的原貌」仍為重點，其結果就不可能是人人都滿意的完美譯文。張譯在氣定神閒裡間或夾雜著倉促。種種跌蕩未曾完全囚禁本書的可讀性，但是如果讀者有意藉由本書攝取原作精髓，則必須了解張譯與原作的異別。珍貴歷史原貌裡的確蘊藏著張譯與原作併讀所引起的幾個有趣的翻譯議題。

現存的譯評當然可資參考[6]。我們略提三類顯而易見的問題。第一類是黑白分明的絕對對錯。舉個例子，《老人與海》有句「我去弄點沙汀魚給你明天吃」，原文無「吃」字，改為「用」較好，沙汀魚用來釣大魚，不供漁人吃食。

第二類是前後不一致。舉個例子，《老人與海》明明譯對了「露台酒店」，偏偏出現「他們在露台上坐著」與「露台上很愉快，晒著太陽」。因為露台上可泛指普通露天平台之上，易生誤導，前者應為「他們在露台酒店坐著」，後者可試「露台酒店滿舒適，太陽晒著」。

第三類牽涉到張譯的第三人稱代名詞用法。《鹿苑長春》獵犬老裘麗亞，譯文沿用原文的

「她」。張注意到獵犬具有家庭成員的身份。問題主要在於《老人與海》。

老漁夫與大魚認同的證據昭著：老漁夫明言兩者都不像鯊魚吃食其他動物腐肉，皆兩敗俱傷，同為鯊魚殺手，並且稱大魚為朋友和兄弟。然而此非作者採用擬人化「他」指大魚的主因。理由很簡單：大魚之外，原文還使用了「他」稱其他動物，如鯊魚，黑鳥，鯕鰍，飛魚，鮪魚等等。容我們另闢蹊徑。在航程中，除了稍後即將討論的情況之外，每當老漁夫遇見引起任何思維感觸，甚至對其揚聲發話的生物，都從海明威向來一貫的男性主義直覺去稱「他」，那是個男性交往的世界。鯊魚和大魚與老漁夫一爭高下，乃搏鬥對手，尤其必須是雄性，好男不與女鬥。所以原文用「他」而不用「她」，暗藏著性別認證的選擇與偏見。中性的「牠」或「它」無從傳達這些文學詮釋。

與上述解釋和諧一致的特殊情況有三。其一，老漁夫不以海洋為競爭對手或仇敵，視海洋為有時無法控制自己的女性的「海娘子」。其二，有別於其他動物，兩條馬林魚出自老漁夫憶述，並非老漁夫目睹當刻的直覺描繪。憶述經過漁獵經驗與知識過濾，所以兩魚性別認定相當確切，原文用「他」、「她」，刻意肯定動物兩性之愛。其三，老漁夫罵大水母為「婊子」，實屬性別歧視的粗言穢語。張譯「大水母」，沒錯，實際上原文指形狀像水母的有機體。水母或任何看來像水母的有機體都未必就是婊子。

所以試提兩問。譯文應按照原文以「他」指稱大魚，鯊魚，黑鳥，鯕鰍，飛魚，鮪魚？譯文該遵循原文用「他」、「她」識別兩條馬林魚？

張在世時候的張譯評論以及她本人回應譯評的紀錄都少見。魯迅的翻譯經驗不同，魯迅耿耿於懷梁實秋責他硬譯[7]。張譯評論恰巧多是她的身後事。

沒有必要追究譯者是否具有正式翻譯訓練，當年的翻譯學科絕無現今這般繁複成熟。舊版或筆誤或校對粗疏，大多與張的工作方式有關。目前沒有資料顯示譯者張愛玲曾有助理或幫手。我們猜想就翻譯而言，她是埋頭苦幹的個體戶。

團隊工作確能幫助翻譯。賽珍珠幼年曾隨華人家教學習中國舊學，能讀文言與白話，然而為慎重計，花了四年英譯《水滸傳》，每天定時請華人學者朗讀並且討論原文，賽珍珠弄懂了原文裡的中國方言，才逐字逐句翻譯成英文[8]。

張愛玲〈《老人與海》譯者序〉提到「海明威最常用的主題是毅力」。值得進一步注意故事裡老漁夫表現了具有宗教情操式的毅力。

小說提到基督聖心彩畫、聖母像、《天主經》與《聖母經》。危急時刻，老漁夫求助上帝。作者甚至以鐵釘貫穿手掌到木頭而不由自主發出的聲音來形容老漁夫見到鯊魚時的呼叫，令人聯想基督釘十字架。然而海明威刻意不讓天主教義規範生命毅力，因為老漁夫說過：「我不是虔誠信教的。」若即若離的用意在於：先藉老漁夫所熟悉的具體宗教形像（聖畫、聖像）與行為（唱經）來攀登宗教的高峯，再由那心存懷疑的提法來超脫特定宗教的束縛。作者暗指人類的普遍宗教經驗，並以其與生命毅力互通有無。

老漁夫「夢見加那利群島的各個海口與碇泊所」。加那利群島屬西班牙，所以老漁夫可能是故事發生地點古巴的西班牙移民。如果這個假設可予成立，酒店老板送的哈杜依啤酒就具特殊意涵。哈杜依是領導古巴土著反抗西班牙殖民侵略者而犧牲成仁的英雄，他的名字後來被用為當地酒牌。赤貧西班牙移民喝哈杜依啤酒，就有風消雲散、種族衝突變成融和的歷史情懷。

《鹿苑長春》譯本所據，乃美國的英文刪節本。今日常見的英文全本有三十三章。張譯得二十一章。刪節高明，未留斧痕，保存了原著的主要題旨：男主角喬弟在農家生計與寵物保護的矛盾之中，體會到兩者不可兼得的必要。雖屬無奈，卻是領悟與成熟。

讀者也許有興趣知道：在英文全本裡，辨尼和喬弟終究成功獵殺了那隻咬死母豬的野熊「老八字腳」。辨尼在事成當刻高興唱了個短歌。全本有不同版本。有的版本把短歌歌詞裡現在公認政治不正確的英文字「黑鬼」改為「黑人」。

《鹿苑長春》的人物對話顯然是翻譯過程裡的一大挑戰。這些未受學校正規教育的貧農說話有時不合文法，發音特怪，作者勞林斯就用字典裡絕對找不著的、特殊的英文字拼法去模擬那些聲響。然而蠻荒鄉野的腔調，半文明氣息的珍賞，在翻譯過程裡完全脫隊流失。這不能怪張愛玲。任何人來翻譯大概都會同樣束手無策。馬克吐溫名著《哈克貝利費恩冒險記》裡黑奴講的話，也是翻譯的大難題。

王禎和小說裡有些台灣話保存著中原古音，在中國章回小說裡還看得到。王禎和就用同樣的字眼來書寫那些台灣話文字。一旦翻譯成外文，與遠古遙相應合的裊裊聲韻大概就消逝無踪，不再縈繞於外文讀者耳際。

《老人與海》與《鹿苑長春》都是窮人故事。海明威與勞林斯個別成功刻劃了那些窮人的富足，不受俗世名利牽制，乃生命的豐饒。由本書所收的〈譯者序〉與〈譯後〉看來，張愛玲曾經心生讚賞。她還另外說過海明威不過時²。今日視之，這兩篇小說英文原著還在流通，仍受重視。本書張譯經過整理之後面目一新，風采依舊，也許值得讀者細嚼慢嚥。

本文承鄭樹森教授過目指正，特此致謝。

1．見宋以朗〈《張愛玲私語錄》全書前言〉，收入宋以朗主編《張愛玲私語錄》，香港皇冠，二〇一〇年七月，頁5。

2．見鄺文美〈我所認識的張愛玲〉，見註1，頁12。

3．見高全之〈張愛玲與香港美新處——訪問麥卡錫先生〉，收入高全之《張愛玲學》，台北麥田，二〇一一年七月增訂二版，頁253。

4．見註1，頁5。

5．Spurling, Hilary, 《Pearl Buck In China, Journey To The Good Earth》,New York: Simon & Schuster，二〇一〇年，頁203—207、210。

6．有關張愛玲譯評，可參考單德興〈含英吐華譯者張愛玲——析論張愛玲的美國文學中譯〉、〈冷戰時代的美國文學中譯——今日世界出版社之文學翻譯與文化政治〉，收入單德興《翻譯與脈絡》，台北書林，二〇〇九年。另外，陳一白〈談談《老人與海》的三種譯本〉，東方早報，二〇一一年一月九日。

7．北京人民文學出版社《魯迅全集》有好幾篇反擊梁實秋的文章。較醒目的是〈「硬譯」與「文學的階級性」〉，第四卷，頁199—277，二〇〇五年十一月。

8．見註5，頁50、189。賽珍珠一生毫無保留全心尊敬的老師，除了兼任兒女家教的生母之外，就是華人家教龔老師（暫譯，Mr. Kung）。

9．見註1，頁26。

目錄

老人與海

海明威——著

譯者序

我對於海毫無好感。在航海的時候我常常覺得這世界上的水實在太多。我最贊成荷蘭人的填海。

捕鯨、獵獅，各種危險性的運動，我對於這一切也完全不感興趣。所以我自己也覺得詫異，我會這樣喜歡《老人與海》。這是我所看到的國外書籍裏最摯愛的一本。

海明威自一九二幾年起，以他獨創一格的作風影響到近三十年來世界文壇的風氣。《老人與海》裏面的老漁人自己認為他以前的成就都不算，他必須一次又一次地重新證明他的能力，我覺得這兩句話非常沉痛，彷彿是海明威在說他自己。尤其因為他在寫《老人與海》之前，正因《過河入林》一書受到批評家的抨擊。《老人與海》在一九五二年發表，得到普利澤獎金，輿論一致認為是他最成功的作品。現在海明威又得到本年度的諾貝爾文學獎金——世界寫作者最高的榮譽。雖然諾貝爾獎金通常都是以一個作家的畢生事業為衡定的標準，但是這次在海明威著作中特別提出《老人與海》這本書，加以讚美。

老漁人在他與海洋的搏鬥中表現了可驚的毅力——不是超人的，而是一切人類應有的一種風度，一種氣概。海明威最常用的主題是毅力。他給毅力下的定義是：「在緊張狀態下的從容。」書中有許多句子貌似平淡，而是充滿了生命的辛酸，我不知道青年的朋友們是否能夠體會到。這也是因為我太喜歡它了，所以有這些顧慮，同時也擔憂我的譯筆不能達出原著的淡遠的幽默與悲哀，與文字的迷人的韻節。但無論如何，我還是希望大家都看看這本書，看了可以對我們這時代增加一點信心，因為我們也產生了這樣偉大的作品，與過去任何一個時代的代表作比較，都毫無愧色。

張愛玲

一九五四年十一月

他是一個老頭子，一個人划著一隻小船在墨西哥灣大海流打魚，而他已經有八十四天沒有捕到一條魚了。在最初的四十天裏有一個男孩和他在一起。但是四十天沒捕到一條魚，那男孩的父母就告訴他說這老頭子確實一定是晦氣星——那是一種最最走霉運的人——於是孩子聽了父母的吩咐，到另一隻船上去打魚，那隻船第一個星期就捕到三條好魚。孩子看見那老人每天駕著空船回來，心裏覺得很難過，他總去幫他拿那一捲捲的鈎絲，或是魚鈎和魚叉，還有那捲在桅杆上的帆。帆上用麵粉袋打著補釘；捲起來的時候，看上去像永久的失敗的旗幟。

老人瘦而憔悴，頸後有深的皺紋。面頰上生著棕色的腫起的一塊塊，那是熱帶的海上反映的陽光晒出來的一種無害的瘤。順著臉的兩邊，全長滿了那腫起的一塊塊。他的手因為拉繩子，拖曳沉重的魚，有紋路很深的創痕。但是沒有一個傷痕是新的，都是古老的，像一個沒有魚的沙漠裏被風沙侵蝕的地層一樣。

他的一切全是老的，除了他的眼睛，眼睛和海一個顏色，很愉快，沒有戰敗過。

「山蒂埃戈，」那孩子對他說，他們把小船拉到岸上，正從那裏爬上去。「我又可以跟你一同去了。我們賺了點錢。」

老人教了這孩子怎樣打魚，孩子愛他。

「不，」老人說。「你現在這條船運氣好。你跟著他們吧。」

「但是你記得有一次你八十七天沒打到魚，然後我們接連三個星期，天天捉到大魚。」

「我記得，」老人說。「我知道你不是因為疑心我運氣壞所以離開了我。」

「是爸爸叫我走的。我是一個小孩，我得要聽他的話。」

「我知道，」老人說。「這是很正常的。」

「他沒有多少信心。」

「他沒有，」老人說。「可是我們有。是不是？」

「是的，」孩子說。「我請你到露台酒店吃杯啤酒，行不行，然後我們把東西拿回去。」

「有什麼不行呢？」老人說。「大家都是漁夫。」

他們在露台上坐著，許多漁夫都取笑那老人，他並不生氣。另有些年紀大些的漁人向他看看，覺得很難過。但是他們並不露出來，他們很客氣地談論著那潮流與他們垂釣的深度，還有這一向天氣一直這樣好，還有他們的見聞。今天收穫好的漁人都已經回來了，把他們的馬林魚宰殺了，把魚平放在兩塊木板上，一頭一個人抬著，蹣跚的走到魚房裏，在那裏等著冰車把魚運到哈瓦那的市場去。捉到鯊魚的人把牠們送到那小海灣另一邊的鯊魚廠去，用滑車把牠們吊起來，把肝拿掉，鰭割掉，皮剝掉，肉切成一條條預備醃。

東面有風來的時候，有一股氣味從海港那一邊的鯊魚廠裏吹過來。但是今天只有微微的一點氣味，因為轉了北風，然後風息了，露台上很愉快，晒著太陽。

「山蒂埃戈，」孩子說。

「噯。」老人說。他拿著酒杯，在那裏想許多年前的事。
「我去弄點沙汀魚給你明天吃，行不行？」
「不。去打棒球吧。我還能夠划船，羅琪里奧可以撒網。」
「我很想去。如果我不能夠跟你一塊兒打魚，我想給你做點什麼別的事。」
「你請我吃了杯啤酒，」老人說。「你已經是個大人了。」
「你第一次帶我到船上去的時候，我幾歲？」
「五歲，你差一點送了命，那天還沒到時候，我就把魚拖上來，牠差點把船弄碎，你記得嗎？」
「我記得那尾巴拍拍砰砰地打著，划船人的座位也破了，還有你用木棒打牠的聲音。我記得你把我丟到船頭去，那兒堆著濕淋淋的一捲捲的釣絲，我可以覺得整個船在那裏抖，還有你用木棒打牠的聲音，就像砍樹一樣，我混身都是那甜甜的血腥氣。」
「你真的記得這些麼，還是我告訴你的？」
「自從我們第一次一塊兒出去，樣樣事情我都記得。」
老人用他那日炙的、有自信心的眼睛愛憐地望著他。
「你如果是我的孩子，我就帶你出去碰碰運氣，」他說。「但是你是你父親你母親的孩子，你現在這條船又運氣好。」

「我去弄點沙汀魚好麼？我還知道有一個地方可以弄到四個餌。」

「我今天的還剩在那裏。我把牠們用鹽醃了起來放在盒子裏。」

「讓我去給你弄四隻新鮮的。」

「一隻，」老人說。他從來沒有失去希望和信心。但是現在它們變得更清新有力了，就像一陣風刮起來一樣。

「兩隻，」孩子說。

「兩隻，」老人同意了。「不是你偷來的吧？」

「我不是不肯偷，」孩子說。「但這是我買的。」

「謝謝你，」老人說。他竟能夠這樣謙虛——他太單純了，以至都沒有奇怪自己什麼時候才達到這樣謙虛的地步。但是他知道他很謙虛，他也知道謙虛並不丟臉，而且也無傷他真正的自尊心。

「明天一定收穫好，有這潮水，」他說。

「你預備到哪裏去？」孩子問。

「老遠的，等風轉了向再回來。我要天亮前就出去。」

「我來試著叫他也到遠處去打魚，」孩子說。「那麼假使你釣著一條真正大的，我們可以來幫你的忙。」

「他不喜歡到太遠的地方去打魚。」

「是的，」孩子說。「但是有些東西他看不見的，我看得見，譬如有一隻鳥在那裏捉魚，那我就可以叫他去釣鱰鰍。」

「他的眼睛這樣壞？」

「他差不多瞎了。」

「這很奇怪。他從來也沒有去捕龜，那最傷眼睛了。」

「可是你在蚊子海岸那邊捕了許多年海龜，你的眼睛還是好的。」

「我是個奇怪的老頭子。」

「可是你現在對付一條真正的大魚，力氣夠不夠？」

「我想夠的。而且還有許多訣竅。」

「我們來把東西拿回去吧，」孩子說。「我好去拿網，再去弄沙汀魚。」

他們把用具從船上拾起來。老人扛著桅杆，孩子拿著木箱，箱子裏裝著一捲捲編得硬硬的棕色釣絲，還有魚鈎，魚叉，和魚叉的柄。裝餌的盒子擱在小船的船尾，和木棒放在一起，木棒是用來制伏大魚的，把那魚已經拖到船邊的時候，用木棒打牠。沒有人會偷老人的東西，但是帆和粗釣絲還是拿回家去的好，因為怕露水，而且，雖然他很確定本地人沒有一個會偷他的東西，老人總覺得不必把魚鈎和魚叉丟在船上，引誘人家。

他們一同沿著路走上去，來到老人的小屋裏，門開著，他們走進去。老人把那裹著布帆的桅杆倚在牆上，孩子把箱子和其他的工具擱在旁邊。桅杆差不多有小屋裏唯一的這間房一樣長。小屋是用一種棕樹結實的嫩葉造成的。小屋裏有一張床，一張桌子，一張椅子，泥地上有一個地方可以用炭來燒飯。纖維堅強的棕樹葉子，壓扁攤平了，組成棕色的牆，牆上掛著一張基督聖心的彩色畫，還有一張是考伯的聖處女。這些都是他的妻子的遺物。從前有一張他的妻的著色照片掛在牆上，但是他把它拿下來了，因為看著它使他太寂寞，現在它在牆角的木架上，在他的乾淨襯衫底下。

「你有什麼吃的？」孩子問。

「一鍋黃米飯，就著魚吃。你可要吃一點？」

「不。我回家去吃。你可要我生火？」

「不。我等一會再生火。或者我說不定吃冷飯。」

「我把網帶回去，行不行？」

「當然。」

並沒有網這樣東西，孩子也記得他們那時候把它賣了。但是他們每天總要假造著，來這麼一套。也並沒有一鍋黃米飯和魚，孩子也知道。

「八十五是個吉利的數目，」老人說。「我明天要是釣到一個一千多磅重的，你樂意不樂意？」

「我去拿網，再去弄沙汀魚。你坐在門口的太陽裏，好不好？」

「好。我有昨天的報，我來看看棒球的新聞。」

孩子不知道昨天的報是否也是假的。但是老人把它從床底下拿了出來。

「泊利戈在酒窖裏給我的。」

「我拿到了沙汀魚就回來。我來把你的同我的都放在冰上，我們早上可以一人一半。我回來的時候你可以告訴我棒球的新聞。」

「洋基隊不會輸的。」

「但是我怕克利夫蘭的印第安隊。」

「我的孩子，你要對洋基隊有信心。你想想那偉大的狄瑪奇奧。」

「底特律的虎隊和克利夫蘭的印第安隊我都怕。」

「當心點，不然你連辛辛那提的紅隊和芝加哥的白襪隊都要怕起來了。」

「你研究研究它，等我回來的時候告訴我。」

「你想我們可要買一張彩票？尾數要它是八十五，明天是第八十五天。」

「我們可以買，」孩子說。「但是你那八十七天的偉大的紀錄呢？」

「同樣的事情不會發生兩次的。你想你可以買到一個八十五嗎？」

「我可以定一張。」

「一張。那是兩塊半錢。我們可以跟誰借呢？」

「那很便當。我兩塊半錢總借得到的。」

「我想我也許借得到。但是我總想避免借錢。先是借錢，後來就要討飯了。」

「老頭子你穿得暖和點，」孩子說。「你要記得現在是九月了。」

「正是大魚來的月份，」老人說。「五月裏是誰都可以做個漁夫，不希奇的。」

「我現在去拿沙汀魚，」孩子說。

孩子回來的時候，老人坐在椅上睡熟了，太陽下去了。孩子把床上那條舊軍毯拿起來，攤在椅背上，蓋住老人的肩膀。是奇異的肩膀。雖然非常老了，仍舊壯健，頸項也強壯，老人睡熟的時候頭向前傾，頸上的皺紋就沒有那樣明顯。他的襯衫已經補過這麼許多次，簡直和那帆差不多了，補釘被太陽晒得褪成各種不同的顏色。但是老人的頭部是非常衰老的，眼睛一閉著，臉上就沒有生命。報紙攤在他的膝蓋上，他的手臂把它壓牢在那裏，不被晚風吹去。他赤著腳。

孩子把他留在那裏，他再回來的時候，老人還在睡著。

「老頭子醒醒吧，」孩子說，他把一隻手放在老人的膝蓋上。

老人張開眼睛，在那一剎那間，他是從很遠的地方回來。然後他微笑了。

「你手裏拿著什麼？」他問。

「晚飯，」孩子說。「我們要吃晚飯了。」

「我不大餓。」

「來吃吧。你不能打魚而不吃飯。」

「我試過了。」老人說，一面站起來，拿起報紙把它折疊起來，然後他開始來疊毯子。

「你還是把毯子圍在身上吧，」孩子說。「只要我活在世上一天，決不讓你打魚不吃飯。」

「那麼你活得長長的，好好當心你自己，」老人說。「我們吃什麼？」

「黑豆和米飯，煎香蕉。還有點燉肉。」

孩子從露台酒店，把飯菜裝在一個雙層的金屬品食盒裏帶了來。兩副刀叉和匙子裝在他口袋裏，每一副外面裹著一張紙巾。

「這是誰給你的？」

「馬丁。那老板。」

「我得要謝謝他。」

「我已經謝過他了，」孩子說。「你用不著去謝他。」

「我下回把一條大魚的肚肉給他，」老人說。「他給我們東西可是已經不止一次了？」

「我想是的。」

「那我除了肚肉一定還要多給他一點。他對我們非常體貼。」

「他送了兩份啤酒來。」

「我最喜歡聽裝的啤酒。」

「我知道，但這是瓶裝的，哈杜依啤酒，我把瓶送回去。」

「你真好，」老人說。「我們該吃了吧？」

「我剛才已經在叫你吃了，」孩子柔和地告訴他。「我想等你預備好了再把食盒打開。」

「我現在預備好了，」老人說。「我只需要一點時候洗刷洗刷。」

你在哪裏洗呢？孩子想。村莊裏的蓄水，沿著這條路走下去要隔兩條街。我得要給他弄點水在這裏，孩子想，還要肥皂和一條好毛巾。我為什麼這樣粗心？我得要給他另外弄件襯衫，還有一件外衣冬天穿，還要一雙隨便什麼鞋子，和另外一條毯子。

「你這燉肉真不錯，」老人說。

「你講棒球的事給我聽。」孩子請求他。

「在美國聯賽裏就推洋基隊了，我早就說過，」老人快樂地說。

「他們今天輸了，」孩子告訴他。

「那不算什麼。偉大的狄瑪奇奧又恢復了往日的雄風。」

「他們這一隊裏也還有別人。」

「那自然。可是有了他就兩樣了。在另外那個聯賽裏，在布魯克林和費城兩隊裏面，我還是寧願要布魯克林隊。可是我又想起狄克．西斯勒，在老球場裏那樣有力地一記記打過去。」

「從來沒有人打過像他們那樣的球。我看見過的人裏是他打得最遠了。」

「你可記得那時候他常常到露台酒店來？我想要帶他去打魚，可是我膽子太小，沒敢問他。後來我叫你問他，你也膽子太小。」

「我知道。我們真不該那樣。他也說不定會跟我們去的。那就夠我們快樂一輩子的。」

「我很想帶偉大的狄瑪奇奧去打魚。」老人說。「他們說他父親是一個漁夫。也許他從前也跟我們一樣窮，那他就會懂得的。」

「偉大的西斯勒的父親從來沒窮過。他（那父親）像我這樣年紀的時候就在大聯賽裏打球了。」

「我像你這樣年紀的時候，在一條專跑非洲的方帆的船上當水手，我晚上在海岸上看見過獅子。」

「我知道，你告訴我的。」

「我們談非洲還是談棒球？」

「我想還是棒球，」孩子說。「你講給我聽偉大的約翰．傑．麥格勞的事。」他把「傑」

說成「喬塔」。

「他從前有時候也到露台酒店來，但是他喝醉了就粗野起來，說話很兇，脾氣壞。他心心念念除了棒球還有賽馬。至少他是一天到晚口袋裏都裝著馬的名單，並且常常在電話上說馬的名字。」

「他是個偉大的經理，」孩子說。「我父親認為他是最偉大的一個。」

「因為他到這裏來的次數最多，」老人說。「假使杜洛歇繼續著每年到這裏來，你父親一定認為他是偉大的經理。」

「誰是真正的最偉大的經理呢，魯克還是邁克．岡沙列茲？」

「我覺得他們倆不分上下。」

「最好的漁夫是你了。」

「不。我知道有別人比我好的。」

「到哪兒去找呢？」孩子說。「有許多的漁夫，也有幾個偉大的。但是只有一個你。」

「謝謝你。我聽你這樣說我真快樂。我希望不會來一條大魚，大到那麼個地步，我對付不了牠，那樣就顯得我們是在吹牛了。」

「沒有這樣的魚，只要你仍舊那麼強健，像你說的那樣。」

「我也許不像我自以為的那麼強健，」老人說。「但是我知道許多訣竅，而且我有決心。」

「現在你就該去睡了，早上才有精神。我來把東西送回露台去。」

「那麼祝你晚安。我早上來叫醒你。」

「你是我的鬧鐘。」孩子說。

「年紀是我的鬧鐘，」老人說。「為什麼老頭子都是早上醒得這樣早？是不是要這一天長一點？」

「我不知道，」孩子說。「我就知道年青的男孩子醒得晚，睡得沉。」

「我會記得的，」老人說。「我到時候會叫醒你。」

「我不喜歡讓他來叫醒我。好像我比他低一級。」

「我知道。」

「老頭子，希望你睡得好。」

孩子出去了。他們剛才吃飯，桌上並沒有點燈。老人脫掉長袴，在黑暗中上床。他把袴子捲成一捲當作枕頭，中間塞著報紙。他把毯子裹在身上，睡在墊在床上鋼絲上的舊報紙上面。

他很快就睡熟了，他夢見非洲，在他還是個孩子的時候；還有些長長的金色的海灘，和那白色的海灘，白得耀眼，和那崇高的海岬，和棕色的大山。他現在天天晚上住在那海岸上，在他的夢裏他聽見海濤的吼聲，看見土人的小船破浪而來。他睡夢中嗅到甲板上焦油和碎繩的氣味，他也嗅到非洲的氣味，早晨陸地上吹來的風帶來的。

他通常都是一嗅到陸地上吹來的風就醒了，穿上衣服就去把孩子叫醒。但是今天夜裏那陸地上吹來的風來得非常早，他在夢裏也知道是太早，就繼續做夢，看見羣島的白色尖頂從海中突出來，然後他夢見加那利羣島的各個海口和碇泊所。

他現在不再夢見風暴了，也不夢見女人，也不夢見什麼大事，或是大魚，或是打架，或是角力，也不夢見他的妻。他現在只夢見各種地方，還有海灘上的獅子。牠們像年青的貓一樣在黃昏中遊戲，他愛牠們就像他愛那孩子一樣。他從來不夢見那孩子。他就這麼醒過來了，門開著，他向門外望了望月亮，把捲著的袴子攤開來，穿上去。他在小屋外面溺了泡尿，然後沿著路走上去叫醒那孩子。他在清晨的寒冷中顫抖著。但是他知道抖一會就會暖和的，而且他不久就要划船了。

孩子住的房子，門沒有上閂，他開了門，靜靜地走進去，赤著腳。孩子在第一間房裏睡在一張小床上，月亮就要落下去了，月光照進來，老人可以很清楚看見他。他溫柔地握住一隻腳，一直握著它，直到那孩子醒過來，翻過身來向他望著。老人點點頭，孩子就從床旁邊一張椅子上把他的長袴拿下來，坐在床上把袴子套上去。

老人走出門去，孩子跟著他出來了。他還瞌睡，老人把手臂擱在他肩膀上，說：「我很抱歉。」

「那有什麼呢？」孩子說。「活總是要幹的。」

他們順著路往下走，到老人的小屋去；一路上，在黑暗中，有許多赤著腳的人在那裏移動，扛著他們船上的桅杆。

他們走到老人的小屋裏，孩子拿了籃子，裏面裝著一捲捲釣絲，還有魚叉魚鉤；布帆捲在桅杆上，老人把桅杆扛在肩膀上。

「你要喝咖啡麼？」孩子問。

「我們把工具放在船上，再去喝咖啡。」

他們到一個大清早做漁夫們生意的地方，用聽頭煉乳的洋鐵罐喝咖啡。

「老頭子你睡得怎麼樣？」孩子問。他現在漸漸醒過來了，但是他仍舊很難擺脫睡意。

「我睡得很好，瑪諾林，」老人說。「今天我很有信心。」

「我也有，」孩子說。「現在我得去拿你同我的沙汀魚，還有你的新鮮的餌。我們的工具他自己帶來。他從來不要別人幫著拿什麼。」

「我們是兩樣的，」老人說。「你才五歲的時候，我就讓你拿著東西。」

「我知道，」孩子說。「我馬上就回來。再喝杯咖啡。我們在這裏可以賒賬的。」

他走開了，赤著腳踏在珊瑚石上，走到冰房裏去，餌貯藏在那裏。

老人慢慢地喝他的咖啡。他一天就吃這麼點東西，他知道他應當吃掉它。他久已對吃喝感到厭倦了，現在他出去從來不帶午飯。他有一瓶水放在船頭上，除此以外他這一整天什麼都不需要了。

孩子現在拿了沙汀魚回來了，還有那兩個餌，包在報紙裏，他們沿著路下去，向小船走去，他們可以覺得腳底下踏著沙，沙裏嵌著石子，他們把小船抬起來，讓它溜到水裏去。

「老頭子，祝你運氣好。」

「祝你運氣好，」老人說。把他槳上縛著的繩子套在船邊的槳架上；槳在水裏一戳，他的身子就向前一衝，他開始划到海港外面去了，在黑暗中。月亮已經落到山背後去了，別處的海灘上另有別的船出發到海中去，老人雖然看不見他們，卻可以聽見他們的槳落到水裏和推動的聲音。

有時候有一隻船上有人說話。但是這些船大都是靜默的，只有槳落在水裏的聲音。他們出了海灣口外就散佈開來了，每人都向海洋裏他希望能夠找到魚的地方划去。老人知道他是要到海口外很遠的地方去，他把土地的氣味丟在後面，划出去，划到清晨的海洋的氣息中。他看見墨西哥灣海草在水中發出燐光，那時候他正划到海上，漁夫們稱為「大井」的地方，因為那裏突然深至七百噚，各種魚類聚集在那裏，因為潮流衝到海底的削壁上，激起了漩渦。許多蝦集中在這裏，還有那種可以作餌的魚，最深的洞裏有時候有一羣羣的烏賊魚，牠們晚上升上來，離海面很近，一切漫遊的魚都吞吃牠們。

在黑暗中，老人可以覺得早晨漸漸來到了，他一面划著船，聽見飛魚離開水面時發出顫抖的聲音，牠們在黑暗中飛去，牠們那僵硬的翅膀嘶嘶響著。他非常喜歡飛魚，因為牠們是在海洋上主要的友伴。他為鳥雀憂愁，尤其是那種纖小黯黑的燕鷗，老是在那裏飛著，找著，差不多永遠找不到。他想：「鳥的生活比我們苦，除了那些專靠打劫為生的鳥，和那些有力氣的大鳥。為什麼他們把鳥造得這樣纖弱靈巧，像這些海燕一樣，而海洋何以這樣殘酷？她是仁慈的，而且非常美麗。但是她可以變得這樣殘酷，而且說變說變；那些飛鳥落下去覓食，發出小小的悲哀的鳴聲，牠們是太纖弱了，在海上生活是不適宜的。」

他腦子裏的海永遠是「海娘子」，在西班牙文裏，人們愛她的時候總是這樣稱她。有時候愛她的人也說她的壞話，但是他們說話的口氣裏總好像她是一個女人。有些年青的漁夫——他們用浮標做釣絲的浮子，而且還有小汽艇，那是他們在鯊魚肝上賺了錢的時候買下來的——他們稱她為「海郎」，那是男性的。他們說到她的時候是將她當作一個競爭的對手，或是一個地方，甚至於當作一個仇敵。但是，老人總想著她是女性的，她可以給人很大的恩寵，也可以不給；假使她做出野蠻的惡毒的事情，那是因為她無法控制自己。月亮影響她，就像月亮影響女人一樣，他想著。

他穩定地划著船，並不費力，因為他並沒有超出他通常的速度，而且，除了潮流上偶然起些漩渦之外，海面上是風平浪靜的。他讓潮流替他做三分之一的工作，天剛剛亮的時候，他發現他在短短的時間內已經遠出海口外了，他並沒有敢抱這樣的奢望。

我在這些深井工作，已經有一個星期了，什麼也沒有捉到，他想。今天我到一羣羣鰹魚和大青花魚聚集的地方去，也許牠們裏面有一條大魚。

天還沒有完全亮，他已經把餌放下水去，船順著潮水漂流著。一個餌放到四十噚下。第二個是七十五噚，第三第四個放在那藍色的水裏一百噚下，和一百二十五噚下。每一個餌都是頭朝下，鉤子上直的一部份戳在作餌的魚裏，縛了起來，縫得牢牢的；鉤子突出的一部份——彎曲的部份，和尖子——完全蓋滿了新鮮的沙汀魚。每一條沙汀魚從兩隻眼睛裏穿進去，牠們穿在那鐵鈎上像半隻花圈一樣，在一條大魚看來，這鉤子沒有一部份不是香甜美味的。

那孩子給了他兩條新鮮的小鮪魚，又叫大青花魚，懸在最深處的兩根釣絲上，像秤錘一樣。另外兩根釣絲上他放了一條青色的大鮮魚和一條黃色年幼的梭魚，都是已經用過了的，但是還沒有壞，又有極好的沙汀魚給牠們加上香味和吸引力。釣絲總有一枝粗大的鉛筆那麼粗，每一根都繫在一根烤乾的木棍上，只要那餌被什麼東西一拉或一碰，那木棍就往下一墜；每一根釣絲有兩捲繩子，長達四十噚，這繩子還可以接上其餘的備而不用的繩子，所以假使必要的話，一條魚可以拉出三百噚以上的釣絲。

現在這人守望著船邊那三根木桿是否往下墜，他輕柔地搖著，使釣絲上下都是筆直的，各個在它適當的深度裏。天很亮了，隨時太陽會升起來。

太陽淡淡地從海中升起來，老人可以看見別的船，在水面上低低地浮著，離岸很近，散佈在潮流上。然後陽光明亮些了，水上亮得耀眼；然後，太陽整個地從海裏出來了，平坦的海面把日光反射到他眼睛裏，使他感到銳利的痛楚，他搖著船，不去向它。他朝下面的水裏看，注視著釣絲，釣絲筆直向黑暗的水中穿進去。他把釣絲弄得比誰的都直，所以在那黑暗的水流中，每一個水平上都有一個餌在那裏等著，正在它要在那裏的地方，等著任何游魚。別人就讓那餌順著潮水漂流著，有時候漁夫以為它是在一百噚，其實是在六十噚。

但是我總是把它們弄得非常準確，他想。不過我現在運氣不行了。但是誰知道呢？也學今天。每天都是新的一天。運氣好當然更好了。但是我寧可準確。那麼運氣來的時候你是有準備的。

現在太陽上去已經有兩個鐘頭了，向東方望去，眼睛不那麼痛了。現在看得見的船隻有三條，看上去全非常矮，離岸很近。

我這一輩子，看了早晨的太陽總是眼睛痛，他想。然而眼睛還是很好。太陽落山的時候我可以筆直向太陽裏望進去，不會眼前發黑，其實傍晚的時候光線還強些。但是早晨總是痛。

正在這時候，他看見一隻軍艦鳥，長長的黑翅膀，在天空中盤旋著，就在他前面。牠兩翅向後掠著，傾斜著翅膀很快地落下去，然後又在空中盤旋。

「牠得到了一點什麼了，」老人自言自語。「牠不光是在那裏尋找。」

他緩緩地穩定地划著，向那鳥盤旋著的那塊地方划去。他不慌不忙地，仍舊使他的釣絲上下筆直。但是他划得比潮流的速度稍微快一點，好把釣絲帶緊些，他這打魚的方式也是對的，不過如果不是想利用那隻鳥，他用不著這樣快。

那鳥在空中飛得高些，又盤旋起來，翅膀一動也不動。然後牠突然下降，老人看見飛魚從水中噴射出來，絕望地在水面上掠過。

「鯕鰍，」老人自言自語。「大鯕鰍。」

他把槳擱下來，從船頭拿出一根小釣絲。上面有一隻鐵絲導桿和一隻不大不小的鉤子，他裝上一條沙汀魚作餌。他讓它在船邊溜下去，然後把它縛在船尾一隻鐵栓上。然後把他另一根釣絲也裝上餌，把它丟在那裏，讓它盤繞著躺在船頭的陰影裏。他又去划船，注視著那長翅的黑鳥，那鳥現在又在那裏工作著了，在水面低飛著。

他正在那裏望著，那鳥又落下來了，傾斜著兩翅往下飛，然後牠狂亂地徒然地搧著翅膀，追逐著飛魚。老人可以看見水面上稍稍突出一塊，那是大鯕鰍掀起的波浪，鯕鰍成羣地尾隨著逃走的魚。在魚羣的飛躍下，鯕鰍在下面的水裏穿過，飛魚落下來的時候適當其衝。他想這裏有一大羣鯕鰍。牠們分佈得很廣，飛魚是很少機會逃走的。輪不到那隻鳥。飛魚太大了，他銜不住，而且牠們飛得很快。

他看見那些飛魚一次又一次地衝出來，和那隻鳥徒勞無功的動作。這一羣我捉不住牠們了，他想。牠們游得太快，太遠。但是或者有一條落在後面，被我碰上了；也許我的大魚就在牠們附近。我的大魚總得在那兒的。

陸地上的雲氣現在堆得像山一樣高，海岸只是一條長長的綠線，背後是灰藍色的山。水現在成了深藍色，這樣深，差不多是紫的。他向水裏望下去，看見黝暗的水裏潛浮著紅色的海藻，還有太陽反映出來的奇異的光彩。他守著他的釣絲，使它們筆直垂到水裏去，直到看不見為止；他看見那麼許多海藻，覺得很快樂，因為有海藻就有魚。現在太陽高了些，太陽照在水裏發出那奇異的光，是好天氣的徵兆，陸地上雲的式樣也同樣地表示天氣好。但是那鳥現在差不多看不見了，水面上什麼都看不出，只有幾攤黃色的馬尾藻，被太陽晒褪了色；還有一個大水母，有著紫色的、膠質的、虹暈的氣泡，牠浮到船的近旁。牠翻了個身，然後又坐正了，牠愉快地漂浮著，像一個水泡一樣，牠那些長長的有毒的紫鬚拖在牠後面一碼遠。

「壞水怪，」老人說，「你這婊子。」

他輕輕地倚在槳上，向水中望去，看見那些小魚，和那拖著的長鬚同一個顏色，魚在長鬚中間游著，在那漂流著的氣泡小小的陰影中游著。牠們不會中毒的。人類就不然，有時候老人釣魚的時候有些長鬚絆在一根釣絲上，就黏在上面，膩搭搭的，紫色的，他的手和手臂上就會一條條地紅腫起來，就像接觸了毒藤和毒橡樹一樣。不過這種壞水怪的毒性發作得快，像一條鞭子似的打下來。

那發虹光的氣泡是美麗的。但是牠們是海中最虛偽的東西，老人愛看那些大海龜吃牠們。那些烏龜看見了牠們，就迎面向牠們游過來，然後把眼睛閉起來，完全縮到殼裏去，吃掉牠們，連長鬚都吃掉。老人愛看烏龜吃牠們，他也喜歡在暴風雨後在海灘上踐踏牠們，他腳底生著老繭，腳踩上去，他愛聽牠們發出那迸碎的聲音。

他愛綠色的烏龜和「鷹喙」，牠們體態優雅，動作迅速，而且非常值錢。他對紅海龜則有一種友善的藐視，那些呆木木的大傻瓜，動輒縮到牠們的甲冑裏去，那樣懦怯，牠們的求愛方式又那樣奇怪，牠們快樂地閉著大眼睛吃著大水母。

他雖然在捕龜船上工作了許多年，他對烏龜並沒有神秘的觀念。他替一切烏龜覺得難受，就連那大龜背，和這小船一樣長，有一噸重，他也覺得牠們可憐。大多數的人都對烏龜殘酷，因為一隻烏龜被屠殺開剖後，牠的心還繼續跳動好幾個鐘頭。但是這老人想，我也有這樣一個心，我的腳和手也像牠們的。他為了滋補，給他自己長力氣，他吃那白色的蛋。他五月裏連吃了一個月，使他九月十月裏強壯起來，可以對付真正大的大魚。

他每天還喝一杯鯊魚肝油，許多漁夫貯藏工具的一座小屋裏有一大桶魚肝油，一切漁人要吃都可以去吃。大多數的漁人都恨那滋味。但是也不比黑早起身更壞——每天那時候都得起來——而且這魚肝油可以抵制一切的風寒和流行感冒，對於眼睛也有益。

現在那老人抬起頭來，看見那鳥又在那裏盤旋著了。

「牠找到了魚了，」他自言自語。沒有飛魚衝破水面，作餌的魚也並沒有被衝散。但是老人正在那裏望著，就有一條小鮪魚跳到空中，翻了個身，頭向下，又掉到水裏去。那鮪魚在太陽裏銀光閃閃，他落下去回到水裏之後，又有一條接一條全都跳起來，牠們四面亂蹦，攪著水，一跳跳得老遠地追著那餌。牠們包圍著牠，把牠向前推動著。

假使牠們游得不太快，我就可以下手了，老人想，他看著那一羣魚把水都攪白了，那鳥現在飛下來啄食那作餌的魚，那羣鮪魚在驚恐中把那條魚擠到水面上來。

「這鳥非常有用，」老人說。正在這時候，船尾那根釣絲綳緊了——那條繩子繞了個圈子踏在他腳底下，所以一踏緊了他就覺得了。他把槳擱下來，把釣絲牢牢握著，開始把它拉上來，他可以感覺到那小鮪魚顫抖的掙扎。他越往上拉，牠顫抖得越厲害，他可以在水裏看見那條魚的青色背脊和身體兩旁的金色，他隨即把牠一甩甩過船舷，甩到船裏去。牠在陽光中躺在船尾，它身體很結實，式樣像一顆鎗彈，牠愚笨的大眼睛瞪視著，同時牠那靈巧的，動作迅速的尾巴顫抖地很快地敲打著船板，把牠最後的一點生命就這樣敲掉了。老人由於惻隱之心，在牠頭上打了一下，然後把牠踢到船尾的陰影中，牠的身體還在那裏震顫著。

「大青花魚，」他自言自語。「用牠作餌再好也沒有了。牠大概有十磅重。」

他不記得他從什麼時候起，沒有人在旁邊的時候就自言自語。從前他沒有人在旁邊的時候曾經唱過歌，有時候他夜裏孤獨地在有養魚池設備的漁船上或是捕龜的船上掌舵，他也唱歌。

沒人在旁邊的時候他開始自言自語，大概是在那孩子離開他之後。但是他不記得了。他和孩子捕魚的時候，他們除了必要的時候大都不說話的。他們晚上談話，或是遇到壞天氣的時候，被風暴封鎖住了。大家都認為在海上不說廢話是一種美德，老人也一直認為是如此，而且遵守著這規矩。但是現在他常常想到什麼就說什麼，既然也沒有人在旁邊，不會引起別人的不快。

「假使別人聽見我自言自語，他們一定以為我瘋了，」他自言自語。「但是我既然沒有瘋，我不管，我說我的。闊人在船上有收音機和他們談話，而且還把棒球的新聞報告給他們聽。」

現在不是想棒球的時候，他想。現在這時候只能想一樁事。我就是為這件事而生的。他想，也許在這一羣魚附近有一條大的。剛才那些大青花魚來吞餌，我只捉了一條落了單的。但是牠們出海很遠，游得又快。今天出現在海面上的一切都游得極快，都向東北走。可會是因為這個時辰？還是一種天氣的徵象，是我認不出的？

他現在看不見岸上的綠色了，只有那青山的頂，望過去是白的，就像上面有積雪，還有那些雲，看著像山背後另有崇高的雪山。海水非常深暗，日光在水中映出七彩的倒影。太陽高了，海藻的億萬細點現在完全消滅了，老人只看見那藍色的水裏映出大而深的七彩倒影。老人的釣絲筆直垂入水中，水有一英里深。

鮪魚又都下去了。漁夫們把那一種魚籠統地全稱為鮪魚，只有在販賣牠們或是物物交易，用牠們去換餌的時候，才分清楚各種不同的鮪魚，使用正確的名字。太陽現在很熱了，老人覺得它晒在頸後，他一面划著船，覺得背上的汗往下流。

他想，我可以順著水漂流著，睡一覺，把釣絲繞一圈在大腳指上，釣絲一動我就醒了。但是今天是八十五天了，我今天打魚應當成績好。

正在這時候，他望著他的釣絲，看見有一隻突出的青色木桿猛然往下墜。

「是了，」他說。「是了，」他把槳擱好，小心地，免得撞動那隻船。他伸手去拿那根釣絲，把它輕輕地捏在右手的拇指與食指之間。他覺得繩子另一端並沒有東西在那裏拉著，也沒有重量，他輕輕捏著那釣絲。然後，又來了。這次是試探性地一拉，並不是結結實實拉著，也不沉重。他確實知道了這是什麼。一百噚下，一條馬林魚在那裏吃鉤子尖上和鉤子中段的沙汀魚——那手工鍛鍊成的鐵鉤穿著一條小鮪魚，魚頭上戳出的一部份，上面也蓋滿了沙汀魚。

老人細緻地握著釣絲，然後輕柔地用左手把它從桿上解下來。現在他可以讓釣絲從他手指裏滑過去，而那魚不會覺得緊張。

離岸這樣遠，又是這個月份，一定是條大魚，他想。吃吧，魚。吃吧。請吃吧。這些沙汀魚多新鮮呀，而你在那六百呎底下黑暗中的冷水裏。你在那黑暗中再兜一個圈子，再回來吃吧。

他覺得那輕微的細緻的拉曳，然後有一次拉得重些，一定是有一條沙汀魚的頭很難從鉤子扯下來。然後什麼也沒有了。

「來來，」老人自言自語。「再兜一個圈子。你聞聞看。這沙汀魚可愛不可愛？好好地吃牠們吧，不時還可以吃吃那條鮪魚。硬硬的，冷的，可愛的。魚，別怕難為情。吃吧。」

他等候著，把釣絲捏在拇指與食指之間，看守著它，也守著其餘的釣絲，因為那魚也許會游來游去。然後那同樣的細緻的拉曳又來了。

「他會吞餌的，」老人自言自語。「上帝幫助他吞餌。」

然而他並沒有吞餌。他去了，老人什麼都不覺得了。

「他不會走的，」他說。「耶穌知道他不會走的。他在那裏兜圈子。也許他曾經上過鈎，他還有點記得。」

然後他覺得釣絲上有一種輕柔的接觸，他快樂了。

「他剛才不過是在那裏兜圈子，」他說。「他會吞餌的。」

他覺得那輕柔的拉曳，他快樂得很，然後他覺得那邊猛烈地一拖，沉重得使人不能相信。是這條魚的重量。他就讓這根釣絲滑下去，下去，下去。下去，兩捲備而不用的繩子，第一捲已經被拉下去了。它從老人手指間輕輕地滑下去，他的拇指捏得並不緊，但是他仍舊可以感到那巨大的重量。

「多麼大的魚呀，」他說。「他現在把牠橫銜在嘴裏，帶著牠走了。」

然後他會轉個彎，把牠吞下去，他想。他沒有說出來，因為他知道你假使把一樁好事說出來，也許這事就不會發生。他知道這是多麼大的一條魚，他想像著他把那條鮪魚橫銜在嘴裏，在黑暗中游開去。就在這一剎那，他覺得他停止移動了，但是那重量仍舊在那裏。然後那重量增加了，他又把釣絲多放了些出去。他把拇指和食指壓緊了一會，重量更增加了，筆直往下面沉下去。

「他吞了餌了，」他說。「現在我來讓他好好地吃掉牠。」

他讓那釣絲從手指間滑下去，一方面把左手伸下去，拾起這預備著的兩捲繩子鬆著的一頭，接到隔壁那根釣絲備而不用的兩捲繩子上。現在他有了準備了。他除了現在用著的這捲繩子之外，還有三捲四十噚長的繩子預備好在那裏。

「再多吃一會吧，」他說。「好好吃掉牠。」

把牠吃下去，讓那鈎子的尖端戳到你心裏去，殺死你，他想。乖乖地浮上來，讓我把魚叉戳到你身上。好吧。你準備好了嗎。你這頓飯吃得時間夠長了嗎？

「現在！」他自言自語，他兩隻手一齊來，重重地打下去，收進一碼釣絲，然後他兩隻手臂輪流甩著，一次一次打在繩子上，用盡手臂的力量，把身體的重量也倚在上面。

一點用也沒有。那魚僅只緩緩地游開去，老人無法把他提起一吋。他的釣絲很結實，是專為捕捉大魚而製的，他把那繩子揹在背上，拉得那樣緊，甚至有水珠從繩子裏跳出來。然後那繩子開始在水中發出一種遲緩的嘶嘶聲，老人仍舊握著它，他振作精神靠在座板上，身子向後仰著，預料那魚要往外拉。船開始緩緩地移動起來，向西北駛去。

那魚穩定地移動著，它們在平靜的水中緩緩航行。別的釣餌仍舊在水裏，但是也不能夠把它們怎樣。

「但願我有那孩子在這裏，」老人自言自語。「這條魚像拉縴似地把我這船拉著走，我就是拴縴的短柱。我可以使釣絲固定，使他拉不動。但是他可以把它掙斷。我一定要盡我最大的力量不讓他跑掉，他掙扎得厲害的時候我就把繩子放長些。幸而他只是航行，並沒有往下面去——感謝上帝。」

假使他決定往下面去，我怎麼辦呢？我不知道。假如他潛入海底，死了，我怎麼辦呢？我不知道。但是我會想辦法的。我能做的事情很多。

他把釣絲揹在背上，注視著那繩子在水中的斜度，小船穩定地向西北移動著。

老人想，這條魚要累死了。他不能永遠這樣下去。但是四小時後，那魚仍舊穩定地向海外游去，拖著那條小船，老人仍舊背上揹著釣絲，那繩子結結實實地繃在他身上。

「我正午釣到他的，」老人說。「而我到現在還一次都沒看見過他。」

在他釣到這條魚之前，他把草帽重重地往下一拉，現在他額上被那草帽割傷了。同時他也口渴，他跪下來，小心地避免猛拉那根釣絲，他儘可能地向船頭爬去，伸出一隻手來拿到了水瓶。他打開它，喝了點水，然後他靠在船頭上休息。桅杆沒有豎立起來，帆也沒有張掛起來，他就坐在那桅杆和帆上休息著，他努力不去思想，僅只忍受著。

然後他回過頭去看看，他發現陸地已經看不見了。這也沒有關係，他想。我回去可以依照著哈瓦那燈火的紅光。太陽落山前還有兩個鐘頭，也許在這之前他會浮到水面上來。假使他不，也許他會和月亮一同上來。假使他仍舊不，也許他會和太陽一同升上來。我的手腳並不抽筋，我自己覺得很強壯。是他嘴裏鈎著一隻鈎子。但是這條魚真了不起，這樣拉著船跑。他一定是緊緊地閉著嘴銜著那鐵絲。我希望我能看見他。我希望我能看見他一次，至少我可以知道我的對手是什麼樣子。

那天晚上，整夜地，據老人觀察星象所得，那條魚從來沒有改變他的路線和方向。太陽下去以後就很冷，老人的汗冰冷地在他背上乾了，在他手臂上，在他衰老的腿上。裝餌的盒子上蓋著的一隻口袋，他白天把它攤在太陽裏晒乾了。太陽下去以後，他把那口袋繫在頸上，使它掛在他背上，他小心地把它塞到釣絲底下去，那釣絲現在繃在他肩膀上了。釣絲下面墊了個口袋，他又想出一個辦法，彎著腰靠在船頭上，這樣他差不多可以說是很舒服了。

我不能把他怎樣，他也不能把我怎樣，他想。如果他老是這樣下去，他是拿我沒有辦法的。

有一次他站起來，在船邊溺了泡尿，看看星，核對他的航程。釣絲在水中像一道燐光，從他肩膀上筆直射出去。它們現在移動得比較慢，哈瓦那的紅光不大亮了，所以他知道那潮流一定把他們帶向東面去了。如果我看不見哈瓦那強烈的燈光，我們一定是更往東走了，他想。因為假使這魚的路線始終不變，我應當還有好幾個鐘頭都可以看見那亮光。不知道今天棒球大聯賽的結果怎樣，他想。如果打魚能夠帶一個收音機，那該多好。然後他想，應當永遠想著這樁事，想著你眼前所做的事。千萬不要做出愚蠢的事來。

然後他自言自語：「但願我有那孩子在這裏。可以幫我的忙，也可以讓他見識見識這個。」

一個人年老的時候不應當孤獨，他想。但這是無法避免的。我一定要記著吃那條鮪魚，在牠腐爛之前吃掉牠，吃了長力氣。你記著，無論你怎樣不想吃，早上一定要吃牠。記著，他對自己說。

夜裏有兩隻海豚到船邊來，他可以聽見牠們在那裏打滾，噴水。他可以聽得出雌雄的分別，雄的噴水的聲音和雌的嘆息似的噴水聲。

「牠們是好的，」他說。「牠們玩耍、講笑話、彼此相愛。牠們也和飛魚一樣，都是我們的兄弟。」

然後他開始憐憫他釣著的這隻大魚。他想，他是奇妙的，古怪的，誰知道他年紀有多麼大了。我從來沒釣著過一條魚力氣有這樣大，也從來沒有一條魚行動這樣奇異。也許他太聰明了，他不肯跳起來。他如果跳起來，或是瘋狂地衝過來，我就糟糕了。但是他也許從前屢次上過鈎，他知道應當用這個辦法來抵抗。他當然不知道他的敵人只是一個人，而且是一個老頭子。但是他是個多麼偉大的魚呀，假使他的肉好，在市場上該賣多少錢！他吞餌的作風像一條雄魚，他拖曳的本領也像一條雄的，他在戰鬥中也沒有表示驚恐。不知道他究竟可有什麼計劃，還是他和我一樣地準備拼命？

他記得那次他釣著一對馬林魚中的一條。雄魚總讓雌魚先吃，那上鈎的魚——一條雌的——瘋狂地，驚惶失措地，絕望地掙扎著，不久就精疲力盡了，那雄的一直和她在一起，他在釣絲上面游過去，陪著她一同在水面上轉圈子。他離開她那樣近，老人很怕他會用尾巴將釣絲斬斷，他那尾巴尖利得像鐮刀一樣，大小和式樣也像鐮刀。老人用魚鈎來鈎她，用木棒打她，她那長唇像一把劍似的，邊緣上粗糙得像沙紙，他握住那嘴，用木棒打她的頭頂，打得她的顏色差不多變成鏡子背面的顏色，然後，由孩子在旁邊幫助著，把她拖到船上來，雄魚仍舊在船邊游著。然後，老人正把釣絲除下來，把魚叉裝上柄，那雄魚在船邊高高地跳到空中，為了要看看那雌魚在那裏，然後他張開他的淡紫色翅膀——那是他的胸鰭——一條條淡紫色闊條紋全看得見，他到深海中去了。他是美麗的，老人記得，而他一直在旁邊。

這是我在魚類之間所看見的最悲哀的一件事了，老人想。孩子也悲哀，我們請她原諒我們，隨即宰割了她。

「但願那孩子在這裏，」他自言自語，他靠在船頭刨圓的木板上，從他肩膀上揹著的釣絲上他可以感到那大魚的力量，那一股子勁是穩定地朝他揀定的目標移去。

他一旦上了我的當以後，就不得不選擇一個辦法，老人想。

他挑選居留在遼遠的黑暗的深水裏，沒有羅網陷阱和欺詐的地方。我挑選到人迹不到的地方去找到他。現在我們遇在一起了，自從正午起就遇在一起了。我是沒有一個人幫助我，他也沒有一個人幫助他。

也許我當初不該做一個漁夫，他想。但是我是注定為這件事而生的。天亮以後我一定要記著吃那條鮪魚。

離天亮還有點時候，有個什麼東西吞吃了他後面的一隻餌。他聽見那木桿折斷了，那釣絲開始在船舷上飛快地往外溜。他在黑暗中解開他那插在鞘裏的小刀，他將那大魚所有的重量都壓在他的左肩上，身體向後仰，就著船舷的木頭上把那釣絲割斷了。離他最近的一根釣絲他也割斷了，在黑暗中他把備而不用的兩捲繩子鬆著的一頭繫牢了。他只用一隻手，巧妙地工作著，他打結的時候把一隻腳踏牢在繩子上。現在他有六捲繩子預備在這裏。他切斷的每一個餌上有兩捲，被魚吞了的餌上也有兩捲，這些繩子全接在一起了。

他想，天亮以後我來想法子往後挪，湊到那四十噚的餌那裏，把它也割斷了，把備而不用的兩捲繩子也接起來。這麼樣一來，我丟了兩百噚卡塔倫的好繩子，鈎子和導桿。那都可以再買的。但是往哪兒再去找這條魚？萬一我釣著了別的魚，倒讓他乘機逃走了。我不知道剛才吞餌的是條什麼魚。可能是一條馬林魚或是一條闊嘴魚，或是一條鯊魚。我還沒來得及揣摩他，就不得不把他打發走了。

他自言自語：「但願我有那孩子在這裏。」

但是你沒有那孩子在這裏，他想。你只有你自己，你現在還是設法挪到最後那根釣絲那裏，不管光線暗不暗，把它割斷了，接上那兩捲備而不用的繩子。

他照這樣做了。在黑暗中很困難，還有一次，那魚聳動了一下，把他拖倒了，臉朝下，眼睛下面割破了一個口子，血順著他的面頰流下來，但隨即停住了。還沒有流到下頦上，已經凝結起來，乾了，他又設法往回挪，挪到船頭上，靠在那木頭上休息著。他把那口袋掖掖好，小心地把那釣絲挪到他肩膀上一塊新的地方，他用兩個肩膀抵住它，小心地揣度著那條魚拉曳的力量，然後又用手測量著那船在水中航行的速率。

不知道他為什麼那樣歪了一歪，他想。一定是那條鐵絲從他那高山似的背脊上溜下來了。他的背脊決不會像我的背這樣痛。但是他總不能永遠拖著船跑，不管他多麼偉大。現在凡是可能引起麻煩的東西全都清除掉了，我又預備下了極長的釣絲；此外還要什麼呢？

「魚，」他輕輕地自言自語，「我到死都不離開你。」

大概他也到死都不離開我的，老人想，他等著天亮。現在正是黎明前的時候，很冷，他緊倚緊偎著那木頭取暖。他能夠熬多少時候，我也能夠熬多少時候，他想。在黎明中，釣絲伸展出去，沒入水中。小船穩定地移動著，太陽最初露出的一點邊緣，是在老人的右肩上。

「他是朝北走，」老人說。潮流會把我們扭轉向東，他想。我希望他會跟著潮流轉彎。那就表示他是疲倦了。

太陽再升了些起來，老人發覺那魚並沒有疲倦。只有一個好徵兆。釣絲的斜度表示他是在較淺的水裏游著。那並不一定表示他會跳躍。但是他也許會。

「上帝讓他跳吧，」老人說。「我的釣絲夠長的，可以對付他。」

也許我可以把繩子稍微抽緊一點，他覺得痛，就會跳了，他想。現在是白天了，讓他跳出水面，使他脊骨旁邊的胞囊裏吸滿了空氣，那他就不能沉入海底去死在那裏。

他試著把釣絲抽緊，但是自從這條魚上了鈎，釣絲已經緊張得快要迸斷了，他身體向後仰著，拉著繩子，感到那繩子的粗糙；他知道他沒法拉得再緊了。我千萬不要猛拉，他想。每次猛拉一下，那鈎子割破的創口就裂得更大些，等他跳起來的時候，他也許會把鈎子掙脫。反正現在我已經覺得好些了，太陽出來了，今天難得的，我可以用不著朝太陽看。

釣絲上面黏著黃色的海草，但是老人知道這只有給那魚增加了拖累，他很高興。這就是那種黃色的墨西哥灣海草，夜間發出燐光來，那麼亮。

「魚，」他說，「我愛你而且非常尊敬你。但是今天天黑以前我會殺死你。」

但願如此，他想。

一隻小鳥從北方向小船飛來。牠是一種善鳴的鳥，在水面上飛得很低。老人可以看出牠非常疲倦。

那鳥飛到船尾上，歇在那裏。然後牠繞著老人的頭飛了一圈，歇在釣絲上，牠在那裏比較舒服。

「你幾歲？」老人問這鳥。「這是你第一次出門嗎？」

他說話的時候，那鳥向他望著。牠太疲倦了，也不去審視那根釣絲，牠那細緻的腳抓住了釣絲，身體前仰後合地晃動著。

「這釣絲很穩，」老人告訴他。「太穩了。昨天夜裏並沒有風，你不應當疲倦到這樣。現在的鳥真是一代不如一代了！」

那麼些個老鷹飛到海上來找牠們。但是這話他沒有對鳥說，鳥反正也不懂他的話，而且這鳥很快地也就會嘗到老鷹的滋味了。

「好好地休息一下吧，小鳥，」他說。「然後你就投身進去，碰自己的運氣，也像任何人或是鳥或是魚一樣。」

他借著說話來鼓舞自己，因為晚上他的背脊僵硬起來了，現在實在痛得厲害。

「鳥，你要是不願意走，就在我家裏住著吧，」他說。「現在倒是起了一陣小風，但是我不能夠扯起帆來帶著你走，抱歉得很。但是我有個朋友和我在一起。」

正在這時候，那魚突然一歪，把老人拖倒在船頭上，要不是他振作精神多放出一些釣絲，簡直差一點把他拖下水去了。

釣絲這麼一動，鳥就飛了，老人甚至於也沒看見牠走。他小心地用右手摸了摸釣絲，他注意到他的手在那裏出血。

「總是有什麼東西弄痛了他了，」他自言自語，他把釣絲往後拉，看他能不能把那魚翻個身。但是拉到將要繃斷的程度，他就又穩定地握住了釣絲，魚向那邊掙，他向這邊拉，身體向後仰著，維持平衡。

「魚，你現在覺得痛苦了，」他說。「天曉得，我也一樣痛苦。」

他回過頭去找那隻鳥，因為他很願意有牠作伴。鳥不在那裏了。

你沒有停留多久，老人想。但是你去那地方還更艱苦，一直要飛到岸上方才平安。我怎麼會讓那魚突然這麼一拖，把我割傷了？我一定是老糊塗了。也許我是在那裏看那隻小鳥，在那裏想他。現在我要注意我的工作，然後我一定要吃那條鮪魚，那麼我可以長點力氣，不至於精疲力盡。

「但願我有那孩子在這裏，再還有一點鹽。」他自言自語。

他把釣絲的重量挪到左肩上，小心地跪下來，在海洋裏洗手，把手浸在裏面，浸了一分鐘以上，看著那血液順著水漂去，海水隨著小船移動，穩定地打在他手上。

「他慢了許多了，」他說。

老人很願意把他的手在那鹽水裏多浸一會，但是他怕那魚突然再歪一歪，他站起身，打起精神來，把手舉起來在太陽裏晒著。不過是繩子勒在手心裏，把肉割破了。但是正是手上最得用的地方。他知道在這件事結束之前他會需要他的手，現在事情還沒開始倒已經把手割破了，他很不高興。

「現在，」他的手乾了以後，他說，「我得要吃那小鮪魚。我可以用魚鉤把牠鉤過來，在這裏舒舒服服地吃。」

他跪下來，用魚鉤在船尾找到了那隻鮪魚，把那魚向他這邊牽引過來，避免和那一捲捲繩子糾纏在一起。他又用左肩揹著釣絲，把繩子絡在左手和左臂上，他把那鮪魚從魚鉤上取下來，把魚鉤放回原處，他把一隻膝蓋抵在魚上，從魚背上切下一條條深紅色的肉，從魚頭背後直剖到魚尾，是楔形的一條條，他從脊骨旁邊切下來，直切到肚子的邊緣。他切出了六塊，把它們攤在船頭的木頭上，把小刀在袴子上抹了一抹，把那魚的屍骨拎著尾巴向水裏一扔。

「我想我吃不了一整塊，」他說，他用他的刀把一塊魚劃成兩半。他可以覺得那釣絲穩定地沉重地在那裏拉著，他的左手抽起筋來了。那隻手捏緊了拳頭握在那粗繩子上。他憎惡地朝它看著。

「這叫什麼手呀，」他說。「你要抽筋就抽筋吧。把你自己變成一隻爪子。於你沒有什麼好處的。」

快一點，他想，他向深暗的水中望下去，看那釣絲的斜度。快點吃掉它，這隻手就有力氣了。並不是這隻手不好，你已經和這隻魚攪了許多鐘頭了。但是你可以永遠和他在一起。快把這條魚吃了吧。

他拾起一塊來，放在嘴裏，緩緩咀嚼著它。倒也不難吃。

好好咀嚼著，他想，把液汁全咽下去。假使有一點檸檬，或是萊姆，或是鹽蘸著吃，味道一定不壞。

「手，你覺得怎麼樣？」他問那隻抽筋的手，它像死人的手一樣僵硬。「我為了你，我再吃一點。」

他切成兩半的那一塊魚，剩下的一半他也吃了。他小心地咀嚼著，然後把魚皮吐出來。

「手，你怎麼樣了？或者現在問你還太早？」

他又拿起一整塊來咀嚼著。

「這一條強壯的多血的魚，」他想。「我運氣好，釣到牠，不是釣到鯕鰍。鯕鰍太甜了。這個一點也不甜，而且牠所有的力氣都還在裏面。」

不過講究這些都是沒有意義的，只要講實用，他想。但願我有一點鹽。剩下的這些，也不知道太陽會把它晒乾了還是晒得腐爛，所以我最好還是把它全吃了，雖然我並不餓。那魚是平靜而穩定的。我把它完全吃了，那我就有了準備了。

「手，耐心點吧，」他說。「我這都是為了你呀。」

我很想餵那條魚吃點東西，他想。他是我的兄弟。但是我不能不殺死他，我得要有力氣，才能夠做這樁事。他緩慢地把一條條楔形的魚肉全都吃了，他對得住他的良心了。

他直起腰來，把手在袴子上擦了擦。

「現在，」他說，「手，你可以放開那條繩子，我單用右邊的手臂來對付他，等你不胡鬧了再交給你。」他把左腳踏在剛才用左手握著的那根粗釣絲上，他背上的壓力很大，他向後仰著，保持均衡。

「上帝幫助我把這抽筋的毛病治好，」他說。「因為我不知道這魚又會使出什麼招數來。」

但是他似乎很平靜，在那裏執行他的計劃，他想。但是他的計劃是什麼呢，他想。我的計劃又是什麼呢？我的計劃得要跟著他的計劃，隨機應變，因為他的個子這樣大。假使他跳出海面，我可以殺死他。但是他永遠在底下不出來。那我也就永遠跟著他。

他把他抽筋的手在袴子上擦擦，試著使手指鬆弛下來，但是那手總是握著拳頭。也許晒晒太陽就伸直了，他想。也許等那壯健的生鮪魚在肚裏消化之後，手指就伸直了。如果我非用這隻手不可，我就硬把手指扳開，不惜任何犧牲。但是現在我不願意硬把它扳開。讓它自己伸直了，自動地恢復過來。到底是我不好，昨天夜裏讓它操勞過度了，那時候沒辦法，得要把那些釣絲一根根都解開，再接起來。

他向海面上望去，發覺他現在是多麼孤獨。但是他可以看見那深暗的水裏反映的七彩光譜，還有那釣絲往前伸展著，還有那平靜的海水奇異的波動。這是貿易風的季節，所以雲彩很多，一層層地堆積起來。他向前面望著，看見一羣野鴨在那裏飛，映在海上的天空裏，清楚地刻劃出來，然後模糊起來了，然後又清楚地刻劃出來。於是他知道，一個人在海上是永遠不會孤獨的。

他想，乘著個小船出去，看不見陸地，有些人覺得害怕；在有一種季節裏，天氣會忽然變壞，這也的確是危險的，他知道。但是現在他們是在颶風的季節裏，沒有颶風的時候，颶風的季節往往是一年中天氣最好的時候。

假使有颶風的話，你要是在海上，許多天以前就可以在天空裏看見種種徵兆。他想，他們在岸上看不見，因為他們不知道那幾點是應當注意的。同時，在陸地上也許是兩樣些，雲的式樣不同。但是我們現在沒有颶風要來。

他向天上看看，看見那一團團的白雲堆積在那裏，像一堆堆友善的霜淇淋；高高在一切之上，又有那種毛毛的捲雲，像細瘦的羽毛一樣，在那秋高氣爽的九月天空裏。

「輕風，」他說。「魚，這天氣對我很有利，於你沒有什麼好處。」

他的左手仍舊抽著筋，但是慢慢地舒展開來了。

我恨抽筋，他想。這是一個人的身體對不起自己。吃東西中了屍毒，當著人吐瀉交作，是很丟臉的。但是抽筋，在你獨自一個人的時候，尤其覺得丟臉。

如果那孩子在這裏，他可以替我揉揉，從肘彎那裏揉起，使它鬆弛下來，他想。但是聽其自然，也會鬆弛下來的。

他用右手摸了摸釣絲，感到繩子上的壓力改變了，那時候他還沒有看見釣絲在水中的斜度改變，他俯身向前，靠在那釣絲上，他急急地把左手重重地在大腿上拍了一下，正在這時候，他看見那釣絲緩緩向上面斜過來。

「他上來了，」他說。「手，快點。請你快一點。」

釣絲緩緩地穩定地升上來，然後，在小船前面，海面凸了起來，魚出來了。他出來，出來，似乎永遠沒有完的，水從他身體兩旁滔滔奔流下來。他在日光中是鮮明的，他的頭與背是深紫色，在太陽裏，他身體兩旁的條紋看上去很闊，淡紫色。他又長又硬的唇像一根棒球的棒一樣長，像一把細長的劍一樣慢慢尖了起來，他全身都從水裏湧出來，然後又重新鑽進去，平穩地，像一個潛水者，老人看見他那大鐮刀似的尾巴沒入水中，釣絲開始往外跑。

「他比小船長兩呎，」老人說。釣絲跑得很快，但是很穩定，那魚並不驚慌。老人試著用兩隻手來拉住釣絲，使那繩子不至於綳斷。他知道，假使他不能用穩定的壓力使那魚慢下來，那魚可以把所有的釣絲全拉出來，綳斷它。

他是條偉大的魚，我一定要折服他，他想。我絕對不能讓他知道他自己力氣多大，知道他狂奔起來會發生什麼效果。如果我是他，我現在一定把所有的力量都使出來，往前跑，跑，直到有個什麼東西斷了為止。但是，感謝上帝，牠們沒有我們聰明——我們這些屠殺牠們的人——雖然牠們比我們高尚，比我們有本領。

老人看見過許多大魚。他看見過許多重量超過一千磅的，他這一輩子也曾經捕到兩條這樣大的，但是從來沒有獨自一個人做過這樣的事。現在他是獨自一個人，在海洋上，完全看不見陸地，獨自一個人，和他生平見過的最大的一條魚拴牢在一起，他不但沒見過，從來也沒聽說過有這樣大的魚——而他的左手還是像鷹爪一樣緊緊地拳曲著，伸不直。

但是這抽筋就會好的，他想。這隻手總該會好起來，來幫助我的右手。有三樣東西是兄弟：這條魚和我的兩隻手。這隻抽筋的手一定會復原的。它這樣抽起筋來，自己也應當覺得難為情。這魚又慢下來了，照他平常的速度進行著。

到底不知道他剛才為什麼跳起來，老人想。簡直好像他跳起來是為了給我看看他多麼大。無論如何，我現在知道了，他想。但願我能夠給他看看我是怎樣的一個人。可是，那他就會看見我這抽筋的手了。讓他想著我是個勝過我的人，我就也會超過我自己。他想，我寧可做這條魚，他有那麼大的力量，而他的敵人僅僅是我的意志和我的智慧。

他舒舒服服地靠在木頭上，對於身體上的痛楚抱著逆來順受的態度。魚穩定地游著，潛在深暗的水中緩緩前進。刮起東風來了，海上起了小小的風浪，在中午的時候老人的左手不抽筋了。

「魚，這對於你是個壞消息，」他說，他把那釣絲在蓋著肩膀的口袋上挪了挪。他是舒服的，但是很痛苦，雖然他完全不承認感到痛苦。

「我不是虔誠信教的，」他說，「但是我願意唸十遍《天主經》。十遍《聖母經》，天保佑我捉到這條魚；我要是捉到他，我許下心願到考伯的聖母像那裏去進香。我答應了一定照辦。」

他開始機械地唸起祈禱文來。有時候他疲倦過度，連祈禱文也背誦不出，他就唸得特別快，使字句自動地出來。《聖母經》比《天主經》容易唸，他想。

「萬福瑪利亞，滿被聖寵者，主與爾偕焉。女中爾為讚美，爾胎子耶穌，並為讚美。天主聖母瑪利亞，為我等罪人，今祈天主，及我等死候。亞門。」

然後他加上了兩句：「童貞聖母，請祢祈禱叫這魚死，雖然他這麼好。」

他禱告完了，心裏舒服得多了，但是仍舊一樣地痛楚，也許更厲害一點，他靠在船頭的木頭上，開始機械地活動著左手的手指。

現在太陽很熱了，雖然微微地起了風。

「我還是來把船尾那根小釣絲重新裝上餌，」他說。「假使這魚決定再在這裏過一夜，我需要再吃點東西，水瓶裏的水也剩得不多了。這裏除了鯕鰍恐怕釣不著什麼東西。但是鯕鰍要是趁新鮮吃，倒也不難吃。或希望今天晚上有一條飛魚飛到船上來。但是我沒有燈光來吸引牠。飛魚生吃是很好吃的，而且我用不著把牠切開。我得要把所有的力量都節省下來。天哪，我沒曉得他那麼大。」

「可是我會殺死他的，」他說，「不管他怎樣偉大，怎樣光榮。」

當然這是不公平的，他想。但是我要給他看看人有多大能力，人能夠忍受多少痛苦。

「我告訴那孩子我是個奇怪的老人，」他說。「我要證明這話，現在正是時候。」

他過去已經證明過一千遍了，但是都不算數。現在他又重新證明它。每一次都是新的，他從來不想到他過去做的事。

但願他睡覺，那麼我也能夠睡覺，夢見獅子，他想。為什麼現在差不多什麼都不夢見了，只剩下獅子？老頭子，不要想，他對自己說。輕輕地靠在木頭上休息著，什麼都不要想。他在那裏工作著。你工作得越少越好。

已經漸漸地到了下午了，小船仍舊緩慢地穩定地移動著。但是現在的東風增加了那條魚的負担，老人在小小的風浪中輕輕顛動著，繩子壓在他背上，那痛楚的感覺也來得悠然而溫和。

下午有一次，釣絲又升上來了。但是這魚不過是在略微高些的水平上繼續游著。太陽晒在老人的左臂左肩和背脊上。所以他知道這魚是轉向東北了。

現在他既然看見過他一次，他可以想像那魚在水裏游著，他紫色的胸鰭大大地張開來，像翅膀一樣，那豎直的大尾巴切破了黑暗。不知道他在那深水裏看東西可看得清楚，老人想。他的眼睛非常大，馬的眼睛小得多，馬在黑暗中看得見東西。從前我在黑暗中也看得相當清楚。不是完全黑暗。但是差不多像一隻貓一樣。

他的左手又給太陽晒著，他又不停地活動著手指，現在不完全抽筋了，他開始把重量挪些到左手上；他聳聳肩膀，牽動背上的筋脈，使那繩子溜過去一點，那痛楚也稍微換個地方。

「魚，你如果不覺得疲倦，」他自言自語，「那你一定是非常奇異的。」

他現在覺得非常疲倦，他知道天就要黑了，他試著想別的事。他想到棒球大聯賽，他知道紐約的洋基隊和底特律的虎隊在那裏比賽。

我不知道那場比賽的結果，這已經是第二天了。但是我一定要有信心，我一定要對得起那偉大的狄瑪奇奧，他就連現在腳後跟骨頭突了一塊出來，痛得那樣厲害，他仍舊是無論做什麼事都是完美的。骨頭突了一塊出來是什麼？他問他自己。骨頭突出了一塊。我們沒有這樣毛病。腳後跟痛，可會像鬥雞時裝在公雞腳上的鐵距戳進人的腳後跟一樣疼痛？我恐怕受不了這個，我恐怕不能夠像公雞一樣，失掉一隻眼睛或是兩隻眼睛，還繼續戰鬥。人類比起那些偉大的鳥獸來是不算什麼。我還是情願做這水底下、這黑暗的海中的這條魚。

「除非有鯊魚來，」他自言自語。「要是有鯊魚來，上帝可憐他和我，我們倆都完了。」

你可以相信那偉大的狄瑪奇奧會守著一條魚，熬這樣久，他像我一樣？他想。我確定他會，而且他既然年青力壯，一定還可以熬得更久。而且他父親從前是個漁人。但是腳後跟骨頭突了一塊出來可會太痛苦？

「我不知道，」他自言自語。「我從來沒有過這毛病。」

太陽落下去的時候，他為了鼓勵自己，又想起那次在卡薩布蘭卡的酒店裏，他和那魁梧的黑人比手勁，那黑人是從琪安弗尤哥斯來的，是碼頭上氣力最大的人。他們有一天一夜把肘彎擱在桌上粉筆劃的一道線上，前臂直豎起來，兩人的手緊緊交握著。每人都試著把另一個人的手壓到桌上去。許多人在旁邊賭東道，在那煤油燈光下，人們在房間裏走出走進，他望著那黑人的手與手臂，也望著那黑人的臉。在最初的八個鐘頭以後，他們每四小時換一個裁判員，好讓裁判員睡覺。血從他的指甲和那黑人的指甲下滲出來了，他們倆向對方的眼睛裏望著，也望著他們的手和手臂；賭東道的人在房間裏走出走進，坐在靠牆的高椅上旁觀。牆上漆著鮮明的藍色，是木頭的牆，燈把人影映到牆上。那黑人的影子非常大，微風吹動著燈盞，那影子便在牆上移動著。

整夜地，打賭的比例來回變換著，他們餵那黑人吃甜酒，又給他點上香烟。那黑人吃過甜酒以後，嘗試著作最大的努力，有一次他把那老人——那時候還不是個老人，而是冠軍山蒂埃戈—差不多扳下來三吋。但是老人又把他的手舉起來，舉到完全平均的地位。那時候他就確定他可以打敗這黑人——這黑人也是個好人，一個偉大的運動家。天明以後，打賭的人正在要求說就算是不分勝負，裁判員正在那裏搖頭，老人突然使出力氣來，把那黑人的手一點一點壓下去，一直壓到那木頭上。比賽是在一個星期日早晨開始的，在星期一早晨才結束。許多賭東道的人要求算是不分勝負，因為他們要到碼頭上去工作，搬運一袋袋的糖，或是到哈瓦那煤公司去工作。否則每一個人都要他們比賽下去，到結束為止。但是無論如何；他又把它結束了，而且也沒有耽誤任何人上工。

在這以後有很長久的時候，人人都叫他冠軍，在那年春天又重新賽過一次。但是打賭的注子不大，他很容易地就贏了，因為他在第一次比賽裏已經破壞了那琪安弗尤哥斯的黑人的自信心。在那次以後，他比賽過寥寥幾次，此後就沒有再賽過。他相信他如果迫切需要的話，他可以打敗任何人；他認為這種角力會傷害他的右手，不利於打魚。他曾經試過幾次用左手練習角力。但是他的左手永遠是一個叛徒，不聽指揮，他不信任它。

現在這太陽會把它烤透了，他想。它不會再抽筋了，除非晚上太冷，不知道今天晚上會有什麼事發生。

一架飛機在頭上飛過，循著它的路線向邁阿米飛去，他看著它的影子驚起一羣羣的飛魚。

「有這麼許多飛魚，這裏應當有鱰鰍，」他說。他拉著釣絲向後仰著，看他可能夠收回一些繩子，把那魚拖過來些。但是不能夠，釣絲仍舊綳得很硬，抖出一滴滴的水，就快要迸斷了。船緩緩地前進，他望著那飛機，直到看不見為止。

坐在飛機裏一定非常奇怪，他想。不知道從那麼高望下來，海是什麼樣子？他們要是飛得不太高，應當看得見魚。我很想在距海二百噚高的空中慢慢飛，從高處來看魚。在捕龜的船上，我爬到桅頂的橫桁上，就連在那樣的高度上我也看到很多。從那裏望下來，鱰鰍的顏色綠得多，你可以看見牠們的條紋和牠們的紫色斑點，你可以看見牠們整個的一羣在那裏游著。為什麼深暗的水流裏一切游得快的魚都是紫色背脊，而且常常有紫色條紋和斑點？當然，鱰鰍看上去是綠的，因為他其實是金色的。但是有時候他真的飢餓得厲害，來吃東西，他身體兩旁也現出紫色條紋，就像馬林魚一樣。可會是因為憤怒，還是游得太快，所以發出這樣的斑紋？

正在天黑以前，他們正經過一大攤馬尾藻，多得像個島嶼似的，在那輕快的海中動盪不已，彷彿那海洋像一條黃色毯子底下和什麼東西戀愛著；這時候他那根小釣絲釣著一條鱰鰍。他第一次看見牠，是牠跳到空中，在最後的陽光中牠是純金色，曲著身子，瘋狂地在空中搧動著。由於恐怖，它跳了一次又一次，像賣藝者似地表演著；他設法挪到船尾去，蹲踞著，用右手和用右臂握住那根大釣絲，用左手把那鱰鰍拖進來，每次收回一段繩子，就用他赤裸的左腳踏住它。魚在船尾絕望地跳擲著，斜打著，老人俯身湊到船尾上，把那魚從船尾拾過來，那滑澤的金色的魚，有紫色的斑點。牠的嘴抽搐地一動一動，迅速地咬著鈎子，牠用牠那長而扁的身體和牠那尾巴和頭來敲打著船底，老人用木棒在那光亮的金色的頭上打了一下，牠方才顫抖著，不動了。

老人把鈎子從魚嘴裏拔出來，重新裝上一條沙汀魚作餌，把釣絲拋出去。然後他緩緩地設法挪到船頭上。他洗了左手，在袴子上擦了擦。然後把那根沉重的釣絲從右手挪到左手，把右手在海裏洗了一洗，他一面看著那太陽沉入海洋中，一面也看著那粗繩子的斜度。

「他完全沒有改變，」他說。但是他看著那水衝激在他手上，他看得出來那魚是慢得多了。

「我來把兩隻槳疊在一起，橫綁在船尾上，這樣他夜裏一定要慢下來了。」他說。「他能夠熬夜，我也能夠。」

最好稍微等一會再挖出鯕鰍的肚腸，可以把血保存在肉裏，他想。我可以等一會再做這個，可以同時把槳綁起來，增加船的重量。現在我還是讓這魚安靜一點，在日落的時候不要過份地攪擾他。太陽落下去的時候，對於所有的魚類都是一個困難的時期。

他把他的手晒乾了，然後他抓住釣絲，儘可能地設法緩和他的痛苦，讓他自己被繩子往前扯著，爬伏在那木頭上，使那船負担一半或者一大半的壓力。

我漸漸學會了怎樣應付了，他想。至少這一部份我學會了。而同時，你要記得，他自從吞了餌以後還沒有吃過東西，而他個子這樣大，需要很多的食物。我吃了一整條鰹魚，明天我來吃那隻鱁鰍。他叫牠金色鱁魚。也許我剖開牠的時候就應當吃一點。牠比那鰹魚難吃些。但是，反正沒有一樁事是容易的。

「魚，你覺得怎麼樣？」他大聲問。「我覺得很好，我的左手也好些了，我這裏的食物夠吃一天一夜的。魚，你拉著船走吧。」

他並不是真的覺得好，因為他背上揹著那繩子，那痛楚已經超出了痛楚，進入一種麻木狀態，反而使他不放心起來。但是我經驗中比這個更壞的事也有，他想。我的手不過稍微割破一點，另一隻手也不抽筋了。我的腿仍舊好好的。同時我在糧食方面也比他佔優勢。

現在天黑了，在九月裏，太陽一落，很快就天黑了，他靠在船頭敝舊的木頭上，儘可能地休息著。最初的幾顆星出來了。他不知道萊傑爾星的名字，但是他看見它，他知道它們不久就要全部出來了，他可以有這些遼遠的朋友陪著他。

「這魚也是我的朋友，」他自言自語。「我從來沒看見過或是聽見過這樣的魚。可是我得要殺死牠。幸而我們不必試著去殺那些星，我真高興。」

想想看，要是一個人每天都得試著去殺月亮，他想。月亮逃走了。但是你想想，要是一個人每天都得試著去殺太陽，又怎麼辦？我們天生是幸運的，他想。

然後他替那大魚覺得難過，他沒有東西吃，而他一方面替他覺得難過，他要殺死他的決心並沒有減少下來。他的肉可以餵飽多少人呀，他想。但是他們配吃他麼？不，當然不。從他那行動的風度和他那偉大的品格上看來，沒有一個人配吃他的。

我不懂這些事，他想。但是我們用不著試著去殺太陽，月亮和星，這總是一樁好事。我們只需要在海上生活著，殺我們真正的兄弟們。

現在，他想，我得要想到增加這船的重量。這有它的危險，也有它的好處。如果他一使勁，而那兩隻槳沒有滑脫，仍舊橫担在那裏，增加了船的重量，船不像從前那樣輕了，我也許被他拉掉許許多多繩子，結果讓他跑了。船輕，是延長了我們倆的痛苦，但是使我安全，因為他可以游得非常快，而他至今還沒有把本領使出來。無論怎樣，反正我總得把這鯕鰍的腸子挖出來，不然要腐爛了，我還得吃一點，長力氣。

現在我再來休息一個鐘頭，覺得他踏實了，穩定了，我再挪到船尾去做這工作，並且決定一切。在這時間內我可以看他怎樣行動，看他可有什麼變化。那將是一個好計策；但是現在已經到了時候，應當為安全著想了。他仍舊是個相當厲害的魚，我看見那鈎子在他嘴角上，他把嘴閉得緊緊的。鈎子鈎在嘴裏的痛苦是不算什麼。飢餓的痛苦，加上還得對抗他所不瞭解的一樣東西，這是夠他受的。老頭子，你現在休息吧，讓他工作著，你等你下次再有什麼任務的時候再去工作。

他估計著他休息了大概有兩個鐘頭。現在月亮要到很晚才升上來，他無法判斷時間。他也並不是真的休息著，不過是比較好些就是。他仍舊把魚的壓力揹在肩膀上，但是他把他的左手擱在前面的船舷上，把魚的抗拒的力量漸漸地大部份都交託給那小船了。

只要我能夠把這根釣絲拴牢在船上，那多麼簡單呀，他想。但是他稍微歪一歪就可以把繩子繃斷了。我一定得要用我的身體去墊著這釣絲，隨時準備著用兩隻手把釣絲放出去。

「可是你還沒有睡覺呢，老頭子，」他自言自語。「已經有半天和一夜你沒有睡覺，現在又是一天了。你一定要想出一個辦法，使你可以稍微睡一會，如果他是安靜而穩定的話。你如果不睡，也許你會腦筋不清楚起來。」

我的腦筋夠清楚的，他想。太清楚了。我和星一樣清楚，它們是我的兄弟。但是我仍舊得要睡覺，星也睡覺，月亮和太陽都睡覺，就連海洋有時候也睡覺，有這麼幾天沒有潮流，風平浪靜的。

可是你得記著睡覺，他想。叫你自己睡，想出一個簡單而可靠的法子管住那根釣絲。現在你到後面去剖開那條鯕鰍。如果你一定要睡覺，就不能夠把槳綁起來，增加船的重量，那太危險。

我可以用不著睡覺，他告訴他自己。但是這太危險了。

他開始設法挪到船尾去，用手和膝蓋爬行著，小心地避免急遽地拉扯那條魚。他自己也許也瞌睡得快睡著了，他想。但是我不要他休息。他得要拉曳著直到他死去。

他回到船尾，轉過身來，讓他的左手握住肩上壓著的釣絲，用右手把小刀從鞘裏拔出來。

星光現在很明亮，他清楚地看見那鯕鰍，他把刀鋒揿進牠頭裏去，把牠從船尾拉出來。他把一隻腳踏在那魚身上，很快地把牠剖開，從肛門直剖到下顎的尖端。然後他放下小刀，用右手把腸子挖出來，挖乾淨了，把鰓也統統拉掉，那胃在他手裏拿著，覺得沉重而滑膩，他把牠剖開了。有兩隻飛魚在裏面。牠們是新鮮而堅硬的，他把牠們並排擱在那裏，把腸子與鰓從船尾丟下去。牠們沉下去了，在水中留下一縷燐光。那鯕鰍是冷的，現在在星光下看來是一種鱗狀的灰白色，老人把牠身體的一邊剝了皮，右腳踏在魚頭上。然後他把牠翻了過來，把另一面也剝了皮，把牠從頭到尾剖成兩邊。

他把那屍骨推到水裏去，他看了看水裏可起了漩渦，但是只有它徐徐下降的燐光。然後他轉過身來，把那兩條飛魚放在他切出的那兩塊魚裏，把小刀插入鞘中，他又緩緩地設法挪到船頭上。他傴僂著，釣絲的重量壓在他背上，他右手拿著那魚。

回到船頭上來，他把那兩塊魚擱在木頭上，把飛魚擱在旁邊。此後把肩膀上的釣絲挪了挪，擱在一個新地方，又用他的左手握住它，手擱在船舷上。然後他靠在船邊上，把飛魚在水裏洗洗，注意看著水衝激在手上的速度。他的手因為剝了魚皮，也發出燐光來，他觀察著那水流怎樣沖到手上，水流可沒那麼有力了，他把手的一邊在船板上揉擦著，一星星的燐質漂浮開來，緩緩地向船尾流去。

「他漸漸倦疲了，或者他在那裏休息著，」老人說。「現在我來吃掉這條鯕鰍，休息一下，睡一會。」

在星光下，夜間越來越寒冷了，他把他切出的兩塊鯕鰍吃掉了半塊，又吃掉一條飛魚，飛魚的腸子已經挖掉了，頭也切掉了。

「鯕鰍這種魚煮熟了多麼好吃，」他說，「生吃多麼難吃。以後倘使我不帶鹽或檸檬，我再也不乘船了。」

我如果有腦子的話，我會整天地把水潑在船頭上，水乾了就有鹽了，他想。但是我直到太陽快落山了才釣到這條鯕鰍。究竟是缺少準備。但是我把牠完全細細咀嚼過了，倒也並沒有作嘔。

東面的天空起了許多雲，他所認識的星一個一個全不見了。現在看上去彷彿他駛進了一個巨大的雲的峽谷，風急了。

「三四天內天氣要變壞，」他說，「但是不會是今天晚上或是明天。老頭子，你現在來佈置一下，想法子睡一會，趁著這時候這魚是平靜穩定的。」

他把釣絲緊緊地握在右手裏，然後把大腿抵著右手，把全身的重量都靠在船頭的木頭上。然後他把那釣絲在肩膀上移下一點，纏縛在左手上。

只要那釣絲是纏縛住了，我的右手總握得住它，他想。如果我睡覺的時候右手鬆開了，釣絲一往外跑，我的左手就會把我弄醒。右手很吃力，但是他是吃慣了苦的。即使我只睡二十分鐘或是半個鐘頭，也是好的。他向前撲著，用全身去夾緊了那釣絲，將他所有的重量都擱在右手上，於是他熟睡了。

他沒有夢見獅子，卻夢見一大羣海鷗，隊伍有八英里或十英里長，正是牠們配對的季節，牠們高高地跳到空中，跳起來的時候水裏留下一個洞，然後牠們又回到這洞裏來。

然後他夢見他在村莊裏，睡在他的床上，刮著北風，他非常冷，他的右臂麻木了，因為他的頭枕在手臂上而不是枕頭上。

在這以後，他開始夢見那長長的黃色海灘，他看見第一隻獅子在黃昏裏下來到海灘上，然後其餘的獅子也來了，他把他的下頦擱在船頭的木頭上，船停泊在那裏，夜晚有微風從岸上吹來，他等著看還有更多的獅子，他很快樂。

月亮上來已經很久了，但是他繼續睡下去，那魚穩定地拉曳著，船駛入雲的峽谷。

他醒了，右手的拳頭跳起來撞到他臉上，釣絲像火燒似地從他的右手裏溜出去消失了。他的左手沒有什麼知覺，但是他儘可能地用右手阻止那釣絲，釣絲仍舊往外跑。他的左手終於找到那釣絲，他仰著身子把釣絲往後拖，現在它燒灼著他的背脊和左手，他的左手承受了所有的重量，割傷得很厲害。他回過頭去看看那一捲捲的釣絲，那繩子平滑地溜出去。正在這時候，那魚跳起來了，海洋大大地爆裂開來，然後他沉重地跌下去。然後他又一次次地跳起來，船走得飛快，然而釣絲也仍舊向外飛跑，老人將壓力提高到迸斷的程度，他一次次地將它提高到迸斷的程度。他被緊緊地往下拉，俯倒在船頭上，他的臉正壓在切開的一塊鯕鰍上，而他沒法動彈。

這正是我們等候著的，他想。現在我們來接受它吧。

釣絲被他拖了許多出去，讓他付相當的代價，他想。讓他付相當的代價。

他沒法看見那魚的跳躍，只聽見海洋的迸爆，和他跌下來的時候，那沉重的浪花四濺。釣絲溜得太快，把他的手割傷得很厲害，但是他一直知道這事會發生的，他試著使那割傷的部份正在生老繭的地方，不讓那繩子滑到手掌心裏或是割傷手指。

如果那孩子在這裏，他會打濕那一捲捲的繩子，他想。如果那孩子在這裏。如果那孩子在這裏。

釣絲往外跑，往外跑，往外跑，但是現在跑得慢些了，他放出的每一釣絲，都得讓那魚付出代價。現在他從那木頭上抬起頭來，他的面頰把那片魚壓爛了，他從那稀爛的魚上抬起頭來。然後他跪著，然後他緩緩地站起來。他放出繩子去，但是放得越來越慢。他設法挪到一塊地方，可以用他的腳觸到那一捲捲繩子——他沒法看見那繩子。還有許多繩子在那裏，現在這魚得要把這麼些新繩子全都從水裏拖過去，新繩子在水裏是非常澀滯的。

是的，他想。而且現在他跳過不止十二次了，他背脊旁邊的胞囊裝滿了空氣，他不能夠到深海底去，死在那裏；我是沒法子把他從那裏撈起來的。他就快開始轉圈子了，那時候我就得來對付他。不知道他為什麼忽然這樣激動起來？他可會是餓急了，所以不顧前後地冒險起來，還是夜間有什麼東西驚嚇了他？也許他突然感到恐怖了。可是他是那樣一個平靜、健壯的魚，他似乎是那樣勇敢，有自信心。這很奇怪。

「老頭子，你還是顧你自己吧，你也得勇敢，有自信心，」他說。「你沒讓他掙脫，但是你收不回釣絲來。但是他不久就得要轉圈子了。」

老人現在用他的左手和肩膀來拉住他，他彎下腰來用右手掬起水來，洗掉他臉上糊著的稀爛的鯕鰍肉。他怕那腥氣會使他作嘔，他一嘔吐，就沒力氣了。他臉洗乾淨了，又把右手伸在船邊的水裏洗了洗，然後就讓它泡在那鹽水裏，同時他注視著日出前天剛剛亮起來的情景。他是差不多朝東走，他想。可見魚是疲倦了，跟著潮流走。不久他就得轉圈子了。然後我們真正的工作就開始了。

他認為他的右手泡在水裏時間夠長了，就把它拿出來，朝它看看。

「不壞，」他說。「疼痛是不礙事的，並不傷人。」

他小心地握住那釣絲，使它不至於嵌進新割破的地方，他向另一邊倚著，使他可以在船那一邊把左手插到水裏去。

「你這無用的東西，這次成績倒還不錯，」他對他的左手說。「但是起初有那麼一會子我找不到你。」

為什麼我沒有生就兩隻好手呢？他想。也許是我自己不對，沒有好好地訓練這一隻。但是天知道，它有過很多的學習的機會。它今天晚上倒還不錯，它也只抽過一次筋。它要是再抽起筋來，就讓這繩子切斷它吧。

他自以為他知道他腦筋有點混亂，他就想著他應當再吃一點鯕鰍。但是我不能夠，他告訴自己，寧可頭暈，不要嘔吐得混身無力，我知道我要是吃了一定要吐的，自從我的臉壓在那上面，我就受不了那腥氣。我把牠留著以防萬一，等牠腐臭了再扔掉牠，但是現在靠食物的營養來培養力氣也太晚了。你真笨，他告訴他自己。吃那一條飛魚。

牠在那裏，洗剁淨了，預備好了，他用左手把牠拾起來，吃了牠，小心地咀嚼著那骨頭，把牠全吃了，只剩下尾巴。

牠差不多比隨便什麼魚富營養，他想。至少，正是我所需要的那種氣力。現在我已經盡了我的力量，他想。讓他開始轉圈子吧，來戰鬥吧。

自從他撐了船來到海上，這已經是第三次日出了。太陽升上來的時候，那魚開始兜圈子了。

他從釣絲的斜度上看不出那魚在兜圈子。太早了，還看不出。他只覺得釣絲上的壓力微微鬆弛了一些，他開始用右手輕輕地拉它，它又繃緊了——一直是如此——但是他拉到正要迸斷的時候，釣絲開始鬆下來，漸漸地可以收回來了，他把肩膀和頭從釣絲底下鑽過去，開始把釣絲收回來，穩定地，輕柔地。他兩隻手一齊用，甩動著兩手；他試著儘量地利用他的身體和腿來拉曳那繩子，一拉，一甩，他那蒼老的腿和肩膀就跟著旋轉。

「是個非常大的圈子，」他說。「但他是在那裏兜圈子。」

然後那釣絲收不進來了，他拉著它，直拉得水珠從繩子裏迸跳出來，在陽光中。然後釣絲開始往外跑，老人跪下來，吝惜地一點一點讓它回到那深暗的水中。

「他現在兜圈子兜到最遠的一部份了，」他說。我一定要竭力拉住他，他想。魚覺得費勁，就會每次都把圈子縮小些。也許一個鐘頭內我就會看見他。現在我得要折服他，然後我得要殺死他。

然而那魚只管慢慢地兜圈子，兩個鐘頭後老人濕淋淋地一身汗，澈骨地疲倦了，但是現在圈子小得多了，從那釣絲的斜度上他可以看出那魚一面游著一面不停地向上升起來。

老人眼花了，看見眼睛前面有些黑點子，已經有一個鐘頭之久；汗水把鹽醃著眼睛，把鹽醃著他眼睛上面割傷的口子，和額上的傷口。他不怕那些黑點子。像他這樣出力拉著釣絲，眼花是正常的現象。但是有兩次他覺得頭暈，昏迷，這倒使他担憂起來。

「我不能辜負我自己，把命送在這樣一條魚上，」他說。「現在我正是得手的時候，上帝幫助我再熬一會。我來唸一百遍《天主經》，一百遍《聖母經》。不過我現在不能唸。」

就算唸過了，他想。我以後會唸的。

正在這時候，他雙手握著這釣絲，突然覺得這釣絲被什麼東西砰砰打著，急遽地扯著。猛烈地，有一種堅硬的感覺，而又沉重。

他在那裏用他硬長的唇打那鐵絲導管，他想。遲早總要這樣的。他不能不這樣，但是這也許會使他跳起來，而我寧願他現在繼續轉圈子。他為了要呼吸空氣，必須要跳出水面。但是每一次跳過了，那鈎子的傷口可能裂得大些，他可能把鈎子掙脫。

「魚，不要跳，」他說。「不要跳。」

那魚又打了那鐵絲幾次，每次他一搖頭，老人就放出一些釣絲。

我絕對不要增加他的痛苦，他想。我的痛苦不要緊，我能夠控制我的痛苦。但是他的痛苦可以使他發瘋。

過了一會，那魚停止敲打那鐵絲，又開始慢慢地兜起圈子來了，老人不停地收進釣絲。但是他又覺得昏暈了，他用左手掬起一點海水，澆在頭上。然後他又澆上一點，又把頸項背後揉擦了一下。

「我並不抽筋，」他說。「他不久就要升起來了；我還可以熬下去。你非熬下去不可。提都不要去提他。」

他靠著船頭跪在那裏，暫時又把釣絲挪到他背上去。現在我先休息著，他正在往外兜圈子，等他兜回來的時候我再站起來對付他，他決定。

他真想在船頭上休息著，讓那魚自己兜一個圈子，一點釣絲都不收回來。但是，那釣絲一緊張起來，表示那魚轉過來向船這邊游過來了，老人就站起身來，開始那種旋轉交織的拉曳動作，他的釣絲全是這樣拉回來的。

我從來沒有像這樣疲倦過，他想，而現在這貿易風又起來了。但是有風也好，拖他回去可以一路順風。我非常需要風幫忙。

「下一個圈子他往外兜的時候我可以休息，」他說。「我覺得好多了。然後再兜兩三個圈子，我就捉到他了。」

他的草帽推到腦後去了，他覺得那魚轉過彎來，釣絲一拉，他就俯伏在船頭上。

魚，你現在工作吧，他想。我等你轉彎的時候再來對付你。

浪頭高了許多，但是，是晴天的微風，而且他非得有風才能回去。

「我只要朝西南航行，」他說，「人在海上從來不會迷路的，而且那是個很長的島。」

是第三次轉彎的時候，他初次看見那魚。

他先是看見一個黑暗的影子，他需要那樣長的時間在船底下經過，他簡直不能相信他有那樣長。

「不，」他說。「他該不會有那麼大。」

但是他是有那麼大，這一個圈子兜完以後，他到水面上來，只有三十碼遠，老人看見他的尾巴露在水外面。尾巴比一個大鐮刀還要高，是極淡的紫色，豎在那深藍的水上。那尾巴往後一斜，魚在水面下游著，老人可以看見他龐大的身體，身上一道道的紫色條紋。他背脊上的鰭往下垂著，他巨大的胸鰭張開著。

這次兜圈子，老人可以看見那魚的眼睛，還有兩條吸在大魚身上的灰色的魚，牠們有時繞著他游著。有時候牠們黏附在他的身上。有時候蹦開去，有時候牠們從容地在他的陰影裏游著。牠們每一條有三呎以上長，牠們游得快的時候，就把整個的身體像鞭子似地抽打著，如同鱔魚一樣。

老人現在流著汗，但並不光是因為晒著太陽，還有別的原因，每次那魚平靜沉著地兜一個圈子，他就收回一些釣絲；再轉兩個圈子，他確定他就有一個機會把魚叉刺進去了。

但是我一定要把他拉得很近，很近，很近，他想。我千萬不要刺在頭上。我一定要戳到心裏去。

「老頭子，你得要鎮靜而有力，」他說。

下一個圈子，魚的背脊露在外面了，但是他稍微離船太遠些。再下一個圈子，他仍舊是太遠，但是他露在水面上比較高些了，只要再收回一些釣絲，老人確定他可以把魚拉到船邊來。

他早已把魚叉裝備好了，魚叉上的一捲細繩子擱在一隻圓筐裏，繩的一頭縛牢在船頭繫柱上。

魚兜圈子兜回來了，平靜而美麗，只有他的大尾巴動著。老人用盡平生之力把他拉近些。有這麼一剎那，魚身傾斜了一下。他隨即把自己擺正了，開始兜另一個圈子。

「我移動了他。」老人說。「剛才我移動了他。」

他現在又有點暈眩。但是他竭力地緊緊扯那條大魚。我移動了他，他想。也許這一次我能夠把他拉過來。手，拉呀，他想。腿，站牢。頭，看在我份上，再熬下去吧。看在我份上，再熬下去吧。你從來也沒有暈倒過。這次我會把他拉過來。

他把所有的氣力都用出來，魚還沒有游到船邊，還很遠的時候，他就開始了，拚命拉著，那魚歪過來一半，但隨即把自己擺正了，游開去了。

「魚，」老人說，「你反正是要死了。魚，你非得把我也弄死麼？」

照這樣下去不成，他想。他嘴裏太乾燥，話也不能說了，但是他現在不能夠去拿水喝。我這次一定要把他拉到船邊來，他想。再多兜幾個圈子我就不行了。你行的，他告訴自己。你永遠行。

下一次轉圈子，他差一點得了手。但是那魚又把自己擺正了，緩緩游開去了。

魚，你就快把我弄死了，老人想。但是你有這種權利。兄弟，我從來沒看見過一個比你更偉大，或是更美麗，或是更沉靜或是更高尚的東西。你來，你弄死我吧，不管誰弄死誰，在我都是一樣。

現在你腦筋不清楚起來了，他想。你一定要頭腦清醒。一定要頭腦清醒，要像一個男子漢那樣地忍受痛苦。或是像條魚一樣，他想。

「頭，清醒一點，」他說，他的喉嚨這樣喑啞，差不多自己都聽不見。「清醒一點。」

又有兩次，轉彎的時候又是同樣情形。

我不知道，老人想。他每次都覺得他要暈過去了。我不知道。但是我再來試一次。

他再試了一次，他把那魚掀翻過來的時候，他覺得自己要暈過去了。那魚把自己擺正了，又緩緩地游了過去，他那大尾巴在空中搖擺著。

我再來試一次，老人答應了下來，雖然他兩隻手已經是稀爛的，眼睛也看不清楚了，只有間歇的閃電式的一瞥。

他再試了一次，又是同樣情形。那麼，他想，他還沒開始倒已經覺得自己要暈過去了；我還要再來試一次。

他收拾起他所有的痛楚和殘餘的精力，和他久已喪失了的自傲，他用這一切來和那魚的苦痛對抗，那魚到他旁邊來了，側著身子溫柔地在他旁邊游著，他尖長的硬唇差不多碰到船板，他開始在船邊游過去了，又長，又深，又寬，銀色的，上面有紫色闊條紋，在水裏簡直無窮無盡。

老人丟下釣絲，用腳踏住它，把魚叉舉起來，舉得不能再高了，然後把它推下去，用出他的全部力量，再加上他剛才振起的力量，把魚叉戳進魚身的側面，正在那巨大的胸鰭後面，那胸鰭高高地豎在空中，高齊那老人的胸膛。他覺得魚叉刺了進去，他把身體倚在上面，把它再推進去些，然後用他全身的重量把它揿進去。

於是那魚活躍起來了——死亡到了他身體裏面；他從水裏高高跳起來，盡情顯露了他驚人的長度和闊度，他一切的力與美。他彷彿懸在空中，就在船裏的老人頭上。然後他訇然跌到水裏去，浪花濺了老人一身，濺了一船。

老人覺得昏暈，像要嘔吐，眼睛也看不清楚。但是他把魚叉上的繩子卸了下來，讓那繩子在他脫了皮的手裏緩緩滑過，他眼光清楚的時候，他看見那魚仰天躺著，銀色的肚子朝上。魚叉的柄從魚的肩膀上斜戳出來，他心裏流出的血把海都染紅了。起初那血暗沉沉的像水底的小洲一樣，在那藍色的水裏——那水有一英里以上深。然後那血像雲一樣地散佈開來。那魚是銀色的，靜止的，跟著波浪漂浮著。

老人趁著他眼睛看得見的時候，在那一瞥中仔細看了看。然後他把魚叉上的繩子繞在船頭的繫柱上，繞了兩圈，他把他的頭擱在兩隻手上。

「頭腦很清楚，」他對著船頭上的木頭說。「我是個疲倦的老人。但是我殺了這條魚——我的兄弟，現在還剩下有些苦工，我得去做掉它。」

現在我得要把繩圈和繩子預備起來，把魚捆在船邊，他想。即使我們有兩個人在這裏，使船沉下去，把這魚裝載在船上，再把船裏的水汲出來，這小船也絕對載不動他。我得要把一切都準備好了，然後把他拖過來，捆起來，豎起桅杆，張起帆來駛回去。

他開始把魚拉到船邊來，那麼他可以把一根釣絲從他鰓裏穿過去，從嘴裏出來，把他的頭縛牢在船頭旁邊。我想看他，他想。我想碰碰他，摸他。他是我的財產，他想。但是我想摸他倒不是為這原因。我想我剛才接觸到他的心，他想。當我第二次把魚叉的柄撳進去的時候。現在把他拉過來吧，把他縛牢了，把繩圈套在他尾巴上，再套一個在他腰上，把他綁在小船上。

「動手做起來吧，老頭子，」他說。他稍稍喝了一點水。「現在戰鬥完結了，還有許多苦工要做。」

他向天上看了看，然後向外面望去，看他的魚。他仔細看看太陽。正午才過了沒多少時候，他想。而貿易風起來了。這些釣絲現在完全無關緊要了。等我們回到家裏，那孩子和我會把這些繩子都接起來。

「來了，魚，」他說。但是那魚並沒有來。他只躺在那裏，在海裏打滾，老人把小船拉到他跟前。

他和魚併攏了之後，他把魚頭靠在船頭上，他不能相信這魚有這麼大。但是他把那繫柱上的魚叉繩子解下來，穿在魚鰓裏，從嘴裏出來，在他像劍似的長唇上繞了一圈，將繩子穿過另一個鰓，又在繫柱上繞了一轉，把那雙股繩子挽了個結，縛牢在船頭的繫柱上。他然後把繩子割斷了，到船尾去把尾巴套在繩圈裏。魚本來是紫色與銀色的，現在變成純銀色了。那條紋和他的尾巴一樣出現雪青色。這些條紋比一個人揸開五指的手還要寬。魚的眼睛看上去非常超然，像潛望鏡上的鏡子，或是迎神賽會裏的一個聖徒。

「要殺死他只有這一個法子，」老人說。他喝過水之後覺得好些了，他知道他不會暈倒，他腦筋也清醒。他這樣子看上去總不止一千五百磅，他想。也許還要多得多。假使他把三分之二的肉切下來賣，三角錢一磅，一共收入多少？「我需要一隻鉛筆來算這個，」他說。「我的腦筋雖然清楚，沒有清楚到那樣的地步。但是我想那偉大的狄瑪奇奧今天一定認為我值得驕傲的。我的骨頭沒有突出一塊，但是手和背脊實在疼得厲害。」不知道骨頭突出一塊究竟是什麼回事，他想。也許我們都有這毛病，而自己不知道。

他把魚縛牢在船頭船尾和中央的座板上。他那麼大，簡直像把另外一隻大些的船綁在這小船邊上。他切斷一截繩子，把魚的下顎捆在他尖長的硬唇上，使他的嘴不會張開來，以便儘可能地清清爽爽地航行。然後他豎起桅杆，把那補綴過的帆撐起，鼓著風，船開始移動了，他半躺在船尾，向西南航行。

他不需要一隻指南針告訴他西南在那裏。他只需要那貿易風吹在身上的感覺，再把帆一掛起來，就知道了。我應當放下一根小釣絲，上面繫著一隻匙子，試著弄一點東西吃，裏面的水份也可以當水喝。但是他找不到一隻匙子，他的沙汀魚也都腐臭了。在他們船經過的時候，他就用魚鈎釣了一攤墨西哥灣海草，他把這海草搖搖，使裏面的小蝦落到船板上。有不止一打小蝦，牠們蹦著，踢著，像是沙蚤。老人用拇指與食指把牠們的頭掐掉，吃了牠們，咀嚼著殼與尾巴。牠們非常小，但是老人知道牠們富於營養，而且牠們味道好。

老人瓶裏的水還夠喝兩次，他吃過了蝦之後就喝掉了四分之一。船雖然有這許多累贅，還算航行得很好，他把舵柄挾在脇下，就這樣掌著舵。他看得見那魚，他只要看他的手，覺得他的背脊靠在船尾，就可以知道這是真的事，不是做夢。有一個時期，是快要完的時候，他覺得非常難受，他想著也許是一個夢。後來他看見那魚從水裏出來，在天空中懸著，一動也不動，然後才掉下來，他確信這裏有一種偉大的神奇，他不能相信它。後來他的眼睛就看不清楚，雖然現在他是看得很清楚，和平常一樣了。

現在他知道這魚在這裏，他的手和背脊不是夢。手很快就會痊癒了，他想。出血出得多，把傷口都沖洗乾淨了，這鹽水會治好它。真正的海灣裏的深暗的水是世界上最好的醫藥。我只需要做一樁事，頭腦要清醒。兩隻手已經做過了它們的工作，我們航行得也很好。他的嘴閉著，尾巴直豎著一上一下，我們並排行駛著，像兄弟倆一樣。然後他的頭腦有點不清楚起來，他想，是他把我拉回來呢，還是我把他拉回去？要是我把他拖在後面，那就毫無疑問了。或者要是那魚在船裏面，完全失去了他的尊嚴，那也就毫無疑問了。但是他們一同航行著，並排捆縛在一起，於是老人想，他要是高興的話，就讓他把我拉回去吧。我不過是靠狡計戰勝了他，而他對我也沒有惡意。

他們航行得很好，老人把手浸在那鹽水裏，努力使頭腦清醒。積雲堆積得很高，上面又有相當多的捲雲，所以老人知道這風會整夜地吹下去。老人不停地看著魚，好確定這是真的。直到一個鐘頭以後，才有第一條鯊魚來襲擊他。

來了一條鯊魚，並不是偶然的事，大堆的烏血，沉澱在那一英里深的海裏，漸漸消散了，這鯊魚便從深水裏出來了。牠出來得這樣快，而且一點也不謹慎，牠竟衝破了那藍色的水面，來到陽光中。然後牠跌回水裏去，找到了血腥氣的蹤迹，開始游向那條船和那條魚的路線。

有時候牠嗅不著那氣味。但是隨即找到了它，或是僅僅是一絲氣息，他順著那路線很快地努力游著。牠是條非常大的馬科鯊魚，牠天生的一副身體，能夠像海裏游得最快的魚游得一樣快，牠的一切都是美麗的，除了牠的嘴。牠的背脊和旗魚背上一樣地青，牠的肚子是銀色的，牠的皮是光滑漂亮的。牠的體格和旗魚一樣，除了牠的大嘴，現在牠因為游得快，嘴緊緊閉著，牠就在水面底下游著，牠背脊上那高高的鰭像刀似地在水中切過，一點也不抖動。牠的嘴，在那閉著的雙唇裏面，牠所有的八排牙齒都是朝裏傾斜著。這牙並不是普通的鯊魚金字塔形的牙齒。這牙齒的式樣像一個人的手指，不過這手指蜷曲起來像爪子一樣。這牙齒差不多有老人的手指一樣長，牙齒兩邊像剃刀一樣地鋒利。這魚的身體構造使牠能夠吃海裏一切的魚，牠們那麼迅速，強壯，牠們的武器又這麼利害，牠們能所向無敵。現在牠加快了速度，牠嗅到了新鮮的血腥氣，牠那青色的背鰭在水中切過。

老人看見牠來了，他知道這條鯊魚是什麼都不怕的，要怎樣就怎樣。他把魚叉預備起來，把繩子拴牢了，一面望著那鯊魚往這邊來。繩子很短，因為他切了一大段下來捆縛那魚。

老人的頭腦現在非常清醒，他充滿了決心，但是他沒有多少希望。本來是太好了，決不能長久的，他想。他一面望著那鯊魚逼近前來，一面向那大魚看了一眼。等於做了一個夢，他想。我不能阻止牠襲擊我，但是我也許能弄死牠。鯊魚，他想。他媽的。

鯊魚很快地在船尾逼近前來，他碰著那魚的時候，老人看見牠的嘴張開來，牠那奇異的眼睛，牠在尾巴上面點的地方咬住一塊肉，牙齒錐進去的時候噶嗒一響。鯊魚的頭露在水面外，牠的背脊就快露出來了；老人可以聽見那大魚的皮肉撕裂的聲音——就在這時候，老人把魚叉直搗下去，搗進那鯊魚頭裏，正在牠兩眼之間的一道線和牠鼻子上筆直往後一道線的交叉點上。並沒有這樣的線。只有那沉重尖銳的青色的頭。那大眼睛，那噶嗒噶嗒響著、吞沒一切的突出的嘴。但是那是腦筋所在的地方，老人擊中了它。他打它，用他血淋淋稀爛的手以全力運用著一隻好魚叉。他打它，然而並沒有抱著什麼希望，不過他是堅決的，而且完全是惡意的。

鯊魚翻了個身，老人看見牠的眼睛不是活的，然後牠又翻了個身，裹了兩圈繩子在牠身上。老人知道牠已經死了，但是鯊魚不承認。然後，牠朝天躺著，尾巴鞭打著，嘴噶嗒噶嗒響著，那鯊魚就像拖著個犁耙耕田似地，把那水滾滾地撥翻開來，如同一隻小汽艇一樣。牠的尾巴打著水。那塊水都白了，牠的身體有四分之三出現在水面上，正在這時候，繩子繃緊了，顫抖了一下，然後拍地一聲斷了。那鯊魚在水面上安靜地躺了一會，老人注視著牠。然後他徐徐地下去了。

「牠吃了差不多四十磅，」老人自言自語。牠並且把我的魚叉也帶去了，和所有的繩子，他想，而且現在我的魚又流血了，別的鯊魚又要來了。

自從那條魚被毀傷了之後，他現在不願意看他了。那條魚被襲擊的時候，就像是他自己被襲擊一樣。

但是我殺了那襲擊我的魚的鯊魚，他想。而牠是我所看見過的最大的鯊魚。天知道，我看見過許多大的。

事情本來太好了，決不能持久的，他想。我現在真是寧願它是一個夢，我並沒有釣到這條魚，一個人睡在床上，睡在報紙上。

「但是人不是為失敗而生的，」他說。「一個男子漢可以被消滅，但是不能被打敗。」不過我很懊悔我殺了這條魚，他想。現在倒楣的時候要來了，而我連一條魚叉都沒有。鯊魚是殘酷，能幹，壯健，聰明的。但是我比牠聰明些。也許不，他想。也許我不過是武器比牠好些。

「老頭子，不要想了，」他自言自語。「你順著這條航線行駛，事情來到的時候就接受它。」

但是我必須要想，他想。因為我只剩下這個了。這個，還有棒球。不知道那偉大的狄瑪奇奧可會歡喜我那樣一下子擊中他的腦子？這並不是什麼了不起的事，他想。任何人都做得到的。但是你想我這一雙手是不是和那腳骨突出一塊一樣痛苦？我無法知道，我的腳後跟從來沒有出過毛病，除了那次我游泳的時候踏在海鰩魚上，被他刺了一下，小腿麻痹了，痛得不能忍受。

「老頭子，想點什麼愉快的事，」他說。「每一分鐘你離家更近些了。你失掉了四十磅，船輕些，走得更快些。」

等他走到那潮流靠裏的一面，可能有什麼樣的事情發生，他知道得很清楚。但是現在沒有辦法了。

「有辦法的，」他自言自語，「我可以把我的小刀綁在一隻槳的柄上。」

他就這樣辦，一方面把舵柄挾在胳下，把帆腳索踏在腳底下。

「現在，」他說。「我仍舊是個老頭子。但是我不是沒有武器。」

風現在涼爽了，他航行得很好。他只凝視著魚的前半段，他的希望又回來了一部份。

不抱任何希望，那也傻，他想。而且那恐怕是一種罪惡。不要去想罪惡，他想。不牽涉到罪惡，現在的問題也已經夠多了。而且我也不懂這些。

我不懂這些，而且我也不一定相信。也許殺死這條魚是罪惡，大概是的，雖然我幹這樁事是為了養活自己，並且也可以餵飽許多人。但是，反正什麼事都是個罪惡。不要去想罪惡。現在早已來不及了，想也沒用。而且有些人是專門吃這一行飯的。讓他們去想吧。你天生是個漁夫，就像那魚天生是條魚。山比德洛是個漁夫，就像那偉大的狄瑪奇奧的父親也是個漁夫。

但是他喜歡去思索一切他牽涉到的事物；既然沒有書看，他又沒有一隻收音機，他常常思索，現在他繼續想著關於罪惡的事。你殺死這條魚並不光為了養活自己和賣給人做食物，他想。你為自尊心而殺死他，也因為你是一個漁夫。他活著的時候你愛他，後來你也還愛他。如果你愛他，殺死他就不是罪惡。還是更大的罪惡？

「老頭子，你想得太多了，」他自言自語。

但是你殺死那條鯊魚覺得很痛快，他想。他和你一樣，是專門靠活魚維持生存的。他是不吃臭肉的，他也不像有些鯊魚那樣，只曉得貪吃，游到那兒，吃到那兒。他是美麗，高貴的，什麼都不怕。

「我殺死他是為自衛，」老人自言自語。「我殺他的手法也很好。」

而且，他想，每樣東西都殺死別的東西，不過方式不同罷了。打魚雖然養活了我，同時也殺死我。是那孩子在養活我，他想。我不要太自騙自了。

他倚在船邊，在那魚被鯊魚咬了的地方撕下一塊肉來。他咀嚼它，注意到它的質地和它的美味。它很堅實，有漿汁，像肉一樣，不過它不是紅的。肉很鮮嫩，他知道它在市場上可以賣最大的價錢。但是沒有辦法讓它的香味不到水裏去，老人知道一個非常倒楣的時期要來了。

風是穩定的。它再稍微退回東北去一些，他知道這是表示這風不會停息。老人向前望著，但是他不看見帆，也不看見任何一隻船的船身和冒出的烟。只有飛魚，從他的船頭向船邊掠過，還有一攤攤的黃色墨西哥灣海草。他連一隻鳥都看不見。

他已經航行了兩個鐘頭，在船尾休息著，有時候從那馬林魚身上撕下一點肉來咀嚼著，努力想休息一會，養精蓄銳，正在這時候他看見兩條鯊魚中的第一條。

「唉，」他大聲呼道。這個字是無法解釋的，如果一個人覺得有個鐵釘從他手裏穿過去，釘到木頭上，他或者會不由自主地發出這聲音。

「加朗諾，」他大聲說。現在他看見那第二隻鰭了，在第一隻後面出現。他看見那棕色的三角形的鰭和那掃來掃去的尾巴，就可以知道那是「鏟鼻鯊魚」。牠們嗅到了香味，很興奮，牠們餓昏了頭，興奮過度，一會又找不到那香味，一會又找到了。但是牠們不停地包圍上來。

老人把帆腳索拴牢，把舵柄夾緊了。然後他拿起那隻槳，槳上縛著小刀。他儘可能地輕輕地提起槳來，因為他的手痛得很厲害，不聽指揮。然後把他兩隻手在槳上張開又合攏，使他的手鬆弛下來。他堅決地合攏了手，牠們現在能受痛苦而不至於畏縮了。他望著那兩條鯊魚來。現在他可以看見牠們扁闊的鏟子式的頭，和牠們寬闊的胸鰭，鰭尖是白色的。牠們是一種可恨的鯊魚，身上發臭；牠們吃活的東西，現殺現吃，但同時也吃腐爛的死屍；牠們飢餓的時候會咬一隻槳或是船上的舵。是這一種鯊魚趁著烏龜在水面上睡覺的時候，會把烏龜的手腳咬掉，牠們如果飢餓的話，也會在水裏襲擊一個人，即使那人身上並沒有魚血的腥氣或是魚的黏液。

「唉，」老人說。「加朗諾。來吧，加朗諾。」

牠們來了。但是牠們的來勢並不像那條馬科鯊魚那樣。一條轉了個彎，在船底下失蹤了，他在那裏扯著拉著魚肉，老人可以覺得那小船顫抖著。另一條鯊魚用牠瞇細的黃色眼睛注視著那老人，然後牠很快地逼近前來，張大了牠那半圓形的上下牙床，去咬那魚已經被咬掉一口的地方。牠那棕色的頭上和腦後，腦子連著魚骨的地方，那條線很清楚地現出來，老人把槳上的小刀鑿進那交叉點，拔出刀來，再把它鑿進那鯊魚黃色的貓眼裏。鯊魚放鬆了那條魚，身子往下溜，牠臨死的時候還把咬下來的肉吞了下去。

小船仍舊顫抖著，因為另外那條鯊魚還在那裏吃那條大魚，老人放鬆了帆腳索，使那小船橫過來，把船底下的鯊魚露了出來。他一看見那鯊魚，就伏在船舷上，一槳向牠打去，他只打到肉上，鯊魚皮非常堅固，小刀差不多戳不進去。打這麼一下，不但他的手痛，連肩膀都痛。但是那鯊魚迅速地上來了，把頭露在水面上，牠的鼻子正從水裏鑽出來，挨在大魚身上，老人就打了下去，正中牠那平扁的頭部中心。老人把刀鋒拔出來，端端正正在同一點上又打了那鯊魚一下。牠仍舊吊在那大魚身上，牠的嘴咬著那大魚不放，老人刺中牠的左眼。那鯊魚仍舊吊在那裏。

「還不肯罷休？」老人說，他把刀鋒鑿進脊骨與腦子之間，現在打擊很容易了，他覺得那軟骨折斷了。老人把槳倒過來，把刀鋒擱在鯊魚嘴裏，撬開它。他把刀鋒扭絞了一下，鯊魚溜開了，他說，「去吧，加朗諾。溜下去一英里深。去看你的朋友，不過也許是你母親。」

老人把刀鋒擦了一擦，把槳放下來。然後他找到了帆腳索，帆飽孕著風，他又使那小船按照航線行駛了。

「牠們一定把他吃掉了四分之一，而且是最好的肉，」他自言自語。「但願這是一個夢，我並沒有釣到他。魚，我覺得很抱歉。這把一切都弄得不對了。」他沒有再說下去，他現在也不願意看那條魚了。那魚流盡了血，又被波浪打濕了。牠那顏色看上去像鏡子背面的銀色。牠的條紋仍舊看得出。

「魚，我不應該出海那樣遠，」他說。「於你也不好，於我也不好。魚，我很抱歉。」

現在，他對自己說。看看那把小刀上綁的繩子，看它可斷了。然後把你的手弄好，因為還有鯊魚要來。

「但願我有一塊石頭可以磨刀，」老人看過槳頭上縛的繩子以後，這樣說。「我應當帶一塊石頭來的。」你應當帶許多東西來的，他想。但是你並沒有帶來，老頭子。你沒有的東西不必去想它，現在不是時候。還是想想你有的東西，怎樣把它們派點用處。

「你給了我許多忠告，」他大聲說。「我真覺得厭煩。」

他把舵柄挾在脇下，把兩隻手都浸在水裏，小船一面向前推進。

「不知道最後那一條吃了多少，」他說。「現在這船倒是輕了許多了。」他不願意想到那魚殘缺不全的肚腹。他知道每一次鯊魚急遽地一撞，就撕了些肉去，現在這魚流血的創口這樣寬闊，流下的氣味簡直像海中開了一條大路，引著許多鯊魚追蹤而來。

他是這麼大一條魚，可以夠一個人吃一冬，他想。不要去想這個。光只休息著，努力把你的手弄得像樣些，來保護牠剩下來的一部份。水裏的血腥氣已經這樣濃，我手上的血腥氣現在也不算什麼了。而且我手上出的血也不多。沒有一個割開的口子是嚴重的。流一點血，左手倒也許不會抽筋了。

我現在能夠想什麼呢？他想。什麼也不能想。我得要什麼都不想，等著下一條鯊魚來。但願這真的是一個夢，他想。但是誰知道呢，也許結局還是好的。

下一次來的鯊魚是一條單獨的「鏟鼻」。牠那神氣彷彿像一隻豬到槽裏就食——如果豬的嘴有那麼大，一個人頭都可以擱得進去。老人讓牠咬那條魚，然後把他槳上的小刀鑿進牠腦子裏去。但是那鯊魚打滾的時候往後一扭，刀鋒折斷了。

老人坐定下來掌舵。他看都不看那鯊魚，那大鯊魚在水中徐徐沉下去，先是和牠原來的身體一樣大，然後小了，然後極小。老人向來最愛看這一幕，覺得很迷人。但是他現在看都不看一眼。

「我現在還有隻魚鉤，」他說。「但是它沒有用處。我有兩隻槳和舵柄和那短木棒。」

現在牠們打敗了我了，他想。我年紀太大了，不能用木棒打死鯊魚。但是我只要有槳，有短木棒，有舵柄，我總要試試看。

他又把兩手擱在水裏浸著。現在是下午，時候已經很不早了，他除了海與天之外仍舊什麼都看不見。天上的風比以前大了，他希望他不久就會看見陸地。

「疲倦了，老頭子，」他說。「你身體裏頭疲倦了。」

鯊魚沒有再來，直到快日落的時候才又來了。

那魚一定是在水中留下很寬闊的一道血腥氣，老人看著鯊魚棕色的鰭順著那條路來了。牠們並不迴旋著尋找氣味。牠們筆直地朝小船來了。並排游著。

他把舵柄夾緊了，拴牢了帆腳索，伸手到船尾下面把木棒拿出來。它本來是一隻槳柄，從一隻折斷的槳上鋸下來的，約有兩呎半長。柄上不好用兩隻手握著，所以他只能用一隻手，他用右手緊緊握住它，把手一開一闔，伸縮了一下，他一方面望著那鯊魚來。兩條都是加朗諾。

我得要讓第一條咬住了大魚，再一棒打在牠尖鼻上，或是在牠頭頂正中，他想。

兩條鯊魚同時包圍上來，他看見離他最近的一條張開嘴來，把牙齒陷進那魚銀色的脇肉裏，他就把木棒高高舉起來，重重地打下來，砰地一聲打在那鯊魚寬闊的頭頂心。木棒落下來的時候他可以感覺到那橡皮似的堅實的質地。但是他也感覺到硬的頭骨；鯊魚從魚的身邊滑下去了，他又重重地打了牠一下，打在鼻尖上。

另一條鯊魚已經咬了一口走開了，現在又來了，張大了嘴。牠撞了這魚一下，把嘴閉上了，老人可以看見這魚一塊塊的白肉從牠嘴角流溢出來。他揮起木棒向牠打去，只打中了頭，那鯊魚對他看看，把那塊肉扯了下來。牠溜開去咽下那塊肉，老人又揮起木棒向牠打下來，只打中那沉重堅實的橡皮似的東西。

「來吧，加朗諾，」老人說。「再湊過來。」

鯊魚直衝過來，牠咬了一口，正閉起嘴來，老人打了牠一下，把木棒能舉多高就舉多高，結結實實打了牠一下。這次他覺得打中了腦子下部的骨頭，他在同一個地方又打了一下，這時候鯊魚遲滯地把肉撕了下來，從大魚身邊溜下去了。

老人守望著，等牠再上來，但是兩條鯊魚都沒有出現。然後他看見有一條在水面上團團轉地游著。他沒有看見另外一條的鰭。

我明知道打不死牠們的，他想。我年青力壯的時候可以做得到。但是我把牠們倆都打得受了重傷，大概兩條都不覺得太舒服。我要是能夠兩隻手握住一隻棒，我一定能夠打死那第一條。就連現在，他想。

他不要看那條魚，他知道他已經去了半個。他在那裏和鯊魚戰鬥的時候，太陽已經下去了。

「天快要黑了，」他說。「那我就可以看見哈瓦那的紅光。我要是太往東了，我會看見一個新海灘上的燈光。」

我現在不會離岸太遠了，他想。我希望沒有人太為我担憂。當然，除了那孩子也沒有人為我担憂。但是我確定他一定滿有信心，知道我不會出亂子。有許多年紀大些的漁夫會担憂的。還有許多別人，他想。我住在一個好城鎮裏。

他現在不能夠再跟那魚談話了，因為那魚被毀壞得太厲害了。然後有一個念頭到他腦子裏來。

「半條魚，」他說。「你這『從前是一條魚』的東西。我很懊悔我出海太遠了。我把我們倆都毀了。但是我們殺了許多鯊魚——你同我——鯊魚不給我們殺了也給我們毀了。老魚，你曾經殺過多少？你頭上生著那樣一支矛，不是白生的。」

他喜歡想著那魚，想著他假使自由地游著，他能夠怎樣擺佈一條鯊魚。我剛才應當把他的長唇斬下來用牠和鯊魚搏鬥，他想。但是沒有斧頭，後來連把小刀都沒有。

但是我如果把牠斬下來，綁在槳頭上，這武器多好！那麼我們可以一同和牠們戰鬥了。假使牠們晚上來，你怎麼辦呢？你有什麼辦法？

但是現在在這黑暗中，看不見城市的紅光，也看不見燈光，只有風，和那穩定地拉曳著的帆，他覺得他也許已經死了。他把兩隻手併攏，摸摸手掌心。牠們不是死的，他只要把手張開合攏，就可以感到生命的痛楚。他把背脊靠在船尾，他知道沒有死。他的肩膀告訴了他。

我還許了願，說我如果捉到這條魚我要唸多少遍祈禱文，他想。但是我現在太疲倦了，不能夠唸。我還是把口袋拿來圍在肩膀上吧。

他躺在船尾掌著舵，望著天上，看可有紅光。我還有半個他，他想。也許我運氣好，可以把前半條帶回去。我這點運氣總該有的。不，他說。你出海太遠，你沖犯了你的運氣。

「不要發痴，」他自言自語。「也不要打盹，好好掌著舵。你也許還有好運氣在後頭。」

「如果有什麼地方賣運氣，我很想買一點，」他說。

我拿什麼去買呢？他問他自己。我能夠拿一隻丟掉了的魚叉去買它麼？還有一隻折斷了的小刀，兩隻壞手。

「你也許可以買到，」他說。「你曾經拿海上的八十四天去買它，他們也差一點賣了給你。」

我決不要胡思亂想，他想。運氣這樣東西，來起來的時候有許多不同的方式，誰能夠認得出它呢？但是無論是什麼方式，我也願意買一點，而且決不還價。但願我能夠看見燈火的紅光，他想。我的願望太多了，但是我現在的願望就只有這一個。他試著坐得舒服些，好掌舵，因為覺得痛楚，他知道他沒有死。

大概是夜裏十點鐘左右，他看見城市的燈火反映出來的耀眼的光。起初只是朦朧的，像月亮升上來之前，天上的光。然後那光確定地可以看見了，隔著海洋。現在風大些了，海裏浪很大。他駛入那光輝裏，他想著現在他不久就要來到潮流的邊緣了。

現在事情過去了，他想。牠們大概還會再來襲擊我。但是一個人在黑暗中，又沒有武器，怎樣抵抗牠們呢？

他現在混身僵硬痛楚，在夜晚的寒氣裏，他的創口和他身上一切操勞過度的部份都痛了起來。我希望我用不著再搏鬥了，他想。我真希望我用不著搏鬥了。

但是到了午夜，他又搏鬥了，而這次他知道搏鬥也無益。牠們來了一大羣，牠們躥到那魚身上的時候，他只看得見牠們的鰭在水裏劃的一道道的線，和牠們身上的燐光。他用木棒打牠們的頭，他聽見嘴噶嗒噶嗒響，牠們在下面咬住那魚，他就聽見小船顫抖著。他絕望地用木棒亂打，目標也看不見，不能夠感覺到，聽得見，他覺得有一樣東西攫去他的木棒，木棒沒有了。

他把舵柄從舵上一扭，扭了下來，用它亂打亂斬，雙手握著它，一次又一次地把它搗下去。但是牠們現在湊到船頭上來了，一條趕著一條成羣地擁上來，撕掉一塊塊的肉，那肉在海底發亮，牠們打了個轉身，又回來了。

最後有一條來吃魚頭了，他知道這事情完了。那魚頭沉重得很，扯不動，一條鯊魚的嘴咬它咬不下來，他揮起舵柄打在那鯊魚頭上。他再揮起舵柄，兩次，三次。他聽見那舵柄拍的一聲斷了，他掄起那裂開的槳身向那鯊魚刺過去。他覺得它戳進去了，他知道它是銳利的，就又把它戳進去，鯊魚放鬆了，滾開去了。這是在這一羣鯊魚裏最後來的一條。牠們沒有可吃的了。

老人現在差不多透不過氣來，他覺得嘴裏有一種奇異的滋味。有點銅腥氣，甜甜的，有一剎那他有點怕它，但是吐的血並不多。

他向海洋裏吐了唾沫，說：「吃了它吧，好傢伙。你們去做個夢，夢見你們殺了個人。」

他現在知道他終於被打敗了，無可補救地；他回到船尾，他發現那鋸齒形的半段舵柄還可以勉強安到舵上的孔裏，使他可以掌舵，他把口袋在肩膀上圍圍好，把小船撥到航線上去。現在船輕了，航行得快了，他什麼思想什麼感覺都沒有。他已經過了那個階段了；他只是儘可能地運用他的智力，好好地把那小船向他家鄉的港口駛去。夜裏有鯊魚來襲擊那殘剩的屍骨，就跟從飯桌上拾點麵包屑一樣，老人不理睬牠們，除了掌舵以外他什麼都不理會。他只注意到那小船現在沒有重的東西縛在它旁邊，行駛得多麼好。

這船真好，他想。它是完好的，一點也沒有損害，除了那舵柄，那是很容易換一隻的。

他可以覺得他現在到了潮流裏面了，他可以看見沿岸的海濱住宅區的燈光。他現在知道他到了什麼地方，毫不費事就可以回家了。

不管怎樣，風總是我們的朋友，他想。然後他加上一句：有時候。還有那偉大的海，海裏有我們的朋友，也有我們的敵人。還有床，他想。床是我的朋友。就光是一張床，他想。上床睡覺是再好也沒有的事情。打敗仗，倒也很舒服，他想。我從來沒知道它這樣舒服。什麼東西打敗了你，他想。

「什麼都不是，」他大聲說。「我出海太遠了。」

他駛進那小海港的時候，露台酒店的燈光已經熄滅了，他知道每個人都已睡在床上。風力不斷地加強，現在風很大了。但是海港裏很安靜，他直駛到岩石下那小攤卵石那裏。沒有人幫他的忙，所以他只好儘可能地把船拉上去，拉到哪裏是哪裏。然後他走出來，把船拴牢在一塊石頭上。

他把桅杆卸下來，把帆捲起來，拴好，然後他揹著桅杆開始往上爬。這時候他才知道他疲乏到什麼樣的程度。他停了一會，回過頭來，在街燈的反映中看見那魚的大尾巴，高高豎在船尾後面。他看見他那脊骨上白色的光禿禿的線條，和那頭——黑暗的一大塊，前面突出一隻尖長的硬唇——兩者之間光光的什麼都沒有。

他又開始往上爬，爬到頂上，他跌了一跤，躺在地下很久，桅杆扛在他肩膀上，他試著爬起來，但是太困難了，他坐在那裏，肩上扛著桅杆，朝路上看著。一隻貓在路那邊走過，去幹牠自己的事，老人注視著牠。然後他只注視著那條路。

他終於把桅杆放下來，站起身來，他把桅杆舉起來，擱在他肩膀上，沿著路走上去。他一路上不得不坐下來五次，方才走到他的小屋。

在小屋裏面，他把桅杆倚在牆上，他在黑暗中找到一隻水瓶，喝了些水。然後他在床上躺下來。他把毯子拉上來蓋住肩膀，然後把背脊和腿也都蓋上，他臉朝下睡在報紙上，把他的手臂筆直地伸出去，手心朝上。

早上那孩子從門口望進來的時候，他還在睡覺。刮著大風，所以那些小漁船都不出去了，那孩子睡到很晚才起來，然後他到老人的小屋裏來——他天天早上來的。孩子看見老人還有呼吸，然後他看見老人的手，他哭起來了。他靜悄悄地走出去，去拿些咖啡來，一路上他一直哭著。

許多漁夫圍著那小船，在那裏看那綁在船邊的東西，有一個漁夫捲起了袴腳站在水裏，用一根釣絲在那裏量那骨骼。

那孩子沒有下去。他先已經到那裏去過了，其中有一個漁夫在那裏替他看守著那隻小船。

「他怎樣了？」一個漁夫叫喊著。

「在睡覺，」孩子喊著。他也不怕人家看見他在那裏哭。「誰都不要去攪擾他。」

「他從鼻子到尾巴有十八呎長，」那測量著的漁夫喊著。

「我相信是有這樣長，」孩子說。

他到露台酒店去，要了一罐咖啡。

「要燙，裏面擱許多牛奶和糖。」

「還要什麼？」

「不要什麼了。以後我再看他能夠吃什麼。」

「多麼大的魚呀，」老板說。「從來沒有這樣的魚。你昨天釣到的兩條魚也真不錯。」

「呸，我那魚，」孩子說，他又哭起來了。

「你可要喝點什麼？」老板問。

「不，」孩子說。「你叫他們不要去攪擾山蒂埃戈。我一會就回來。」

「你告訴他我多麼替他惋惜。」

「謝謝，」孩子說。

孩子帶著那滾熱的一罐咖啡來到老人的小屋裏，坐在他旁邊，一直等到他醒過來。有一次看上去彷彿他要醒了。但是他又回到沉酣的睡眠裏，孩子過街去借些柴來，燉熱咖啡。

老人終於醒了。

「不要坐起來，」孩子說。「喝掉這個。」他把咖啡倒些在一隻玻璃杯裏。

老人拿著，喝了它。

「牠們打敗了我，瑪諾林，」他說。「牠們確實打敗了我。」

「他並沒有打敗你。那魚沒有打敗你。」

「沒有。真的。是後來。」

「佩竺利珂在那裏看守著那小船和工具。你要怎樣處置那魚頭？」

「讓佩竺利珂把它斬碎了，用在捕魚機裏。」

「那長唇呢？」

「你如果要它，你就留著。」

「我要它，」孩子說。「現在我們得要來計劃計劃別的事情。」

「他們有沒有到處去找我？」

「當然。派出沿海警衛隊，也派出飛機。」

「海非常大，小船很小，不容易看見，」老人說。他感覺到這是多麼愉快，有個人在這裏，他可以對他說話，而不是對自己或是對海說話。「我很想念你，」他說。「你捉到了什麼？」

「第一天一條。第二天一條，第三天兩條。」

「好極了。」

「現在我們又要在一起打魚了。」

「不。我運氣不好。我的運氣現在不行了。」

「媽的，什麼運氣，」孩子說。「我會把運氣帶過來。」

「那你家裏人要怎麼說呢？」

「我不管。我昨天捉到兩條。但是我還有許多地方需要跟你學，我們以後還是在一起打魚。」

「我們得要弄一隻好的鋒利的長鎗，總把它擱在船上。你可以從一隻福特牌的舊汽車裏拿個彈簧葉子來做那刀鋒，我們可以到瓜巴可阿去把那刀鋒磨快它。它應當是鋒利的，但是不要去燒鍊它，免得容易斷。我的小刀斷了。」

「我再去弄把小刀來，把那彈簧也磨磨快。這風要吹多少天？」

「也許三天，也許還要多。」

「我會把一切都準備好了，」孩子說。「老頭子，你把你的手養好了。」

「我曉得怎樣照應它們。昨天晚上我吐出一點奇怪的東西，我覺得我胸口有什麼東西碎了。」

「把那個也養好，」孩子說。「躺下吧，老頭子，我來把你乾淨的襯衫拿來。還帶點吃的來。」

「我不在這裏的時候的報紙，你也隨便帶兩張來，」老人說。

「你一定要快快地好起來，因為我還有許多東西需要學，你可把一切都教給我。你吃了多少苦？」

「太多了，」老人說。

「我把吃的東西和報紙都帶來，」孩子說。「好好休息吧，老頭子。我到藥房去帶點東西來給你搽在手上。」

「不要忘記告訴佩竺利珂那魚頭是他的。」

「唔。我會記得的。」

孩子出了門，順著那磨損的珊瑚石鋪的路走下去，他又在那裏哭了。

那天下午，露台酒店來了一羣遊覽的人，一個女人向水裏望下去，在一些空啤酒罐和死梭魚之間，她看見一根極大的長而白的脊骨，連著一個龐大的尾巴，潮水淹上來，那尾巴就跟著潮水飄舉搖擺著；東風吹著，海港外面的風浪一直很大。

「這是什麼？」她問一個侍者，她指著那大魚的長脊骨，現在那魚只是垃圾，等著潮水來把它帶出去。

「大鯊魚，」侍者說，「一條鯊魚。」他預備要解釋這事情的經過。

「我沒曉得鯊魚有這樣漂亮的尾巴，式樣這樣美麗。」

「我也沒有知道，」她的男伴說。

順著這條路上去，在他那小屋裏，老人又睡覺了。他仍舊臉朝下睡著，孩子坐在他旁邊守著他。老人在做夢，夢見了獅子。

海明威論

羅勃·潘·華倫——著

一

海明威的世界裏，人物往往是兇暴的，情境是暴亂的。例如《太陽照常上升》[1]，寫的是一個酗酒淫亂的世界；《戰地春夢》、《戰地鐘聲》、〈我們的時代〉、舞台劇《第五縱隊》、與某些短篇小說，寫的是一個混亂的獸性的戰爭的世界；又如〈五萬大洋〉、〈我的老太爺〉、〈不敗者〉、《雪山盟》，寫的是拳師獵人鬥牛士等賣氣力人物的小天地；又如〈殺人者〉、〈賭徒、女尼與無線電〉、《有與無》，寫的是一個罪惡的世界。即使偶有一篇故事，與情境不能歸入上列分類，也往往涉及一種極度的冒險，後面隱伏著毀滅的陰影——形體或精神的毀滅。至於他故事裏的典型人物，大抵是硬漢，富有經驗，足以應付所處的冷酷世界，外表上似乎絕不流露情感，絕不敏感的退縮閃避。例如《戰地春夢》中的李納爾狄，或佛萊德立克·亨利；《戰地鐘聲》裏的羅勃·喬登；《有與無》中的哈利·摩根；《雪山盟》中專打大野獸的獵人；〈不敗者〉中年老的鬥牛士；〈五萬大洋〉中的拳師。那些典型人物，不是老江湖，就是非常青年的人，或是剛剛踏進這兇暴的世界、剛剛學習適應環境的男孩。

我們已經說過，海明威的典型局面背後，永遠潛伏著毀滅的陰影，使他的典型人物面臨著失敗或死亡；但這些人物，在失敗或死亡之中，往往能設法保存了一些什麼東西。在這裏，我們可以發現海明威為什麼對這種局面，這種人物，特別感覺興趣。他筆下的英雄從不打敗仗，一定要依從他們自己提出的條件才認輸。他們絕不洩漏秘密，絕不賴債，絕不妥協，絕不怯懦。當他們面臨失敗時，他們知道他們所採取的態度本身，就是一種勝利——堅韌地忍耐著痛苦，不動聲色。他們只有在自己所提出的條件之下，才肯認輸，有時甚且自動求取失敗。即使實際上失敗了，他們確是維持著他們本身的一種理想，該怎麼做人的一種原則。這種原則，或許曾由文字表達，或許不可言傳，總之他們曾奉為立身處世之本。這種原則似乎代表一種規律，一種榮譽，使一個人成為男子漢大丈夫，與凡人不同，不僅服從他們偶然的衝動，以至於「濫搞」。

表現這種原則的例子多得很，在一個個的故事與長篇小說中，我們都可以找得到。這種原則，有個批評家[2]稱為「運動員的道義精神」。譬如《太陽照常上升》中的女主角白蕾忒，她放拋了她熱戀著的年青鬥牛士羅邏洛，為了她知道她會毀滅他的前途。她強自鎮靜，對這篇小說的敘述人新聞記者介克說了一句話，這句話幾乎可以作為代表一切海明威作品的格言：「你說怪不怪——我打定主意不幹混賬事，心裏倒挺痛快。」

人要經過這種規律的鍛鍊，方始有人性，才能養成一種風度，一種示範的典型。一般說來，都是如此，不僅只適用於上列幾個不相關連的戲劇化的例子。有了原則，混亂的人生至少有一部份才會有意義。戰士的紀律，體育家的風格，運動員的果敢，藝術家的技巧，這一切全都可以多少表現出一點人類社會的秩序，可以獲得一種道德的意義。在這裏，我們可以看出海明威對於戰爭與運動特別著重，這與他對於文字風格的注意不無關係。一個作者，若能達到海明威在《非洲的青山》中所自承努力追求的那種風格，則「其他一切，完全無足輕重。這比他所能做到的任何別的事，都更為重要。」這比什麼都重要，因為徹底研究起來，追求文字上的完美，也就是一種道德上的成就。海明威所以欽佩亨利・詹姆斯無疑也是為了這個原因——同時詹姆斯也是最著重某種道德規律的要點的。（海明威在《非洲的青山》中，說他欽佩專門注重風格的名作家詹姆斯。）

言歸正傳。再說到海明威的世界：那些規律與紀律是重要的，因為它們能夠予人生意義，否則他書裏所描寫的那種人生，似乎就沒有存在的理由了。換句話說，現代的世界已經沒有超自然的呵護，那是一個為上帝所遺棄的世界；這樣一個世界上的人若能明瞭一種理論的意義，他理解的限度全在他是否能明確地認識那種道德的規律，以及是否能努力維持那種規律。他努力企圖明確地認識那種規律，維持那種規律，或許他的嘗試都是有限度的，不完美的；然而那種努力特別流露人性，它可以造成種種悲劇性或可憫憐的人性的故事。對於這一點，海明威的態度，和史蒂文生很相像。史蒂文生在〈塵與黑影〉那篇散文裏說[3]：

「——處處都有一些美德，有時是人們自己愛惜、保留下來的，有時是人們假意扮演的；處處都有一些思想上行動上的純潔；處處都有人類的無效的善良的標識。……在各種各樣失敗的情形下，沒有希望，得不到援助，得不到感謝，然而仍舊沒沒無聞地戰鬥著；美德是注定了失敗的，然而仍舊掙扎著，在妓院裏或是在絞台上，緊拉著一小片榮譽的破布，他們靈魂裏僅存的一點可憐的珍寶，不肯撒手！他們也許想逃走，然而他們不能夠；這不但是他們的特權與光榮，同時也是他們的悲慘的命運；他們命該具有高貴的品質，無法規避……」

海明威的規律較史蒂文生的更為嚴厲，也許他知道信奉這種規律的人較少，但是他像史蒂文生一樣，能夠在社會的棄兒中找到他典型的英雄與典型的故事；而他也像史蒂文生一樣，感到這事實的動人的諷刺性。但是目前我們認為他們兩人主要的相同之處是：史蒂文生心目中的世界，作為戲劇的背景，演出的是可悲的向上的志願與艱苦卓絕的忍耐；這世界由他客觀的看起來，乃是一個狂暴的無義的世界——「我們這旋轉著的島嶼，滿載著弱肉強食的各種生物，比任何叛艦都更是血淋淋的……在太空中溜過。」這個世界並不是海明威所發明的，也不是史蒂文生所發明的。在他們之先，它早已出現文學中；換句話說，這悽慘的景象，在他們之先，已經開始使人感到煩惱。它也就是丁尼生在〈悼亡友〉[4]中所繪的世界（他描寫之後又否定了）；在這個世界裏，人類的行為是「垂死的大自然界的泥土與石灰。」它也就是哈地與霍思曼所描繪的世界（他們並沒有否定它）；這世界如果冥冥中有主宰，似乎就是盲目的命運，如哈代在他的詩〈運命〉[5]中所說的；再不然，如果有個造物主，這造物主就是一個獸性的壞蛋，如霍思曼在他的詩〈栗子樹丟下火把〉[6]中所說的。這也就是左拉、特萊塞、康拉德或福克納的世界。至於這是什麼世界，我們可以用哲學家羅素所創造的名詞，稱它為「世俗的忙亂，在太空中熙來攘往。」它是被上帝遺棄了的世界，「大自然即是一切」的世界。我們知道文藝界從哪裏得到這印象。他們是從十九世紀的科學家那裏得來的。這也就是海明威的世界——中心空空洞洞一無所有的世界。

與這自然主義的世界觀對立的，當然另有一派，相信上帝的智慧與上帝的宗旨的理論，這種主張的根本論據是大自然完美的體系與自然界的法則。他們的理論是：自然界縝密的秩序顯然是上帝的智慧所佈置的。但是我們如果向海明威指出這事實，說自然界是個井井有條的世界，他的答覆早經寫好，我們可以在他的短篇小說〈死者的自然史〉裏找到。在那裏，他引用了旅行家孟戈．派克的話。孟戈在一個非洲的沙漠裏裸露著身體，餓著肚子，卻觀察到一朵美麗的小苔花，他便這樣思索著：

「儘管這朵花似乎完全是無關緊要的一件東西；種植灌溉這朵花的造物者，卻煞費苦心，使它在這世界偏僻的一隅開得這樣完美，他怎能眼看著這些仿照他的形象造成的生物所處的環境，所受的痛苦，而毫不動心？當然不能夠。諸如此類的思想決不讓我絕望：我站起身來，不顧飢餓與疲乏，向前進行，確信不久就可以得到救濟；果然並不使我失望。」

海明威繼續寫下去：

「照史丹萊主教在《禽鳥通俗史》一書中所說，我們天性中具有某種傾向，易於感到驚奇，也同樣地易於尊崇膜拜。那麼，我們如果研究生物學的任何一隻，怎麼能夠不因而加強信心、愛心與希望？這信心、愛心與希望，也就是我們每個人在人生的荒野中旅行所必須攜帶的東西。因此我們應當來研究一下：我們從死人方面能夠得到一些什麼靈感。」

海明威跟著就描寫一個現代戰場的畫面；在那裏，腫脹的腐爛的屍身是最好的例證，證明化學的自然程序；但似乎並不能加強我們的信心、愛心與希望。這畫面就是他的答覆。所謂「自然程序暗示這個世界是有意義的」，這種理論，不駁自倒。

他的短篇小說中有一篇題為〈一個清潔的燈光明亮的地方〉。我們在這裏可以找到一段最好的描寫，最能代表海明威的狂暴的世界下隱伏著的另一個世界。在這篇小說的前部，我們看到一個老人，深夜坐在西班牙咖啡館裏。兩個侍者在談論他。

「『上星期他曾經自殺過，』一個侍者說。

『為什麼？』

『他覺得絕望。』

『為什麼絕望？』

『不為什麼。』

『你怎麼知道不為什麼？』

『他非常有錢。』」

超過了「非常有錢」之外的絕望——換句話說，世間一切幸福之外的絕望：在小說結束的時候，這種絕望的性質表現得比較明晰，侍者之中的一個單獨留在咖啡館裏，捨不得離開那清潔的燈光明亮的地方。

「他關了電燈，繼續與自己談話。當然是因為這燈光，但是地方也必須乾淨愉快。用不著有音樂。音樂確是用不著。可也不能站著——時間這樣晚，只有酒排間還開門，但是站在櫃台前喝酒未免有損尊嚴。他怕什麼？並不是怕，也不是畏縮。是一種空虛，他過份熟悉的一種空虛。全然是虛無；人也什麼都不是。不過如此；而只要有燈光就夠了，要有燈光，而地方相當乾淨整潔。有些人在這裏生活著，而並沒有這種感覺，但是他知道一切都虛無，此後也是虛無；虛無之後，還是虛無，我們虛無之中的虛無，你的尊號應當是虛無；你的天國結果是一場空，你意志也落得一場空，在天空中如此，在空虛的大地上亦然。在今日的空虛中，請你賜予我們當日的空虛，請你否定我們的空虛，正如我們否定我們的種種空虛；請你空虛我們，請不要領導我們走入空虛中，而自空虛中救出我們；此後又是空虛。我們向空虛致敬，你充滿了空虛，你什麼都沒有。他微笑著站在一個酒排間櫃台前，櫃台上裝著一個亮晶的蒸汽高壓咖啡機器。

『你喝什麼；』酒排間夥計問他。

『什麼都不要。』」

最後那老侍者終於準備回家去了：

「現在他不再往下想，就預備回去，回到他的房間裏。他預備躺在床上，等到天亮的時候，終於睡去，他對自己說，歸根究底，也許僅只是失眠症而已。患失眠症的人一定很多。」

而這永不睡眠的人——成天想著死亡、世界無意義，與空虛、空無一物——是海明威作品中頻頻出現的象徵之一。海明威在這個階段裏，是一個宗教性的作者。超過了「非常有錢」之外的絕望——這絕望使人永遠無法入睡，比失眠症更嚴重；而感到這種絕望的人，他正是渴求宗教信仰的確定性，宗教信仰之賦予人生以意義，而不能在他的世界裏找到這信仰的基礎。

上面曾說過，海明威作品中另一個屢次出現的象徵是狂暴的人。但失睡的人與狂暴的人並非相反的象徵，而是相成的。他們代表同一個問題的不同階段，同一種飢渴，渴求這世界要有意義。兩個人本來只是一個人：失眠是因為正在煩悶地默想著人生的虛無，宇宙的大混亂——「大自然即是一切」；（因為「大自然即是一切」，也就等於道義精神的大混亂；就連自然界勇猛的公牛與獅子及扭角鹿，海明威雖然欽佩牠們，他並不將牠們看作自覺的自我鍛鍊的生物；牠們的毅力之意義，僅只限於牠能象徵人類的毅力。）狂暴是因為他明瞭人生的虛無，因而採取某種適合這種感覺的行動。換句話說，他正在努力，企圖在一個自然主義的世界中發現人性的價值。

我們再往下討論之前，也許有人要問：「為什麼海明威覺得尋求人性必須牽涉到暴烈的行動？」我們如對這問題作較徹底的答覆，勢必涉及現代文學對於暴烈的行動的整個的偏見。但是我們姑且將眼前的問題研究一下。典型的海明威書中主角是一個感覺到虛無的人，或是正在感覺到虛無的過程中。死亡是最大的虛無。因此不論書中主角得到任何答案，如果它是個正確的答案，那麼即使遇到死亡，這個答案應該也仍舊能夠應用。它必須是即使在鬥牛場上戰場上也能夠應用，不光是在書室或教室裏。事實是：海明威是「反知識份子」的，他極度藐視未經切身考驗而得到的任何答案。他最不討人歡喜的幾節文字裏有這樣的一段——又是在〈死者的自然史〉中——把這一點表現得十分清楚：

「我所看到的唯一的自然的死亡，除了失血致死之外（失血過多而死，並不算壞），就只有患西班牙流行感冒症致死。你害了這種病，簡直淹沒在濃液裏，喉嚨都給堵住了。怎樣知道病人已經死了？臨終的時候他雖然具有成人的精力，卻變成了個小孩，將床單作為尿布，一口氣拉了滿床屎，這最後的一股子黃色大瀑布在他咽了氣以後仍舊不停地湧出來，點點滴滴流著。所以我很想看到一個自命為人文學家的人怎樣死，因為我和孟戈·派克之流的孜孜不倦的旅行家大多長壽，也許將來有一天能夠看見一個文藝圈內的人物當真死去，可以觀察他們超逸的下台姿態。作為一個自然學家，我在構思中曾經想到這一點：文雅固然再好沒有，但總得有一部人不雅，否則人類勢必絕種，因為聽說傳種的姿勢頗不雅觀，極不雅觀，我因而想到這批人也許是『文雅的同居的結晶品』。但是，不管他們是怎樣生出來的，我希望至少能夠看見幾個文士的下場，推想蛆蟲怎樣試嚐他們的清修絕嗣金剛不壞之身；那時候他們那些清奇古拙的小冊子已經消滅得無影無迹，而他們所有的情慾也都已經一本清賬記載在註腳裏。」

因此，除了為加強戲劇性（暴烈的行動能增加戲劇性），除了因為這純是作者性格的關係（海明威描寫他自己，不止一次說他念念不忘死亡），他的作品特別適於表現狂暴的行動，因為死亡是至大的虛無。人們如果從事劇烈的冒險，勢必戲劇化地面對虛無幻滅——海明威整個的世界內暗含著的虛無幻滅。我們現在再回到我們討論的主題。海明威書中主角是尋求人性的價值的，在尋覓過程中就遭遇到這種暴烈的行動。暴烈的行動具有不同的兩面，似乎能夠代表他對於自然界的兩種自相矛盾的感覺。

第一，他有一種感覺，我們姑且稱它為自覺地沉浸到大自然中。依照這一種理論，我們可得到諸如此類的結論：如果在宇宙的中心只有虛無，那麼人生唯一的確定的補償——唯一的現實——就是肉慾的滿足，感覺上的享受。在他的長篇短篇小說中，我們不斷地發現這樣的句子，例如在《非洲的青山》裏：「……喝著這個，當天的第一杯，最好的一杯，看著我們在黑暗中經過的濃密的叢林，感覺到夜間的涼風吹在身上，嗅到非洲的好氣味，我完全覺得快樂。」這一類的句子永遠使人感到興趣的一點是：快樂這樣東西，我們習慣上向來把它與一種複雜的生活情形連繫在一起，涉及道德觀念與成功的觀念等等，而在這裏，快樂等於一套官能上單純的快感。謹慎地由官能辨別滋味，在他這是最重要的，永遠如此。

如此強烈地感覺到那官能的世界，這當然是海明威早期作品的特徵之一，因而他的作品所給我們的強有力的最初印象彷彿格外新鮮澄淨。自然界的景象從來沒有像在他的作品裏表現得那樣鮮明;在文學的這一部門,夠得和他競爭的,在現代家中恐怕只有福克納,在美國前輩作家中只有梭羅。美國的草原、樹林、湖泊、有鱒魚的溪流,及西班牙的乾燥的鬼斧神工式的山嶺,出現在他筆下,都近在眼前,逼近得令人吃驚,而他並不是靠華點的描寫造成這親切感。他不但注意風景的外表,那清新的氣息一大部份來自感官的辨別力——涉水後,咕滋咕滋響著的皮鞋裏的水的寒冷;乾鼠尾草強烈的象味;野炮上抹的油的「清潔」的氣味[7]。海明威對於物質的世界的美麗的欣賞力與表現力是重要的,但是在這些美點的表現方式中卻暗含著一種奇異的苦痛;物質的世界的美麗是人類的劫難的背景;津津有味地賞鑒這美麗,僅只是對於絕望的一種短暫的補償,在劫難中可能有的苦中作樂。

他對於官能的世界的這種仔細的賞鑒,在醇酒婦人上達到了最高峯。對於他說來,酒是「驅妖除怪的法寶」,抵抗人們心目中的虛無幻滅思想的武器,性慾其實也具有同樣的作用,不過性的吸引力一旦達到了戀愛的程度,那就成了另外一種作用;那時人企圖在戀愛中得到一種意義,而不是企圖忘記這世界毫無意義。說到醇酒婦人,海明威書中主角生成是不銹鋼的肚子,而在戀愛技術上又像荷馬史詩中的英雄一樣武藝超羣。書中的典型場面是戀愛,再加上喝一點酒,而背景是虛無幻滅——世界文明的毀滅,或是戰爭,或是死亡——在他所有的長篇小說裏,雖然表現的方式不同,內容都是如此,有許多短篇小說也是這樣。

然而我們應當記住，即使是在飲酒與單純的性慾的這種低級的水準上，人的行為在他書裏仍舊不是糊裏糊塗的，所謂浸到大自然中去乃是一種自覺的行動，並不是偶然發生的肉慾的滿足。在《太陽照常上升》裏，從柯恩與介克與白蕾忒的對照中，我們可以很清楚的看出這一點。柯恩不過是感覺享受的世界中一個偶一為之的門外漢，而介克與白蕾忒是研究有素的老手，他們感覺到一切事物中心的虛無，所以他們的放浪具有一種哲學意義。凡是海明威的世界裏「得道的人」，一定將肉慾的滿足提高到一個程度，使它成為一種信仰，一種紀律。

我們剛才已經指出，信仰肉慾很容易變成信仰戀愛至上，因為表現一個典型的戀愛故事，大部份需要借重描寫種種感覺經驗的辭句。（下文詳細討論《戰地春夢》時，我們就發現那本書的特色與這種變化有密切關係。）就是戀愛至上主義這種信仰裏面，也是目前的一剎那最重要，個人最重要。戀愛故事裏從來沒有過去與未來，戀人們永遠是孤立的，他們不在通常的人類社會裏活動，他們不被社會上責任的圈子所限制。戀人是一種秘密的教派，由一班深知虛無的秘密的人們所組成；海明威的小說不斷地宣揚這種教派的思想。例如在《戰地春夢》裏，凱薩琳和佛萊德立克自己也清楚地感覺到他們倆站在一起，與全世界為敵。而他們身在異邦，這世界確是一個陌生的世界，並不光是這麼說著打譬喻。如果把他們看作一種秘密的教派，佛萊德立克與那神甫的奇異的關係也帶著一種新的意義。這一點容後再討論，但是我們現在所以暫且說那神甫是一個信奉神聖的戀愛的神甫，他和佛萊德立克在醫院裏談話的題目是神聖的戀愛，而佛萊德立克自己是一種神甫——信奉肉體戀愛的神甫——最後並且成為這種教派中的一個得道的人。一對戀人與全世界對抗，再加上一個了解他們的密友或是替他們做註解的人物——同樣的情形在《戰地鐘聲》重又出現，這次是加上辟臘，那個懂得「戀愛」的吉卜賽女人，她代替了《戰地春夢》中的神甫。

信仰戀愛至上的得道的人，他們都感覺到人世的虛無。然而，作為這一個教派的教友，他們努力的目標是尋找一種意義，代替虛無。換句話說，他們企圖使戀愛關係具有一種宗教意義，因為它能夠賦人生以意義。這個題材很普通，不是海明威所新創的。它是十九世紀文藝的題材之一——事實上它的歷史很長，比十九世紀久遠得多。不過在上一個世紀內我們發現許多作品，將它充分發揮。隨便舉一個例子，譬如安諾德的〈多伐海灘〉。在一個失去宗教信仰的世界裏，一對戀人只能在彼此身上找到生命的意義[8]：

「啊，愛人，我們得對彼此忠誠！
因為這世界雖然彷彿
躺在我面前像夢之國土，
這樣變化無窮，這樣美麗清新，
其實並沒有喜悅，沒有愛，沒有光，
也沒有確定與和平，予苦楚以救援；

我們在在這裏如同在昏暗的平原上面。
大地上橫掃著慌亂的掙扎與逃亡，
剛趕上愚昧的軍隊在黑夜打仗。」

如果信仰戀愛是起源於信仰官能，並且利用信仰官能的辭句來說明它，那麼它就是加劇地發展那典型海明威式的暴烈行動的「沉入大自然中」的一方面。但是它既然涉及一種規律，一種對「信心」的尋求，我們就該討論到這種典型的暴烈行動的另一面。

海明威書裏的狂暴，雖然由它的第一方面看來，是代表一種消沉，沉沒到大自然中，然而在它的第二方面看來，它是代表征服大自然，征服人生的虛無。它代表征服，並非因為事實上有暴烈的行為，而是因為那暴烈的行動是以紀律的姿態出現，同時也就成了一種風格，一種法規。我們已經看出那些書中主角都是為了一種自動制定的紀律，因而英勇地——雖然效力有限——努力企圖補救這世界上的混亂；他們想把他們的已經亂七八糟的生活硬添上一點格式：鬥牛士或獵人的技巧，兵士的紀律，戀人的忠貞，或是甚至是流氓的幫規——這種幫規雖然殘酷，而且顯然使人失去人性，卻也自有其一套倫理。

這種紀律，這樣格式從未有足夠的力量能克服這世界，然而你還是得對紀律效忠——這也是戰敗者應有的氣度。書中主角對它效忠，因而能夠留下一小塊乾淨土，「清潔」、「燈光明亮」，能夠在最後一剎那保持他的尊嚴，或是在最後轉變的時候，獲得一種尊嚴。正如那老西班牙侍者默想著的，應當有一個「清潔的燈光明亮的地方」，讓我們在夜深的時候保持我們的尊嚴。

我們早先曾經說過，海明威的典型人物是硬漢，外表上看來是神經麻木的。然而僅只是外表上如此，因為他對於一種法規與紀律的效忠，也許正表示他是敏感的；書中人物藉著這種敏感，間或能夠看出他們真正的危殆的處境。有時候——大都是在緊張的情形下——真正感覺到憐憫或悲劇性的人，倒是海明威的世界裏的硬漢。個人的硬性（所謂「硬性」可以釋做世界向各個人所要求的私人紀律）也許會和自然的人性發生衝突；海明威書中的主角雖然也許覺得那自然的反應相當有道理，究竟那是人類天然的情感，但是他不能向它投降，因為他知道他若要保存他自身所以存在的意義，保存「榮譽」或是「尊嚴」，唯一的辦法是維持那種紀律或法規。舉一個例子，當憐憫在海明威的世界中出現的時候——例如〈追踪競賽〉中——憐憫的表現毫不誇張，而是儘量的壓制著，小得不能再小。

就文字風格與技巧而言，要達到這種效果，就得利用「輕描淡寫」的筆法。這種輕描淡寫的出發點是敏感與加在它上面的紀律，二者之間的對照。海明威的作品永遠具有這種特色。《紐約客》雜誌上有一幅漫畫曾經抓著這一個特點。這張漫畫畫的是一隻強壯的筋絡虬結的手臂與一隻毛茸茸的手，手裏緊緊抓著一朵玫瑰花。題目是「海明威的靈魂」。海明威書中人物的失敗並不是全部失敗，他們可能在作戰中陣亡，而在戀愛方面得到成功；同樣的，他們那獸性的世界，外表上看來雖然神經麻木，其實也稍稍保留著一點備而不用的敏感。因此海明威的書裏就發生一種諷刺性的情形——某種諷刺性的情形作為中心點，全本書裏看來就瀰漫一種諷刺。所謂諷刺性的情形者，指的是：他書中最不像樣的人或是最不像樣的場面反而能夠表現出他作品中的典型品質——如〈追踪競賽〉、〈殺人者〉、〈我的老太爺〉、〈一個清潔的燈光明亮的地方〉或是〈不敗者〉幾篇短篇小說都是如此。〈不敗者〉這一故事是一個最好的例子。年老的鬥牛士失敗之後，躺在手術床上將開刀，鬥牛助手蘇利多正要替他剪掉辮子——那是他的職業的記號。但是那受了傷的人忍痛坐了起來，說，「你不能幹這樣的事。」於是蘇利多就說，「我是開玩笑。」蘇利多發覺那年老的鬥牛士到底也可以說是並未失敗，他有權利保全辮子而死。

在最不像樣的人們，最不像樣的場面裏可以發現詩意，哀愁與悲劇性——這並不是海明威的創見；這是浪漫主義運動以來，我們的文藝中經常見到的一種作風。這種作風的特點是不過份誇張敏感性，用一種反浪漫的外表來遮蓋浪漫主義內容的作品；要點是樸素的外表與豐富的內容之間的對照。海明威所選擇的是腦筋簡單的人物，華滋華斯詩裏的人物也大致如此，二人正是出於同樣的動機。華滋華斯覺得他的天真的農民比起文雅之士來，他們對於人生的反應較為誠懇，因此比較富於詩意。海明威的作品裏沒有華滋華斯式的農民，卻有鬥牛士、兵士、革命家、獵人和流氓；沒有華滋華斯式的兒童，卻有像聶克[9]之類的青年，剛要踏入社會的人。

當然華滋華斯與海明威著手的方式是有其不同之點，然而他們同是保留一種備而不用的敏感性，在這一點上沒有多大分別。從某一方面看來，他們兩人的態度都是「反知識份子」的；在〈決斷與獨立〉或〈邁戈〉[10]之類的詩裏可以看出兩人之間更密切的關係。

剛才我指出華滋華斯與海明威之間，基於浪漫性反知識份子主義的相同之點。但是在這一點上，海明威的看法更為深刻，態度更為激烈。只要把華滋華斯的〈抒情短歌序〉[11]與海明威不勝枚舉的許多章節並列，立即可以看出這分別。十八世紀理智主義只是將一種公式化的語言像面幕似的罩在整個的世界上，而又藐視人類的經驗中的一大部份，使它們也面目模糊。華滋華斯所控訴者為此。海明威所控訴者卻不同，他認為維多利亞時代的理智主義結果搞出了一九一四年至一九一八年的泥淖與血；這種理智主義只是謊話連篇，領導我們走向死亡。我們不妨舉出《戰地春夢》中的一節，和華滋華斯的序文比較一下：

「『神聖』，『光榮』，『犧牲』，『白白犧牲』這些字眼永遠使我窘迫。這些辭句我們久已經聽慣見慣，有時候站在雨中，站得太遠幾乎聽不見，只有大聲喊出的幾個字可以聽到；也曾經讀到這些，在告白上——張貼佈告的人隨手黏貼在別的告白上的告白——而我從來沒有看見過任何神聖的東西，而光榮的事物也並不光榮，而犧牲也像芝加哥的屠場，假若屠場僅只把肉埋葬起來，不作他用。許許多多字眼都是不堪入耳，結果只有地名是莊嚴的。……具體的村莊的名字，道路的號碼，河流的名字，部隊的番號，日期。抽象的字句如同『光榮』，『榮譽』，『殺力』，或是『神聖』，相形之下都是穢褻的。」

我並不是說一般文章風格的改革與反抗十九世紀特殊的理智主義乃是第一次世界大戰的後果。事實是：這種反抗在戰爭爆發前早已在進行。但是對於海明威，對於許多別人，戰爭使這局勢格外深入，格外迫切。

也許我們可用下的方法分別此中的深淺程度：華滋華斯是個革命家——他確實有一種新的世界觀——但是他的革命性的世界觀留下大塊空白，有許多地方都沒有接觸到；例如他並不想革英國教會的命。下一代的安諾德與丁尼生雖然自身並不是革命家，卻是更深沉地被革命的局面所激動，遠比華滋華斯為甚；這就是說：在他們看來，世界上成問題的東西更多。他們對於許多社會制度都發生疑問——更為基本性的疑問。但是他們總算拉著了他們的英國國教的上帝與英國政治制度不放。到了哈地，動亂的部份更為擴大，能夠保全的部份大為減少。他像早期的維多利亞時代的人物，一種強烈的集團的感覺支持著他，使他能夠應付這宇宙；在他看來這宇宙是並不友善的，至少是中立的，上帝是沒有的——安諾德與丁尼生最後並沒有得到這樣的結論。但是他的集團是社會制度的基礎，是一種人性的交流，而事實上社會制度卻不斷地破壞這種交流。這種破壞正是源源不絕的文藝題材，源源不絕的諷刺。然而哈地仍舊可以稱為一個改良主義者。

但是在海明威，雖然他也有一種秘密的集團，範圍卻大大地縮小了，而它的定義也比較特殊化。它的會眾只限於諳曉幫規的人。他們到處都能夠認出誰是同門弟兄，他們知道用暗號，用秘密的握手方式，但是他們人數太少，每一個人都需要與全世界對抗，如同一個受傷的獅子被一羣豺狼包圍著，等著坐吃牠的屍骨。（《非洲的青山》把豺狼給我們作為象徵——豺狼的死亡是滑稽的，因為牠整個地代表食慾，醜惡地……牠受了傷就吃自己的腸子。）而且這種秘密的結會並不是建設性的；海明威不是改良主義者。事實是我們可以找到許多暗示，在他的思想背後與他的作品背後似乎潛伏著一種斯賓格式的歷史觀[12]：我們的文明正在破壞中。關於這一點，《非洲的青山》裏表示得最明顯：

「只要我們一來到，一個大陸很快地就老了。土著的生活是與大地打成一片的。但是外國人到處破壞、砍樹，疏導池沼製造乾地，使供水量改變；在短短的時間內草皮一經刨除後，就把泥土掀了出來，然後泥土就被風吹跑了，在每一個古老的國家，泥土都給吹跑了，我在加拿大親眼看見過，那裏的泥土正開始給風吹掉。大地給剝削得感到厭倦起來。一個地域很快地就疲乏了，除非人類將剩餘物資——人糞和牲畜的糞便——交還大地。他一旦停止用牲畜，改用機器，大地很快地就打敗了他。機器不能生育，也不能給土地施肥，它吃的又是無法栽種的東西。一個地域最初是什麼樣子，那它天生就應當是這樣。我們是不速之客；也許我們把這地方給毀了，我們死後它仍舊在這裏，我們也不知道此後有什麼變化。大概結果全都變成像蒙古一樣。

我要回非洲來，但並不是藉此謀生……。我要回到我喜歡住的地方；住下來真正生活著。不僅只是讓我這一輩子就這麼過去。我國的人民當初到美國去，因為那時候這地方去得，他們去正合式。那曾經是個好地方，後來被我們搞得一團糟，我現在要到別處去——我們永遠有權利到別處去，也確實不斷到別處去，反正去了還可以回來。讓別人儘管到美國來——那些人不知道他們來得太遲了。我國的人民曾經看見它當初的好日子，也曾經為它作戰，那時候確是值得為它一戰。現在我要到別處去。」

他這一次表示意見，最為明確，但是他暗示這一種人生觀，例子很多。一般的人類集團，一般的人類計劃，統統不行了，完了。剩下只有那秘密的小集團；而組成那小集團的正是脫離大集團的個人主義者——這彷彿是故作反語——他們是夠堅強的，沒有那些人云亦云的憧憬與謊話或高調，也照樣能活下去。至少，直到他寫《有與無》是如此。在《有與無》及《戰地鐘聲》裏，海明威企圖將他那個人主義的英雄還給社會，使他與許多別人的命運得失相共。

我們現在再說到華滋華斯與海明威。同一題材，在華滋華斯的作品裏僅只是單純的或是天真的，而在海明威的作品裏是狂暴的：流氓或鬥牛士代替了小孩或採集吸血蟲的鄉民。海明威的世界是一個較混亂的世界，他書中人物的敏感與他們周圍的世界成為更富諷刺性的對照。目前我們最需要研究的僅限於他的抑低敏感性，以蠻強的幫規作為刀鞘套在外面，掩蔽了敏感。這裏可以引用女作家史帶茵女士[13]的頌讚：「海明威是我所讀到的最羞澀，最驕傲，最芳香的說故事的人。」但是這種差澀是表現在諷刺中。當然，在這一點上，海明威的諷刺與拜倫的諷刺正是相同。但是他和拜倫的關係比這更深，更基本性。必須使一個經驗豐富鐵石心腸的人也不得不感到憐憫，否則這憐憫便不足稱道了。因此海明威和拜倫都特別重視殘暴的經驗。溫德亨．路易士所謂「蠢牛」[14]就是華滋華斯式的農民，可是拜倫式的貴族是一個奉行「硬漢」幫規的硬漢，一個「得道的人」，一個愛好榮譽，養成英勇犧牲和不怕死的精神的人。海明威的失敗與他的成功同是由這種情形而起。假如他接受了他的前提的種種基本上的限制——那就是說：劇情與典型的海明威式的意識之間保持均衡，一切諷刺與輕描淡寫之筆也都前後一致，有條有理，這樣的作品就是他的成功之作。

反顧他失敗的作品之所以失敗，正是因為我們有時候覺得海明威沒有顧到他的前提的種種限制。那就是說：戲劇性只是出於賣弄，狂暴也似乎只成了演戲。在這一類的例子裏，那典型海明威式的諷刺與輕描淡寫的筆法彷彿過於矯揉造作。舉一個例子，我們來看看海明威最引人注目的失敗的作品——《有與無》。這篇小說的意識是基於走私者與沿碼頭停泊的遊艇的闊主人之間的對照。但是那諷刺根本是一種無的放矢沒有中心的諷刺。這本書裏的諷刺是淺薄的，因為——正如《黨人評論》雜誌上一位批評家所指出[15]——走私者與富人之間唯一的分別是：富人的搶劫是成功的。走私者臨死的時候在他的小輪上突然醒悟：「一個人幹是……搞不好的。」這算是一種省悟，但這種省悟毫無意義，因為它與書裏面的實際戲劇化場面沒有關連。這根本是由於作者沒能夠憑理智來分析。同樣的，經過大吹大擂的《雪山盟》也是失敗的作品。

有許多人說《有與無》與《戰地鐘聲》代表他的觀點上的基本性的改變，放大了我所謂「秘密的小集團」，就是把個人主義的英雄投送到社會裏去。無疑地，這兩本書的命意是如此，但是這兩本書（一本是壞書，一本是好書）的氣質仍舊是原來的氣質，書中人物也仍舊是原班人馬；在明晰的命意下潛伏著的許多假設的情況，也仍舊和以前一般無二。

海明威的作品往往犯單調與自我模仿的毛病，這又是由於製造戲劇性場面的失敗。海明威要把他的理論用戲劇的方式表現出來，但是他所能描寫的場面就是這麼基本的一種，人物也是這麼一般。剛才我們看出他書裏只有兩種主要人物（一種是失眠的人，一種是狂暴的人），此外不過給這兩個角色稍微改頭換面，作為對照或襯托之用。這裏我們可以順便提一句，他寫得最好的女角與男角沒有什麼分別；那就是說，她們代表海明威作品中典型的男性的美德與觀點。

但是這單調並不只是由於典型人物的單調；單調的原因是作者的感能的限制，使他只對一個問題發生興趣。換了另一種較富彈性的感能，能夠辨出較細微的分別，就也許能夠在這些主要人物與局面之中發現千變萬化。但是海明威的成功至少是部份地由於他有時候能獲得二者之間的緊密合作——一方面是人物與情境取得一致，另一方面是文字風格中的確能把他的感能反映出來。

他的文字是十分簡單的，甚至於簡單到單調的程度。他的典型的句子有時是單句，有時是複句；如果是複句，裏面語句的連繫也並不含有微妙的意義。他的典型的章節結構的基礎，僅只是簡單的次第串連，這種風格與作者筆下的人物以及場面顯然有關係——因為人物和場面都是狂暴的，文字再一華麗，就可能成為洒狗血式的低級趣味。（然而同時他的作品裏也有較流利的抒情筆調，這樣的例子在長篇小說裏尤其多，但這種流利也是全靠多用一兩個連接字and。這是一種韻節的流利，而不是邏輯的流利。而那抒情的性質僅只是那種備而不用的敏感性的表現；只要分析它在什麼情形下出現，就可以證明這一點。）但是這問題還有較基本的一面，不但涉及書中人物的感能，而且涉及作者的感能。他的書裏那種短促簡單的韻節，語氣輕重均等的短句一連串地唧接著，很少用附屬的辭句——這都是暗示，用以表現出一個七零八落不能一致的世界。生活在這世界的人物，只顧得餬口，而且他們的生存僅限於在感覺方面，思想上的生活根本沒有。所以海明威的文章也不在思想謹嚴上取勝了。

二

《戰地春夢》是一個戀愛故事。僅僅作為兩個戀人私生活的敘述，這已經是一個動人的故事；若是我們看到這一對人的剪影映在戰爭的火光一條條劃過的黑暗背景上，映在一個坍塌的世界上，映在宇宙的虛無上，那故事就更動人，更有意義。因為這戀愛故事後面另有一個故事，那故事是怎樣在這世界上尋求意義與確定的信心，而這世界上彷彿絕對沒有這種東西。從某方面看來，這是一部宗教性的書；即使它並不給我們一個宗教性的答案，它仍舊以宗教問題為憑依。

這本書開始的第一場，雖然彷彿很隨便，我們如果要明瞭這故事裏的較深動機，這一場卻很重要。這是軍官食堂裏的一幕，大佐設法激怒那神甫。「神甫每天晚上五對一，」大佐向佛萊德立克解釋。但是佛萊德立克並不跟著大夥打趣那神甫。他與那神甫之間有種同情，他們倆都感到這同情的存在。後來這表示得很明白：軍官們勸告佛萊德立克，在他的假期內應當到哪裏去，可以找到最好的姑娘；然後那神甫轉過身來向著他，說他想請他到亞勃魯西去，那是他的故鄉：

「『那兒可以打獵。你一定會喜歡那兒的人；雖然冷，但天氣好，乾燥。你可以住在我家。我父親是個著名的獵人。』

『來來，』大佐說。『我們到妓院去，就快關門了。』

『晚安，』我對那神甫說。

『晚安，』他說。」

這裏預先給我們一個對照，軍官們邀請書中主角到妓院去，而神甫邀請他到寒冷晴朗乾燥的鄉間，這就是這部小說的中心問題，在這裏以最簡單的形式出現。

佛萊德立克那天晚上確是跟著軍官們出去逛，在假期內他也確是到城裏去冶遊，「到咖啡館的烟霧中，夜間，房間就像天旋地轉，要它停止，得緊盯住牆。夜裏在床上，喝醉了，你知道不過就是這麼回事，早上醒過來卻有一種奇異的興奮，不知道誰跟你在一起，在黑暗中那世界全不像真的，使你那樣興奮，非繼續下去不可，晚上又是那樣，什麼都不知道，什麼都不放在心上。」佛萊德立克在小說開始的時候，生活在一個漫不經心的無意義的色慾的世界裏，他知道這就是一切，一切，一切，或者可以說他自以為知道。但是這裏潛伏著一種不滿與憎惡。他假滿回來之後，坐在軍官食堂裏，想告訴那神甫他懊悔沒到那晴朗寒冷乾燥的鄉間去——那神甫的家鄉，這裏它有一種恍恍惚惚的象徵意義，代表另一種生活，另一種世界觀，那神甫對於這一個國度是一向熟悉的。

「他一直知道我所不知道的東西，即使我知道了後又總是能夠忘記的東西。但是我那時候不知道，不過後來我曉得了。」

佛萊德立克後來知道了什麼，就是這本書裏的戀愛故事背後的故事。

但是這主題並不只是在小說的開端加以說明，此後就被吸收到動作中。它後來又屢次出現，在緊要關頭上，用來劃清動作中的意義的線條。例如當佛萊德立克受了傷的時候，那神甫到醫院來看他。他們的談話將這部小說的宗教意義表現得更清楚。那神甫說戰後他想回到亞勃魯西去。他繼續說下去：

「『沒有關係。但是在我們鄉下，大家都知道一個人可以愛上帝。這並不是一個穢褻的笑話。』

『我不明白。』

他看看我，微笑了。

『你明白，可是你不愛上帝。』

『不愛。』

『你一點也不愛他？』他問。

『有時候在晚上我怕他。』

『你應當愛他。』

『我很少愛什麼東西。』

『不，』他說。『你能的。你告訴我那些晚上的事。那不是愛，那不過是熱情和淫慾。你一旦愛上了，你就想給它做點事。你想為它犧牲。你想為它服務。』

『我什麼都不愛。』

『你將來一定會。我知道你一定會。那你就會覺得快樂了。』」

這裏有兩個要點。第一，海明威把佛萊德立克確定為一個永不睡眠的人，念念不忘虛無的人。第二，在這小說的這一個階段，第一部的結尾，他和凱薩琳的戀愛故事的真正的意義還沒有明確地表現出來。它仍舊在色慾的水平線上。那神甫的任務是指出這故事的下一階段，怎樣發現愛的真正性質，怎樣「想給它做事」。他做到了這一點，因為他指出神聖的愛與世俗的愛之間相同之點，而這相同之點暗示佛萊德立克的尋求人生意義與確定信仰。作者更進一步著重描寫這觀念，在那神甫離開以後，佛萊德立克默默地想著亞勃魯西的高爽鄉土，那神甫的故鄉，那地方已經被賦予一種象徵意義，代表宗教性的世界觀。

在書中第二部的中段（第十八章）那戀愛故事開始染上那神甫預言的意義，兩個戀人之間的一小段對白指出了這一點。

「『我們不能想辦法私下裏結婚麼？倘若我出了什麼岔子，或是你生了個孩子。』

『沒有別的辦法結婚，非得通過教會或國家。我們已經私下裏結了婚了。你知道，親愛的，我要是信教，那我一定把這個看得比什麼都重要。可是我不信教。』

『可是你給過我一個聖安東尼像。』

『那是希望你運氣好。也是別人給我的。』

『那麼你沒有什麼不放心的？』

『那只怕他們把我調走，不讓我跟你在一起。你是我的宗教，我除了你，什麼都沒有。』」

又有一次，在第四部將近結束的時候（第三十五章），佛萊德立克與凱薩琳正要動身逃到瑞士去，佛萊德立克和一個朋友（年老的格萊菲伯爵）在談話。伯爵正在說他認為威爾斯的小說『勃立忒林先生看透了』是英國中產階級的靈魂的極好的素描。但是佛萊德立克將「靈魂」這名詞歪曲的解釋成另一個意義。

「『我不知道靈魂到底是什麼。』

『可憐的孩子，我們誰都不知道。你信上帝嗎？』

『晚上相信。』」

後來在同一段談話中，那伯爵又回到這題目上：

「『要是你將來有一天虔誠的信起教來，請你在我死後替我禱告。我要求好幾個朋友替我祈禱。我以為我自己會變得虔誠起來。我們一家子都在逝世前變成虔誠的信徒。可是不知道為什麼，我始終沒有這樣的一天。』

『還早呢。』

『也許太晚了。也許我年紀太大，無法再有宗教感情。』

『我自己的宗教感情也只有在晚上才有。』

『你還在戀愛著。不要忘了，這也是一種宗教感情。』」

在這裏，作者又給佛萊德立克下了定義，他是那永不睡眠的人，同時又奠定了世俗的愛與神聖的愛之間的關係。

最後凱薩琳死了，佛萊德立克發現企圖用私人關係的有限的意義來代替普遍的意義，是注定了要失敗的。它之所以注定了要失敗，是因為它可能遇到世間一切的災禍，而在這個世界上，人類就像露營篝火燃燒著的一根木頭上跑來跑去的螞蟻；在這世界上，死亡正如凱薩琳在她自己臨終前所說的，「不過是造化弄人，一個惡劣的騙局。」但這並不是否認努力的價值，或是否認紀律的價值——紀律，幫規，堅忍，這一切能使下面這句話成為事實（至少一半是事實）：「勇敢的人從來不會出岔子。」（nothing ever happens to the brave.）

談到典型海明威式的紀律問題，我們又得回到這本書的開端，研究佛萊德立克開始努力奮鬥的時候，他的處境是怎麼的。我們已經提到食堂裏的軍官們與那神甫。這種對照是基於人生的意義這問題，有一個人感覺到這問題的存在，又有一些人不感覺到它的存在，而僅是隨波逐流，聽憑偶然的事件的支配；這是有紀律的人與無規律的人之間的對照。但是那對照並不僅只是在那神甫與軍官們之間。佛萊德立克的朋友，軍醫李納爾狄，在這對照中也是站在神甫這一邊的。他也許和他的軍官同僚們一同到妓院去，甚至於稍稍打趣神甫兩句，但是他和佛萊德立克的私人關係顯然指出他是這一邊人；他是一個「得道的人」。而我們曾經看出，在海明威的世界裏，即使僅只是一種技術上的訓練，（例如藝術家的風格或是運動家或鬥牛士的規矩，）也可能寓有一種道義上的價值。「我已經到了這地步」，李納爾狄說，「只有在工作的時候我才覺得快樂。」（「已經到了這地步，」因為尋找感官上的快感已經不能滿足李納爾狄。）後來作者說到那第一個診治佛萊德立克傷腿的醫生，這一點表示得更清楚。這醫生沒有才能，不願意負責作任何決定。

「他回來之前，這房間裏來了三個醫生。我發現行醫失敗的醫生往往喜歡成羣結隊，彼此互助，商討病情。不會給你好好地割掉盲腸的醫生，他往往把你介紹給另一個不會給你順利地割掉喉蛾的醫生，這就是三個這樣的醫生。」

另有一個范倫鐵尼醫生正和他們成為對照，他是肯負責的，而且——這彷彿是他扮演角色的標誌——他的言談與李納爾狄相彷彿，用同一種打趣的諷刺性的語氣——這語氣是一個「得道的人」的標誌。

因此這小說的世界分為兩個集團，得道的人與未得道的人，有感覺的與無感覺的，有紀律與無紀律的。第一個集團裏有佛萊德立克、凱薩琳、李納爾狄、范倫鐵尼、格萊菲伯爵、剪紙像「剪著玩」的老頭子，還有帕西尼、馬耐拉，及佛萊德立克麾下的其他救護車員。第二個集團裏有食堂裏的軍官們、庸醫、「合法的英雄」艾陀爾，及那些「愛國者」——這些人都是不知道真正的賭注是什麼，他們被堂皇的名字所左右，他們沒有紀律，他們是濫搞的人，向事物的潮流與幻想投降的人。這第二個集團是這小說的環境，是它的上句與下文；尤其是佛萊德立克的出發點——他由這裏走向他最後的徹悟。

我們才說過，這最後的徹悟的意義是：個人還是不得不依賴他自己個人的紀律與個人的忍耐力。書中主角脫離了人羣，脫離了這亂世——書中以卡披萊托潰敗的軍隊象徵這混亂的世界。正如馬爾柯姆．考萊[16]指出，佛萊德立克從戰場警察手中逃去之後，縱身跳入汎濫的塔格里亞曼托河，這是有象徵意義的，這好像是一種宗教儀式。經過這次的「洗禮」，佛萊德立克投生到另一個世界裏；他進入了「個人」的世界，不再受社會的支持與牽絆。

「憤怒在河中沖洗掉了，我的責任感也給沖跑了。其實那責任感在警察把手擱在我的衣領上的時候就已經停止了。雖然我不大注意外表，我很想脫掉制服。我把星徽摘了下來，但那是為了方便。與榮譽無關。我並不反對他們。我不幹了。我祝他們運氣好。這些人裏面也有好的，也有勇敢的，有鎮靜的，也有明白事理的，他們應該成功。但這不再是我的戲了。我希望這該死的火車快點開到邁斯忒勒，好讓我吃飯，不再往下想。」

於是佛萊德立克作了一個決定，與〈我們的時代〉的青年聶克做出同樣的事，不過聶克是受了傷，所以這樣做[17]。他與德軍「各別議和」。從塔格里亞曼托河的洪水中，海明威的主角站了起來，提出他純淨的本來面目，人類的歷史與責任全給沖洗得一乾二淨；他準備演出他這齣特殊的戲劇的最後一段，從他不可避免的失敗中學習這一課：孤獨地忍受痛苦的勇氣。

三

我們若是企圖給海明威的全部作品（或者單是這部小說）下一個最後的考語，現在還不是時候。究竟什麼時候是下「最後的」考語的時候，當然也很難說。也許永遠沒有定評。但是我們可以談談某些人反對他的作品的理由。

第一，有種人說他的作品是不道德的，或是穢褻的，或是無恥的。《戰地春夢》初版發行的時候，這種抗議就在各方面紛紛出現。例如羅勃．赫利克[18]，他自己也是個有聲望的小說家，就曾發表過這樣的意見，他說政府如果有任何理由禁止書籍刊行，那就有理由禁止這本書。他說這本書沒有意義，只不過是一種「縱慾」，又有「閨閣氣」，又將他的看法下了個總結，稱它為「垃圾」。這種反對大致已經烟消雲散，但是它的迴聲仍舊有時候可以聽到，偶爾有些老頑固，或是高尚而愚昧的道學先生，反對《戰地春夢》用作大學英文讀物。

我們對於這種抗議的答覆，也就是對那些人控訴這本書沒有意義的答覆。作者的人必須證明本書確是在嚴肅地處理一個道德問題與哲學問題——不管這是好現象還是壞現象，在現代社會中這個問題的確是存在的，大致和海明威所說的一樣。這就是說：即使這本書的結局，並沒有給我們一個能夠普遍地被接受的答案，這本書仍舊代表一種道德上的努力，它是人類的意志企圖獲得理想的價值的又一紀錄。至於它對於某些讀者或者有壞影響，對於這一點，我們最好的答覆也許是引用哈地的話。哈地現在是成為神聖的偶像了，但是他最享盛名的小說《苔絲姑娘》與《沒沒無聞的珠德》以前都曾被教條主義的衛道者所攻擊，他還有一本書曾被一個主教燒燬。哈地這麼說：

「這種懇切的逼真的描寫，有時候書中人物的行徑並不是好榜樣，也並不是善有善報，惡有惡報，對於愚鈍的心靈是否有壞影響，這一點我們大可不必仔細考慮。一部長篇小說，如果使一打傻瓜受了致命傷，而對於健康正常的心智是一帖興奮劑，那它就有理由存在；而且，即使是心地最最純潔的作者寫出來的小說，遇到一個道德上不健全的人，也許照樣能夠傷害他。」[19]

第二，有人說海明威的作品——尤其是在《有與無》之前的一個時期——與社會沒有關係，說它脫離現代生活的主流，說它不關心社會的經濟結構。有些批評家大致抱著這種看法，他們認為海明威是外來的奇花異草，也許像康拉德，也許像亨利．詹姆斯[20]。我們駁覆這種反對，可能採取好幾種辦法。有一條辦法在下面這一段文字中說得最透澈，只要將海明威的名字代替康拉德：

「假如有人說康拉德完全不理會現代文明中潛伏在人與人的關係之下的經濟與社會的背景，這種批評不能算是對康拉德的指責，因為康拉德從來不去研究這種關係。馬克思主義者不能指控他怯懦或是說謊，因為康拉德自有其長處，這種指控與他毫不相干。（作者按：可是把這句話移給海明威，這和《有與無》以及《戰地鐘聲》或者不能說毫無關係。）一個相信某種理論的人，也不得不承認：歷史上是有許多偶然的意外事件，是他的理論所不能包括的。而一個作家若是寧願討論這種意外事件，而不去討論那些歷史的因果的主流中的事件，那麼另一個人即使相信經濟決定一切，或是其他什麼東西決定一切，也只好聳聳肩膀，說這種事件對於學生們沒有他自己所選出來研究的事件那樣富於教育性；但是他不能控訴那位作家說他是說謊或是歪曲事實。」——大衛・戴茜[21]

大衛・戴茜是可能將海明威看作奇花異草的一幫批評家中最幹練的一個，但上面這些話自己也不得不承認。但是我們還有第二種反駁的辦法，我們可以著眼於前面這段裏「教育性」這個名詞，提出一個問句：以小說作為小說來看，我們期望它給我們怎樣的教育？我們期望小說給我們教育，是否在同一水平上，與大學一年級必修政治學或大學二年級必修經濟學給我們的那種教育直接競賽？果然如此，那麼莎士比亞與濟慈就落選了，而左派作家如辛克萊之流就可以當選了。

也許在這情形下，「教育」並不是一個適當的名詞。小說到底有什麼教育上的價值，是一個眾議紛紜難以解答的問題，但是我們不妨這樣說：好小說給我們的是一種有力的「意象」，表現人性要想充實他自己的一種嘗試，使我們感到振奮，而並不是照抽象的說法來教育我們。經濟上，政治上的人，那都是人性的重要的一面，可能作為一部份的小說題材。但是經濟上的人與政治上的人並不是人的全部，別的事也許也還夠重要的，值得一個作家加以注意——例如慈愛，死亡，毅力，有關榮譽的事件，道義上的顧忌。一個人和別人共同生活，不但牽涉到經濟上政治上的安排，也牽涉到道德上的安排，而他還得要和自己共處，他得要給自己下一個定義。的確，我們可以說，事實上這一切全都互相牽連著，如果有人堅持一個作家應當去說教，不應當集中光線在某一方面，造成一個明晰的戲劇化的焦點，那恐怕是危險性的教條思想。

同樣，如果堅持海明威的思想與現代生活無關，那或者也是危險性的教條思想。海明威這種思想確是存在，而且激動了許多人，僅僅這件事實就證明它們與社會有關。我們不妨換一個方式表現這主題；如果嫌他只有很少的幾種基本觀念，因而反對他的作品，這或者也是教條思想。文藝的歷史似乎表示好的藝術家也許只有極少的幾種基本觀念。他們也許有很多的觀念，可是所謂觀念並不過著民主化的互有取予的生活，和悅友善的生活。不，真正能發生作用的往往只是一兩種基本性的魂縈夢繞近於瘋狂的觀念。一個藝術家可以引用宗教改革者薩方納羅拉[22]的話：「我的觀念很少，然而是偉大的。」藝術家所謂偉大的觀念，是他所能強烈地感覺到，強烈的省悟到的觀念——而並不是普通大家公認的「重要」的觀念。很多人相信一種觀念的重要性也許是這觀念之所以偉大的「條件」之一，但並不是它的偉大的要義所在。

一個藝術家也許只需要很少的「基本」觀念，但是我們估定他的作品的價值，除了看它強烈的程度，此外必須採用另一種標準。我們必須採用廣闊的程度作為標準。一個作家的基本觀念不可能在孤立的狀態中發揮它們的作用；或多或少地，它們的作用是靠征服別的觀念。或者換句話說，小說中的焦點是經驗的焦點，這就牽涉到經驗的廣闊程度，我們就有了另外一個批評的標準——廣闊程度的標準。這裏也許用得著舉一個例子。我們已經說過海明威很關心榮譽上的顧忌，這是他作品裏的基本觀念之一。但是我們發現他只把這觀念應用在一個相當小的經驗範圍中。事實是：他從來沒有寫過這樣一個故事，裏面的問題是如何給那種顧忌下一個定義，也從來沒寫過一個故事，裏面所說的榮譽需要遲緩艱苦地逐日克服煩瑣的困難。換句話說，他的觀念只受一個相當小的經驗範圍的考驗，彷彿是一種特別挑選出的經驗，與有限範圍的一些人物。

但是在這範圍內，只要在一個地段他能夠找到合意的材料，別的與他基象觀念競爭的觀念又不太逞強侵犯這區域，海明威的表現能力是非常有力的，強烈的程度也極高。他並不從事於報導人性或人世間局面的多樣性，或是分析社會中發生作用的各種力量，而是要表達他對於一個特殊問題的某種感覺，某種態度。這就是說：他根本是一個抒情的作家，不是個戲劇的作家；而一個抒情作家的好處，全在他把個人心目中的形象表現得多麼強烈，而並不靠他創造各種人物，或是各人心目中的意象互相衝突。海明威雖然並沒有為我們這時代作記錄，也沒有給它診斷病情——也永遠不打算這麼做——他卻給了我們一個最動人的象徵之一。

【註釋】

本文作者羅勃．潘．華倫是美國當代傑出的小說家、詩人，批評家，其作品以長篇小說All the King's Men最為著名。華倫現為耶魯大學教授。

本文原發表於Kenyon Review一九四七年冬季號。一九四九年Scribner's書店再版發行海明威的《戰地春夢》，將華倫此文置於卷首，作為序文。本文亦收在柴貝所編的《美國文學批評論文集》（一九五一年增訂版）中。譯文曾取得原作者之同意。

1．本文所引海氏著作，中英名字對照如下：

《太陽照常上升》The Sun Also Rises
《戰地春夢》A Farewell to Arms
《戰地鐘聲》For Whom the Bell Tolls
〈我們的時代〉In Our Time
《第五縱隊》The Fifth Column
〈五萬大洋〉Fifty Grand
〈我的老太爺〉My Old Man
〈不敗者〉The Undefeated
《雪山盟》The Snows of Kilimanjaro

〈殺人者〉The Killers

〈賭徒、女尼與無線電〉The Gambler, the Nun, and the Radio

《有與無》To Have and Have Not

《非洲的青山》Green Hills of Africa

〈死者的自然史〉A Natural History of the Dead

〈一個清潔的燈光明亮的地方〉A Clean, Well-Lighted Place

〈追踪競賽〉The Pursuit Race

2．作者原註：請參看Edmund Wilson著〈海明威論〉，收在The Wound and the Bow論文集內。

3．〈塵埃與黑影〉典出拉丁詩人Horace：「當我們降入我們祖先所住居的地方，我們就成了塵埃與黑影。」史蒂文生這篇散文主張根據科學的發現，重建道德秩序。

4．〈悼亡友〉是丁尼生的名詩。亡友Arthur Henry Hallam早年夭折，丁尼生對於人生的意義，起了懷疑，再三思考，終於重新建立永生的信念。〈悼亡友〉全詩共百餘節，丁尼生用了十七年工夫，陸陸續續寫成的。文中所謂「否定了它」，即謂丁尼生後來不承認世界是殘暴而無意義的。

5．〈命運〉。哈地的悲觀思想是有名的。

6．〈栗子樹丟下火把〉。霍思曼是和哈地同時代的悲觀詩人。所謂「栗子樹丟下火把」者，表示五月終了，春盡花落的意思。

7・作者原註：Modern Library版《戰地春夢》所作序文對於此點頗有發揮。

8・「over Beach」by Matthew Arnold.

9・聶克——〈我們的時代〉的主角。

10・〈決斷與獨立〉和〈邁戈〉——華滋華斯的名詩，講的都是鄉村老人的故事。

11・Preface to〈Lyrical Ballads〉——這是一篇「浪漫主義詩」的宣言。華滋華斯反對十八世紀古典派末流的矯揉造作，主張用通俗語言，寫平凡的生活。

12・德國歷史家斯賓格勒以寫《西方的衰落》著名。

13・Gertrude Stein——美國女作家，輩份比海明威老的新派作家。她的文章很特別，例如稱海明威為「最芳香的說故事的人」。

14・Wyndham Lewis英國批評家，諷刺小說家。原文〈蠢牛——海明威論〉（The Dumb Ox, A Study of Hemingway），載於American Review一九三四年六月。

15・原註：Philip Rahv作（The Social Muse and the Great Kudu），載Partisan Review一九三七年十二月號。

16・Malcolm Cowley為《海明威選集》所作序文。

17・原註：〈我們的時代〉第六章。

18・原註：Robert Herrick作（What is Dirt?）載Bookman一九二九年十一月號。

19・原註：哈地作：《讀小說得益的方法》（The Profitable Reading of Fiction）。

20．康拉德是波蘭人，後入英國籍，以英文寫作，成為大小說家。亨利．詹姆斯是美國人，偏喜歡住在英國。普通英國讀者，對於這兩位作家，可能有「非我族類」，因此「格格不入」之感。

21．原註David Daiches（英國批評家）作〈康拉德論〉，見氏所著《近代世界中之小說》（Fiction in the Modern World）。

22．Savonarola——意大利十五世紀宗教改革家。

鹿苑長春

瑪喬麗・勞林斯——著

一

炊烟的圓柱從小屋的烟囱裏升起來，細而直，飄入四月的藍色天空裏。那男孩喬弟凝視著它，揣測著：廚房的壁爐裏的火快熄滅了；午飯已經吃過，他母親正把鍋鑊都掛起來。這一天是星期五，她會用一把樹枝編的掃帚將地板掃乾淨，然後，如果他運氣好，她會用玉蜀黍皮製的板刷來刷洗地板。因為只要她洗地板，就要等他到了山谷那裏她才會想起他來。他在那裏站了一會，將鋤頭橫擔在肩上。

那塊開墾出來的土地本身是悅人的，只可惜一排排幼嫩的玉蜀黍偏偏橫在眼前，莠草未鋤。野蜂找到了大門旁邊的那棵中國漿果樹，貪饞地鑽進那纖弱的淡紫色的花球裏，好像忘記了三月曾開過的黃茉莉，五月裏就要開的玉蘭花與馨香的月桂樹。他想他也許可以跟著這些黑黃相間的蟲兒迅速飛行的路線，找到一棵有蜂窠的樹，裝滿了琥珀色的蜜。冬天的蔗糖漿已經吃完了，果凍也差不多吃完了。去找尋有蜂窠的樹，比鋤玉蜀黍畦間的草要神氣得多，玉蜀黍可以再等一天。這是一個洋溢著一種輕柔的撩撥的下午。它一直鑽到他裏面，就像那些蜜蜂鑽進中國漿果花中，使他非走過那片開墾出的土地，穿過松林，沿著那條路下，到那奔流的小河邊去不可。有蜂窠的樹也許在水邊。

他把他的鋤頭倚在那用劈開的木樁搭成的柵欄上。他在玉蜀黍田中走過，終於到了那小屋看不見的地方。他把兩隻手撐在柵欄上，從木柵上翻過去。那獵狗老裘麗亞跟著他父親的貨車到格萊亨鎮去了，但是那鬥犬利普與那新的小狗泊克看見一個什麼東西跳過柵欄，牠們都向他這面跑來。他打發牠們回到院子裏去。他想，這兩隻狗真不行，除了打獵之外毫無用處，只會追捕，捉住，咬死。牠們對他完全不感到興趣，只有當他在早晨與夜間將幾碟吃剩的東西拿來給它們吃的時候，那是例外。老裘麗亞對人類非常溫柔，但是她太老了，她只忠於他的父親，辨尼．白克士忒。喬弟很想自己有一隻狗。他什麼都喜歡，只要是他自己的；只要牠跟著他，像老裘麗亞跟著他父親一樣。他穿過那條沙路，開始向東奔跑。離山谷有兩哩地，但是喬弟彷彿覺得他可以永遠跑個不停。他的腿不覺得酸痛，不像他鋤玉蜀黍的時候。

他跑到了銀谷路上鋪得厚厚的沙上。焦油花正開著，腳鐐樹與閃光漿果樹也正在開花。道旁的植物漸漸改變了，他把腳步放慢了些，一步步走著，可以經過那一棵棵的樹，一棵棵的灌木，每一棵都是獨特的，熟悉的。他走到那棵玉蘭樹那裏，他曾經在那上面劃出一隻野貓的臉。這棵樹是一個標誌，表示附近有水。在他看來，這彷彿是一件奇異的事，既然土是土，雨水是雨水，為什麼乾瘦的松樹總長在矮樹林中，而每一個湖，每一條河，每一個支流旁邊總長著玉蘭樹？

路徑東邊的山坡傾斜著，落下去二十呎，下面有一股泉水。土坡上密密地叢生著玉蘭樹，金字塔形的常青月桂樹，香橡膠樹，與灰色樹皮的梣樹。他在涼爽陰暗的樹影中走下坡去，走到泉水邊。他遍身都充滿了一種尖銳的快感。這是一個秘密的可愛的地方。

像井水一樣清冽的一股泉水，憑空從沙裏咕嘟咕嘟冒出來。水從地下湧出來的地方，有一個漩渦。一粒粒的沙在水中沸騰著。這泉水發源於山坡另一邊的一股泉水，它從一個較高的地方咕嘟咕嘟冒出來，為它自己在白色的石灰石中鑿出一道溝渠，開始迅速地流下山去，成為一條小河。那小河流入喬治湖，喬治湖是聖約翰河的一部份，那偉大的河向北流去，流入海中。喬弟覺得興奮，看到海洋的起源。當然，還有別的水源，但是這一個是他自己的。他喜歡想著沒有別人到這裏來，除了他自己與野獸與口渴的鳥。

他走路走得熱起來。那幽暗的山谷像把微涼的手按在他身上。他捲起他的藍斜紋布袴腳，將他赤裸著的骯髒的腳踏進那淺淺的泉水中。

一陣微風吹開了他頭上帳幕似的樹枝。陽光漏下來，躺在他頭上肩上。他頭上溫暖，而他生著老繭的堅硬的腳是冷的，覺得非常舒適。風息了，陽光照不到他了。他涉水走到對岸去，那裏樹木比較疏曠。一棵低矮的扇形葉棕櫚拂在他身上。它使他想起他的小刀就在他口袋裏，伏伏貼貼；使他想起他遠在耶誕節的時候就計劃著要給他自己做一隻小水車。

他從來沒有獨自做過一隻。赫托祖母的兒子奧利佛每次從海上回來的時候，總替他做一隻。他專心地工作著，皺著眉頭，追想那小水車的輪盤必須恰正是一個什麼角度，供它能滑溜地轉動。

水只有幾吋深，但是它流得很有勁，有一股堅定的潮流。那葉製的小輪上的槳片一次次地翻動著，忽上忽下。那小水車在工作著。

喬弟深深地吸了口氣，他倒在那叢生著蔓草的沙上，儘量欣賞那美妙的動作。上去，翻過來，下來，上去，翻過來，下來——那小水車真是迷人。

一道陽光，溫暖而稀薄，像一條百衲面薄棉被，蓋在他身上。他懶洋洋地凝視著那小水車，整個的人都沉在沙裏與陽光裏。那動作是催眠性的。他的眼皮跟著那棕櫚葉槳片一同顫動著。輪盤上溜下來的許多銀色水珠模糊地溶成一片，像一顆流星的尾巴。生著一簇簇白毛的藍天在他上面罩下來，他睡著了。

他醒來的時候，太陽沒有了，一切的光與影都沒有了。這世界是一種溫柔的灰色，他躺在一重霧裏，霧像瀑布噴出的水沫一樣細薄。那霧使他的皮膚發癢，它是溫暖的，而同時又是涼潤的。他翻過身來朝天躺著，吸收那細小的一滴滴霧水，就彷彿他是一棵幼小的植物。他的臉終於濕了，他的襯衫摸上去也是潮濕的；在那時候，他離開了他的窠。他突然停住了。一隻鹿曾經在他睡熟的時候到泉水邊來過，那新鮮的足跡從東面山坡上下來，在水邊停止。那腳印是尖銳的，一隻母鹿的足跡。牠曾經走下來在泉水中深深地飲著，沒看見他睡在那裏。然後牠聞到了他的氣味。沙裏有一處足跡雜亂，像是混戰了一場，那是牠驚恐地旋過身來的地方。

他四面望著，找尋別的足跡。松鼠曾經在山坡上跑上跑下，但是牠們永遠是大膽的。一隻浣熊曾經到這裏來過，牠的腳像指甲尖利的手，但是他不能確定牠是不是剛才來的。只有他父親能夠確定知道任何野獸經過的鐘點。只有那母鹿確是來過的，受了驚嚇。他又去看那小水車。它在那裏轉動著，穩定地，就像它是永遠一直在這裏的。那棕櫚葉的槳片是脆弱的，但是它們勇敢地假裝有力，打著那淺水，潺潺做聲。它們在緩慢的雨中閃閃發光。

喬弟看看天空。他在那灰色中無法看出早晚，也不知道他睡了多麼久。他跳上西邊的山坡；在那裏，生著苦莓樹的空曠的平原四面展開，沒有障礙。他正站在那裏躊躇著，不能決定走還是不走。雨停了——也像它開始下起來的時候一樣輕柔地停止了。一陣微風從西南吹過來。太陽出來了。雲捲在一起，成為波浪形的大白羽毛長枕。東方橫跨著一條虹，這樣可愛，顏色這樣多，喬弟看著它，簡直覺得他快樂得整個的人都要炸裂了。大地是淡綠色的，連空氣本身幾乎都是看得見的，金色的，照著那雨洗過的陽光，一切的樹與草與灌木都亮閃閃的，被雨珠油漆過了。

一股愉悅的泉源在他心裏洶湧著，不可抗拒地，就像那小溪的泉源一樣。他舉起雙臂，筆直地兩面張開，像水上火雞的翅膀。他開始轉圈子。他越轉越快，直到他昏眩起來，倒在地下，平躺在那掃帚形的鼠尾草裏。四月的藍天與棉花雲在他上面轉圈子。男孩與大地與樹木與天空一同旋轉。旋轉停止了，他的頭腦清晰起來了，他站了起來。他虛飄飄的，覺得暈眩，但是他心裏有點什麼東西緩和下來了，而這四月的晴天也可以再誕生，像任何普通的日子一樣。

他轉過身來，向家裏狂奔。他深深呼吸著那些潮濕的松樹發出來的香氣。鬆散的沙，本來吸陷他的腳，現在下過雨，也堅實起來了。回去的路很容易走。喬弟轉彎踏進那塊開墾出來的土地的時候，太陽快落山了。他希望他父親還沒有從格萊亨鎮回來。他這時候才初次想到他父親不在家，他也許不應當走開。如果他母親需要柴，她會生氣的。連他父親也會微微地搖著頭，說，「孩子——」他聽見老馬愷撒鼻子裏哼了一聲，他知道他父親在他之前回來了。

辨尼．白克士忒在柴堆那裏。他仍舊穿著他結婚那天穿的一套厚呢衣服的上衣，現在他到禮拜堂去或是去做交易的時候，總穿著它，做為他文雅的標誌。他在代喬弟劈柴，而且穿著他的好上衣。喬弟跑到他跟前。

「爸，讓我來。」

他希望他現在的自我表現能夠遮蓋他的過失。他父親直起腰來。

「孩子，我差一點當你不回來了。」

「我到山谷裏去的。」

「今天去，天氣實在是好，」辨尼說，「到哪裏去都好。你怎麼會走得這樣遠？」

很難記得他為什麼去的，就像是一年前的事一樣。他需要回想到他放下鋤頭的一剎那。

「哦，」他想起來了，「我打算跟著蜜蜂走，去找到一棵有蜂窠的樹。」

「你找到了它？」

喬弟空洞地瞪著眼睛。

「該死，我都忘了找它了，到這時候才想起來。」

他覺得自己一副傻相，就像一隻獵鳥的狗被人看見牠在那裏追逐田鼠。他羞澀地望著他父親，他父親的淡藍眼睛含著一絲笑意。

「喬弟，說老實話吧，好讓魔鬼丟臉。」他說，「去找蜂窠不是一個藉口嗎？借此可以蹓躂蹓躂。」

喬弟露出牙齒來笑著。

「我還沒想到蜂窠的時候，」他承認，「就想到這個了。」

「我猜就是這樣。我怎麼知道的呢，我在格萊亨鎮趕著車的時候，我對自己說，『哪，那喬弟，他鋤草鋤不了多少時候的。這春天，這樣好的天氣，我要是個孩子的話，我想去做什麼呢？』後來我想，『我想去。』差不多什麼地方都行，只要路遠。」

一種不是來自金色的夕陽的溫暖，充滿了那孩子。他點點頭。

「我也是這樣想著。」他說。

「可是你媽，」辨尼把頭向房屋那邊歪了歪，「不贊成出去。女人大概死也不懂男人為什麼這樣喜歡。我一直沒讓她知道你不在這裏。她說，『喬弟呢？』我說，『呵。我想他大概總在附近。』」

他眨了眨一隻眼睛，喬弟也向他眨了眨眼。

「要天下太平，男人們得要齊心才行。你給你媽好好地多拿點柴進去吧！」

喬弟抱了滿懷的柴，匆匆向房屋走去。他母親跪在壁爐前面。那香味飄到他鼻子裏，使他餓得混身發軟。

「媽，這該不是山芋麵包吧？」

「是山芋麵包，你們這兩個傢伙不要慢吞吞的，做這樣做那樣，串門子聊天。晚飯做好了，可以吃了。」

他把柴倒在木箱裏，急急地走到畜舍裏。他父親在替屈克西擠奶。

「媽說快點做完了進來，」他報告，「我是不是得要去餵老愷撒？」

「我餵了牠了，孩子，我也沒什麼好的給牠吃，可憐的傢伙。」他從那三隻腳的擠奶凳上站起來，「你把牛奶拎進去，不要跌跌跘跘地把它從葫蘆瓢裏潑出來，又像你昨天那樣。慢慢地來，屈克西！」

他從那條牛身邊走開了，跟著那孩子到房屋裏去。他們輪流在水架上盥洗，用廚房門外掛著的一條捲軸毛巾擦乾了臉與手。

白克士忒媽媽坐在桌子跟前等著他們，替他們盤子裏盛上菜。她龐大的身軀佔滿了那狹長的桌子的一端。喬弟與他父親在她兩旁坐下。他們倆都覺得她天生應當坐在上首。

喬弟什麼都不聽見，什麼都不看見，只看見他的盤子。他一輩子沒有像這樣餓過，而且，經過一個荒歉的冬天與遲緩的春天，白克士忒家的食物也不比他們的牲畜的食物豐富多少，而他母親竟做出這樣豐盛的一頓晚飯，即使招待牧師也夠好的。他內心非常矛盾，想再多吃些餅乾，而從過去痛苦的經驗中知道他如果吃了餅乾，就會突然地容納不下山芋麵包。當然選擇後者。

「媽，」他說，「我能不能現在就吃我的山芋麵包？」

她在那裏餵養著她自己巨大的身軀，正在片刻的停頓。她靈巧地替他切出很大的一塊。他投身到它的芳香美味的品質中。

「我費了那麼些時候做那隻山芋麵包——」她抱怨，「我還沒有透過氣來，你倒已經毀了它了——」

「我吃得快，」他承認，「可是我好久都不會忘記它。」

晚飯吃完了。喬弟飽了。就連他父親，平常吃得像麻雀一樣少，也添了一次。

白克士忒媽媽嘆了口氣。

「你們哪一個替我點上一根蠟燭，」她說，「我就去把盤子洗了，也許還來得及坐下來享享福。」

喬弟站起來，點上一支牛脂燭。那黃色的火焰顫抖著，他向東窗外望去。一輪滿月正在升起來。

他父親走到窗前，他們一同望著它。

「孩子，看見月亮你可想起什麼？你可記得我們說四月裏月亮圓的時候，我們要做些什麼事？」

「我不記得了。」

不知道怎麼，季節的變換總是突如其來，使他感到詫異。大概一定要年紀像他父親一樣大，才能夠把季節時刻記在心上。

「你忘了我告訴你的話？哪，孩子，四月裏月亮圓的時候，冬眠的熊從牠們床上起來了。」

「那老八字腳！你說等牠出來的時候我們來捉牠！爸，我們什麼時候能去？」

「我們一鋤完了地就去，一看見熊的蹤跡就去。」

「我們從哪一頭出發去捉牠？」

「我們最好沿著山谷的泉水走，看牠有沒有出來到那裏去喝水。」

「今天有一隻大母鹿在那裏喝水，」喬弟說，「在我睡著的時候。爸，我給自己做了一隻小水車。它轉得非常好。」

白克士忒媽媽呱嗒呱嗒洗著鍋，突然停止了。

「你這刁猾的小流氓，」她說，「我這還是第一次曉得你出去過的。你越來越滑頭了，滑得像雨天的黏土路。」

他大聲笑起來。

「媽，你上了我的當。媽，你說，我難道一次也瞞不過你，總得要你上我一次當。」

「我上了你的當。我還站在火跟前給你做山芋麵包——」

她並不是真生氣。他看見她的嘴扭曲著。她想把它拉直了，但是不能夠。

「媽在那裏笑！媽在那裏笑！你生氣就不會笑了！」

他奔到她背後去，解開她的圍裙帶子。圍裙滑到地上去了。她很快地轉過她龐大的身軀，打了他兩個嘴巴，但是巴掌打下去，像羽毛一樣輕，開玩笑地。他今天下午感到的那種癲狂又回來了。他開始旋轉個不停，就像他在那鼠尾草中一樣地轉著圈子。

「你把桌上那些盤子砸了，」她說，「你看我可生氣不生氣。」

「我沒辦法，非轉不行。我頭暈。」

「你發了昏了，」她說，「沒有別的，就是發昏。」

這是真的。四月的天氣使他發昏，春天使他頭暈，他像萊姆·傅賴司忒每星期六晚上一樣地酩酊大醉。那太陽與那空氣與那稀薄的灰色的雨攙和成的烈酒使他頭腦昏眩。那小水車使他沉醉，還有那母鹿的來臨，還有他父親代他隱瞞他不在家裏，還有他母親替他做山芋麵包，又笑他。小屋裏安全舒適的氣氛中的燭光，它刺中他的心；小屋四周的月光也刺心。他在一種熱狂中上了床，睡不著覺。這一次的愉悅在他身上留了個標誌，所以他這一生一世，每逢四月是一層稀薄的綠色，每逢他舌頭上嚐到雨的滋味，一個舊創痕疼痛起來，他心裏就充滿了一種懷念，懷念他不大記得的一些什麼。一隻怪鴟遠遠叫著，嗚聲穿過那月明之夜，他突然睡熟了。

二

辨尼·白克士忒醒著，躺在他妻子龐大的睡熟的身體旁邊。他在月亮圓的時候總是睡不著。他常常想著，光線這樣明亮，不知道人們是否應當到他們的田地裏去做工。他很想輕輕地下床，也許去砍下一棵橡樹來當柴燒，或是把喬弟偷懶沒鋤的地去鋤完它。

「其實為了今天這樁事情，我應當治他一下。」他想。

他從前那時候，如果躲懶溜開了，一定會結結實實地挨一頓打。他父親會不給他飯吃，叫他回到泉水邊去，將小水車拔出來。

「可就是這一點，」他想，「一個孩子也只有很短的時候是個孩子。」

他回想到過去，他自己就沒有童年。他自己的父親是一個牧師，像《舊約聖經》中的上帝一樣嚴厲。然而他並不靠《聖經》維持生活，而是靠伏廬西亞附近的一個小農場，他在那裏養活大了許多子女。他教他們讀書寫字，諳曉《聖經》，但是他們每一個人，自從他們剛學會走路，能夠拿著一口袋種子，跟在他後面在一排排玉蜀黍之間蹣跚而行，從那時候起就辛苦地操作，直到他們的小骨頭酸痛，他們正在長著的手指也痙攣起來。糧食很缺少，十二指腸蟲很多。辨尼長成之後，身材不比一個孩子高大。他腳小，肩膀窄，他的脅骨與胯骨聯在一起成為一副通體脆弱的骨架子。有一天他站在傅賴司忒家的人中間，竟像許多巨大的橡樹之間的一棵小槮樹。

萊姆．傅賴司忒低下頭來望著他，說，「嗳，你呀，你這小辨士[1]。你倒是貨真價實的好銅板，可是再小沒有了。小辨尼．白克士忒——」

從此他就叫這名字了。他選舉的時候，自己簽名「埃孜拉．以西結．白克士忒」，但是他付稅的時候，紀錄中將他寫作「辨尼．白克士忒」，他也並不抗議。但是他是一種堅固的金屬混合物；像銅質本身一樣地堅固；也具有銅的柔軟。

住在河邊的人們——那條河又深又平靜，生氣蓬勃，有許多船隻，獨木舟與平底船，運木材的筏子，貨船與客船——河畔的居民總說辨尼．白克士忒不是一個勇敢的人就是個瘋子，他離開通常的生活方式，帶著他新婚的妻子，深入佛洛利達州荒涼的矮樹林中，樹林中繁殖著熊、狼、豹。傅賴司忒家住到那裏去，是情有可原的，因為他們家裏人口不斷地增添，都是些壯大粗魯暴躁的男性，他們需要全郡的地方，不然施展不開，也需要自由，不被妨礙。但是誰會妨礙得辨尼．白克士忒呢？

並不是妨礙他——但是在城市裏，村莊裏，鄰居們住得不太遠的農業區域，人們的心靈與動作與產業都交疊著。個人的精神有時候被侵犯。在困難的時候確是有友誼與互助，但是更有爭吵與戒備，一個人懷疑另一個人。他在他父親嚴厲的管教下長成，踏進世界，而這世界的嚴酷是比較不率直，不誠實的，所以更使他感到困難。

他也許受傷的次數太多了。那龐大的超然的矮樹林中的和平對他有一種吸引力，它的沉默是慈悲的。在那裏謀生比較困難，買起東西來，賣起農作物來，因為路遠，都很麻煩。但是那塊開墾出的土地是特別地屬於他的。熊與狼與野貓與豹侵掠家畜，他認為那是情有可原的，不像人類的殘酷。

他三十幾歲的時候娶了一個豐滿的女孩子，就連那時候，她已經比他大了一倍，他用一隻牛車載著她與最基本的家庭日用品，一顛一簸，緩緩地與她一同來到那塊開墾出的土地上。在那裏，他用他自己的手搭起了一座小屋。在那陰沉沉的一大片瘦瘠的沙地松樹林中，也揀不出什麼好地方來，但是他盡力挑揀了一塊較好的田地。他向傅賴司忒家裏——他們住在四英里外，不至於太接近——買了一塊很好的高地，在一個叫做松林的島嶼中心。這島嶼之所以有這名稱，是因為它在那乾枯的樹林中確是一個長葉松的島嶼，高高墳起，在這矮樹林的波濤洶湧的海中，它成為一個地界的標誌。

這地段唯一的缺點是缺水。地水面這樣低，深深地在地底，所以井是無價之寶。將來有一天磚頭與灰泥比較便宜了，可以掘井，可是，目前白克士忒島上的居民食用的水，不得不取給於他們那一百畝地面的邊界上的一個大「陷洞」。「陷洞」是佛洛利達州石灰石地區常有的一種現象。有許多地底的河流穿過這些區域。化為小河的那些冒泡的泉水，就是地底的河流爆發出來。有時候地面上泥土的一層薄殼坍了下去，露出一個巨大的洞窟，裏面或是有流動的水，或是沒有流動的水。辨尼．白克士忒的田地上的「陷洞」可惜沒有流泉。但是有一股純潔的濾清的水從那高坡上日夜沁出來，在洞底積成一個池塘。傅賴司忒家的人想把矮樹林中的壞田地賣給辨尼，但是他仗著現款，堅持著要那島嶼。

他向他們說，「那矮林是一個很合適的地方，可以養大各種野味，它對什麼野東西都合適，狐狸和鹿和豹子和響尾蛇。我可不能在那密密層層的樹林裏把孩子帶大。」

傅賴司忒家的人拍著大腿哄笑，笑聲從鬍子裏面發出來。

萊姆吼叫著，「一個辨士能兌出幾個半辨士？你養出個小狐狸來，也就算好的了。」

辨尼現在還可以聽見他的聲音，在這許多年之後。他在床上翻了個身，小心地，免得驚醒他的妻。他確是曾經大膽地計劃著生男育女，要多產，要許多孩子在那長葉松林中活動著。孩子們來了，奧莉．白克士忒天生的體格顯然是宜於生育的。但是這些嬰兒都很孱弱，幾乎一出世就得病死去了。辨尼把他們一個個都埋在橡樹叢中一塊闢出的空地上。

然後，這地方的寂寞使他有點害怕起來了，而他的妻已經差不多過了生育的年齡，正在這時候，喬弟．白克士忒誕生了，長得很結實。當那嬰兒正是個蹣跚而行的兩歲的孩子，那一年辨尼從軍去了。他把他的老婆兒子帶到河上，與他們的赫托婆婆同住，暫住幾個月——他預期他不過去幾個月。事實是他在四年後回來了，現出衰老的跡象。他搬取他的妻兒，帶他們回到矮樹林中，那樹林裏的和平與孤獨使他感到安慰。

喬弟的母親似乎以一種淡漠的心情接受她這最小的孩子，彷彿她已經將她所有的愛與關切興趣都給了那些其他的小孩。但是辨尼的衷腸戀慕著他的兒子。那孩子不僅只使他成為一個父親。他發現那孩子張大眼睛，屏息地站在鳥獸花木風雨日月這些奇蹟之前，就像他一樣，他自己一向是這樣的。如果在一個柔媚的四月天，那孩子暗暗地走開，去幹孩子們的事情，他能夠瞭解那吸引他的東西。他也能夠瞭解它的短暫。

「讓他跑吧，」他想，「讓他逃走吧。讓他去造他的小水車。將來會有一天，他不想幹這些事的。」

1．一分銅幣。

三

喬弟很不情願地睜開眼睛。他狹小的寢室的東窗裏已經透出了天光。他躺了一會，他的床是奢侈的享受，而白晝又來臨了，他在二者之間掙扎著，非常痛苦。然後他跳出他的窠巢，站在那鹿皮毯上，他的袴子掛在那裏，穿起來很順手，而且剛巧運氣好，他襯衫是正面朝外；他鑽了進去，穿好了衣服，現在他不瞌睡了。

他聽見老裘麗亞像鈴鐺似的聲音，非常興奮地狂吠著，聲音從南面傳來，在橡樹林外。他彷彿也聽見他父親向牠下了命令。他母親尖銳的聲音還沒來得及阻止他，他已經奔了出去。她也聽見那狗在叫。她跟到門口，向他喊著。

「你和你爸可別跟著那傻狗去得太久了。我不打算坐在這兒等你們吃早飯，待會兒你們倆老在樹林裏耗著。」

他現在沒聽見老裘麗亞或是他父親的聲音了。他非常著急，唯恐那緊張的一幕已經結束；那闖進來的野獸已經去了，也許狗與父親都跟了去了。他衝過橡樹叢，向著剛才那聲音來的方向奔去。他父親的喉嚨說話了，就在他旁邊。

「不用著急，孩子。已經做出來的事情不會跑了的。」

他突然停住了。他父親站在那裏，低著頭看著他們用來取種的母豬黑貝茜被壓壞毀損的身體。

「牠一定是聽見了我向牠挑戰，」辨尼說。「孩子，你仔細看。看你可看見我看到的東西。」

看到那被撕裂的母豬，他想嘔吐。他父親望著那死去的動物的另一邊。老裘麗亞的尖鼻子，也撥過去向著同一個方向。喬弟走了幾步路，檢驗那沙地。那足跡他絕對不會誤認，它使他的血液跳躍起來。是一隻碩大的熊的足跡。而右面的前爪——像一隻帽頂一樣大——缺少一隻腳趾。

「老八字腳！」

辨尼點了點頭。

「我很得意，你還記得牠的腳印子。」

他們一同彎下腰去研究那些記號與牠們來去的方向。

「這正是叫做直搗敵營。」辨尼說。

「爸，狗一隻也沒有叫。除非是我睡著了沒有聽見。」

「牠們一隻也沒叫。風的方向幫了牠的忙。你不要小看了牠，牠精明得很。牠像個影子一樣地溜進來，幹了壞事，在天亮前頭又溜出去了。」

喬弟脊骨上感到一陣寒顫。他能夠想像那影子，又大又黑，像一座活動的棚屋，將牠那大腳爪一揮，就抱住那馴服的睡眠著的母豬。

「牠已經吃飽了，」辨尼指出這一點，「牠只吃了一口。熊剛從冬眠裏醒來的時候，胃縮小了。所以我恨熊。一個畜生殺生，吃飽肚子，那牠不過是跟我們一樣，也叫沒有辦法。可是一個畜生，或是一個人，光只為了愛幹這些事，來傷害別人——你對著一隻熊臉上看，你就知道牠並不懊悔。」

喬弟知道他應當為了老貝茜覺得傷心，但是他所感覺到的只是興奮。這隻大熊，一切養牲口的人都想捉牠捉不到，已經有五年之久了。這次他在白克士忒家的田裏——那聖地裏——毫無理由地殺生，使牠成為他們私人的仇敵。喬弟拎起那母豬的一隻後腿，辨尼拎起另一隻。他們把牠拖到房屋那裏去，裘麗亞很不情願地跟在他們後面。那獵熊的老獵狗好像不能瞭解他們為什麼不馬上出發去追趕。

白克士忒媽媽在大門前面等他們。

「我在這兒叫你們，叫你們，」她向他們高呼著，「你們帶了什麼來了——在那裏耗了那麼半天，幹了些什麼？噯呀天呀，噯呀天呀——我的母豬，我的母豬。」

她兩臂高舉，向著天。辨尼與喬弟進了大門，走到房屋背後去。她跟在後面，哀嚎著。

「我們把這肉掛在橫樑上，孩子，」辨尼說，「掛在那裏，狗吃不到它。」

「你們該可以告訴我吧，」白克士忒媽媽說，「你們至少可以告訴我，牠怎麼會死了，就在我眼跟前誰把牠撕成一條條的。」

「是老八字腳幹的事，媽，」喬弟說，「牠的腳印子很清楚。」

一家人都回到房屋裏去。在混亂中，喬弟第一個走到廚房裏，廚房裏早飯的香味使他饑餓難忍。他母親無論怎樣激動，也注意到他的行動。

「你回來，」她喊著，「把你那髒手洗乾淨。」

他走到水架前面，和他父親一同洗手。早飯擺在桌上。白克士忒媽媽坐在那裏，悲痛地搖晃著她的身體，沒有吃飯。喬弟把他的盤子堆得高高的，有粗燕麥粥與肉汁，熱餅，酪乳。

「無論如何，」他說，「我們有肉吃了，可以吃些時候。」

她還怒於他了。

「現在有肉，今年冬天沒有了。」

「我來問傅賴司忒家要一隻母豬。」辨尼說。

「好，那就欠他們那些壞蛋一個人情。」她又哀嚎起來了，「那該死的熊——我真想親手抓住牠。」

「我下次看見牠的時候我告訴牠。」辨尼溫馴地一面吃著一面說。

喬弟失聲笑了起來。

「對，」她說，「拿我開心。」

喬弟拍拍她胖大的手臂。

「媽，我忽然彷彿看見你那樣子——你跟老八字腳在那兒打架。」

「我可以打賭，你媽會贏的。」辨尼說。

四

他推開他的盤子，從桌子跟前站了起來。

「哪，孩子，我們今天的工作給我們安排好了。」

喬弟的心往下一沉。鋤地——

「我們今天說不定就可以碰見那隻熊。」

太陽又明亮起來。

「把我的彈丸袋拿來，還有我裝火藥的牛角筒，還有那裝火絨的牛角筒。」

喬弟跳起來去拿這些東西。

「你看他跑得多快，」他母親說，「看他鋤地，你簡直當他是一隻蝸牛；說一聲『打獵』，他就像一隻水獺。」

她走到廚房的紗櫥那裏，將那剩下的幾杯果凍拿出一杯來。她把果凍抹在吃剩的一疊熱餅上，用一塊布包起來，擱在辨尼的背囊裏。她拿出那剩下的山芋麵包，留下一塊給她自己，然後將那麵包用一小塊紙包起來，加到背囊裏。她又向她留下的麵包看了看，然後她以一個輕快的動作把它也丟到背囊裏，和另一塊放在一起。

「這不夠當飯的，」她說，「也許你們很快就會回來了。」

「我們說不定什麼時候回來，要等你看見了我們才算數。」辨尼說。

一看見那管從鎗口裝彈藥的舊鎗，裘麗亞就提高了喉嚨，愉快地吠叫起來。利普從房屋下面竄出來，與牠一同走。泊克，那新的小狗，愚笨地搖著牠的尾巴，並不明白這是怎麼回事。辨尼把這些狗一隻隻都輕輕地拍拍。

「等到今天天黑的時候，你們大概不會這樣高興了。」他告訴牠們。

腳印子穿過橡樹叢，通向南方。昨天下午下過那場雨，那一團一團的大足跡在沙上印出明顯的圖案。老裘麗亞跳躍著走在前面，動作很確定。那鬥犬利普甘心情願地跟在她後面，她嗅的地方牠也去嗅嗅，她遲疑的時候牠也停下來。那隻小狗東奔西跑，有一次瘋狂地追逐一隻從牠面前逃跑了的兔子。喬弟吹著口哨叫牠回來。

「讓牠去，孩子，」辨尼告訴他，「牠覺得冷清的時候自會回來的。」

老裘麗亞發出一聲單薄的高音的吠叫，別過頭來向後看著。

「那聰明的老壞蛋換了個方向了，」辨尼說，「牠說不定是往鋸齒草池塘那裏去了。如果牠是這個打算，我們也許可以溜了去嚇牠一跳。」

喬弟有點知道他父親打獵的秘密了。他想，換了傅賴司忒家的人，一發現熊殺死了豬，一定會立刻就洶洶地追趕老八字腳。他們一定會大呼小叫，他們的一羣狗一定會狂吠著，使整個矮樹林中都發出回聲——因為他們鼓勵他們的狗吠叫——而那謹慎的老熊一定會充份地得到警告，曉得他們來了。所以，他父親獵獲的野味比他們多十倍。這矮小的人是出名的獵人。

喬弟說，「你真會猜想畜生的行動。」

「你不能不猜想一隻野獸動作比人快，力氣又比人大得多，人有些什麼好處是熊沒有的？不過稍微多一點見識。他跑不過一隻鹿，但是如果他也鬥智不過牠，那他這獵人真是不中用了。」

松樹開始分散開來了。突然出現一長形高地，生著常青橡樹與低矮的扇形葉棕櫚。樹下的叢藪非常濃密，交纏著荊棘。然後那塊高地也完了，西南方躺著一塊寬闊空曠的平地，一眼看上去彷彿是個草原，那是鋸齒草；它長在水裏，高齊膝蓋，它的粗糙的鋸齒邊的葉子長得這樣濃密，簡直像結結實實的一大片。老裘麗亞鑽到草叢中，潑濺著水花。牠很有自信地在池塘正中走過。

「牠在吃水草。」辨尼喃喃地說。

他指著那平扁的箭形的葉子。邊緣上有鋸齒形的牙痕。另有些葉子從莖上齊齊地咬掉了。

「這是春天的補藥。熊在春天出來的時候，第一件事就是去吃它。」他彎腰湊上前去，摸了一摸一片葉子，那參差不齊的邊緣已經發黃了。「該死，牠昨天晚上也來過的。所以牠胃口好起來了，把可憐的老貝茜咬了一口。」

獵狗也停住了。熊的氣味滃鬱在低處，不是在腳下，而是在蘆葦與水草上，那氣味濃烈的皮毛拂過的地方。她把她的長鼻子擱在一根蘆葦上，向空中凝視，然後牠確實知道了熊的去向，就又向正南方活潑地走去，濺著水花。辨尼現在自由地發言了。

「牠吃完了。老裘麗亞說牠快步走著回家去了。」

他走到較高的土地上，可以時時刻刻看見那隻獵狗。

「好，裘麗亞。捉住牠。」

這一早晨的追蹤，是很悠閒的一件事；比較像愉快的遠足，而不像打獵。現在那陰暗的月桂樹林在他們頭上罩下來，鸕鳥從濃密的枝葉中飛出來，翅膀呼呼地響著，使人吃一驚。那土地是柔軟的，烏黑的，矮樹林兩邊都有些東西急急地奔走，悉悉做聲。

叢林稀下來了。土地低了下去，成為一個沼澤。突然之間老裘麗亞吠叫起來，辨尼開始奔跑。

「小河上！」他大喊著，「牠要想跑到小河那裏去。」

沼澤裏充滿了聲音。許多小樹砰然倒了下來。那隻熊像一陣黑色的颶風，掃蕩一切障礙。幾隻狗汪汪叫著，又齊聲吠著。喬弟耳朵裏的吼聲，是他的心在那裏狂跳。一根竹籐把他絆了一跤，他張開四肢趴在地下，又站了起來。辨尼的短腿在他前面攪動著，像兩隻槳一樣。那幾條狗還沒來得及圍困住那八字腳，八字腳就可以跑到杜松溪了。

那溪岸上有一塊開闊的空地。喬弟看見一個巨大黑色的無輪廓的形體衝了出來。辨尼停住了，舉起他的鎗。就在這一剎那，一個小小的棕色東西像箭一樣地射出去，投射到那毛茸茸的頭上。老裘麗亞趕上了牠的敵人。牠跳上去，又退下來，而在後退的一剎那間，又向牠衝去。利普竄上去，在她旁邊。八字腳旋過身來，向牠亂抓亂砍。裘麗亞突然出現了，向牠的側面進攻。辨尼沒有開鎗。為了狗，他不能放鎗。

老八字腳突然假裝不在乎，牠彷彿廢然站在那裏，遲滯地，猶疑地，搖晃著身體，前仰後合。狗也退後片刻。這一剎那是開鎗的絕好機會，辨尼將他的鎗甩起來扛在肩上，擱在左頰上瞄準了，摳動扳機。發出一聲無用的輕微的爆炸聲。他又扳起撞針，又摳了摳扳機。他額上現出一粒粒汗珠。那撞針又喀哩一響，毫無效力。然後一個黑色的大風雨爆發了。牠怒吼著撲到狗羣身上，迅速得使人不能相信。白色的長牙與鈎曲的爪子像一綹綹的閃電，穿過那風暴。牠咆哮著，旋轉著，咬牙切齒，向每一個方向砍去。狗也一樣地迅速。裘麗亞從後方迅疾地進攻，八字腳轉過身來掃射她，利普就跳起來咬那毛茸茸的咽喉。

喬弟恐怖得癱瘓了。他看見父親又扳起撞針，半俯伏著站在那裏，摸索著那扳機。老裘麗亞進攻熊的右脅。牠旋過身來，不向著她，而向著牠左面的鬥犬。牠打中牠的側面，將牠掀翻在矮樹叢中。辨尼又摳了摳扳機。隨即發出一聲爆炸，帶著一種嗞嗞聲，辨尼向後面倒了下去。那管鎗走了火了。

喬弟奔到他父親身邊。辨尼已經站了起來，他右邊臉上被火藥染黑了。八字腳飛快地旋過身來對著裘麗亞，用牠拳曲的爪子把牠抓在牠胸前。牠銳聲叫著。利普投身在牠背上，牠的牙齒深深地咬進熊皮裏。

喬弟尖聲高叫著，「牠要把裘麗亞弄死了！」

辨尼絕望地奔上去，衝進那動亂的中心。他把鎗身搗進熊的脅骨裏。裘麗亞就連在這樣痛苦的時候，也牢牢地咬住牠上面的黑色咽喉。八字腳咆哮著，突然轉過身來，從河岸上跳下去，走到深水裏。兩條狗都釘住牠不放。八字腳瘋狂地游泳著。裘麗亞只有一個頭露出水面，在熊喙下。利普騎在那寬闊的背脊上，擺出一副威風凜凜的神氣。八字腳游到了遙遠的對岸，爬上岸去。裘麗亞放鬆了牠，癱軟地跌在地下。那熊奔到濃密的叢林中，利普仍舊在牠背上騎了一會。然後牠感到困惑，也下來了。牠嗅嗅裘麗亞，又向對岸嗅了嗅。遠處的叢藪中發出草木折斷的巨響，然後就寂靜無聲了。

辨尼喊著，「這兒來，利普！這兒來，裘麗亞！」

利普搖了搖短尾巴，並沒有動。辨尼將他打獵的號角舉起來湊到他唇邊，溫存地吹著。喬弟看見裘麗亞抬起頭來，然後又垂下頭去。

辨尼說，「我得要去把她抱回來。」

他把鞋子脫下來，順著河岸溜下水去。他堅強地划著水。離岸幾碼遠，那潮流就抓住了他，彷彿他是一根木材，猛烈地飛快地將他放射出去，順流而下。他與它掙扎著，奮力前進。喬弟看見他在小河下游很遠的地方搖搖晃晃站起來，拭去眼睛裏的水，很費勁地循著河岸向上走，到他的兩條狗那裏。他彎下腰去檢視那獵狗的傷痕，然後把牠挾在一隻手臂下面抱起來。這一次他走到上游相當遠的地方才到河裏去。他下水以後，用一隻閒著的手臂划著，那潮流推送著他，幾乎恰正把他擱在喬弟腳下。利普用腳划著水，跟在他後面，上了岸，把牠自己身上的水抖乾了。辨尼將那老獵狗溫柔地放下來。

「牠受傷得很厲害。」他說。

他脫下他的襯衫，將那狗緊裹在裏面。他把兩隻袖子紮在一起，做成一個吊帶，將它扯起來揹在他背上。

「好了，」他說，「我得要置一支新鎗。」

他面頰上被火藥燒傷的地方已經變成水泡。

「爸，什麼地方出了毛病？」

「差不多樣樣東西都出了毛病。那扳機在鎗筒上鬆下來了，這我早已知道，我一直得要扳它兩三遍。可是這次它走了火，這就是說那大彈簧沒有勁了。好了，我們走吧。你扛著這該死的鎗。」

那行列開始向家中前進，經過那沼澤。辨尼抄近路向北，向西走。

「現在我不捉到那熊，再也不歇手，」他說，「只要給我一支新鎗——再給我一點時候。」

突然之間，喬弟不忍再看見他前面那癱軟的包裹。有一縷縷的血沿著他父親瘦削的赤裸的背脊流下來。

「爸，我要走在前面。」

辨尼轉過身來瞪眼望著他。

「你可不要暈倒了害人。」

「我可以替你開出一條路來。」

「好。往前走吧，喬弟——拿著這口袋，你拿出點麵包來。孩子，吃一口。你會覺得——好點。」

喬弟盲目地在袋裏摸索著，抽出那一包煎餅。吃到那野薔薇漿果凍子，他的舌頭上感到酸涼。他很羞愧，因為他覺得它滋味這樣好。他急急地吞下好幾塊餅。他遞一些給他父親。

「糧食是很大的安慰。」辨尼說。

矮樹林中發出一聲嗚嗚的哀鳴。一個小小的畏縮的形體在尾隨著他們。那是泊克，那小狗。喬弟憤怒地踢牠。

「不要去攪擾牠，」辨尼說。「我一直疑心牠沒用。有的狗是捉熊的狗，有的狗天生不是捉熊的狗。」

前面看到白克士忒島的高松樹的時候，已經太陽快落山了。他們這行列，一個跟著一個，沿著沙路從東面來，走進那塊開墾出的土地。白克士忒媽媽在那狹窄的洋台上坐在搖椅上搖著，膝蓋上有許多該補綴的衣襪堆成一個小丘。

「一條死狗，可是並沒有熊，是不是？」她喊著。

「還沒死。給我拿水來，還要破布，還有那根大針和線。」

她很快地站起來幫忙。喬弟老覺得驚異，每逢有麻煩的事情，她那碩大的身體與兩手總是這樣能幹。辨尼把老裘麗亞放下來，放在洋台地板上。牠嗚嗚地哀鳴著。喬弟彎下腰來撫摸牠的頭，牠露出牙齒來像要咬他。他悽愴地在他母親背後跟來跟去。她正在把一條舊圍裙撕成一條條。

「你可以去拎水。」她告訴他，他就急急地奔去拿水壺。

辨尼回到洋台上來，抱著許多磨粉袋，來給那獵狗做一隻床。白克士忒媽媽把施手術的器械拿來了。辨尼將他浸透了血液的襯衫從狗身上解下來，洗濯那深而長的傷痕。老裘麗亞沒有抗議。牠從前也曾經被爪子抓傷過。他把最深的兩道裂口縫了起來，將松膠揉到所有的裂口裏去。他在那裏工作著的時候，牠銳叫過一次，然後就默然了。他說有一根脅骨斷了。這個他沒有辦法，但是如果牠能活下去的話，自己會好的。

五

辨尼在吃早飯的時候說，「非得去換一支新鎗來不可，不然就是自找麻煩。」

老裘麗亞好了些了。牠的傷口是乾淨的，沒有腫起來。只因為失血太多，非常疲乏，老想睡。辨尼把一個葫蘆瓢捧在牠面前，牠舐食了一些牛奶。

「你打算怎麼樣買一支新鎗？」白克士忒媽媽問，「錢都不夠付稅的。」

「我是說『換』。」辨尼糾正她。

「你拿什麼去換？」

「那隻小狗。你也知道，傅賴司忒家的人都是狗迷。」

「埃孜拉．白克士忒，你要是去跟傅賴司忒家的人去換東西，你穿著袴子回來就算好的了。」

「反正我跟喬弟要到那裏去。」

辨尼的語氣這樣堅定，他妻子龐大的身軀與他這定見對抗起來，簡直像空氣一樣地輕飄。她嘆了口氣。

「好吧，丟我在家裏，也沒有人替我劈柴挑水，我要是倒在地下死了，也沒有人管。走吧，帶他走。」

「我從來沒有把你沒柴沒水地丟在家裏。」

喬弟焦急地聽著。他覺得到傅賴司忒家去比吃東西還更好。

「喬弟非得跟男子漢混在一起，學學男子漢的做派。」辨尼說。

「傅賴司忒家又不是個好地方。他跟著他們學，一定學得良心墨黑。」

「他也許看著他們的榜樣警誡自己，就不會那樣了。無論如何，我們是要到那裏去。」

他從桌子前面站了起來。

「我去挑水，喬弟，你去好好地多劈些柴。」

喬弟匆忙地趕到柴堆那裏。每次斧頭向那肥胖的松柴劈下去，他離傅賴司忒家就又近了一步。他劈了很多的柴，抱了好些到廚房裏去，足夠裝滿他母親的柴箱。他父親還沒有從水潭挑水回來。喬弟趕到畜舍裏，把馬裝上了馬鞍。他看見辨尼沿著那沙路從西邊來了，彎著腰駝著那牛軛，擔著那兩隻沉重的桶，潑潑撒撒裝滿了水。他跑上去幫他把那重擔放到地上。

「愷撒裝上馬鞍了。」他說。

「大概柴也燒起來了，」辨尼露出牙齒來笑了笑，「好，讓我去穿上我做買賣的外衣，把利普拴起來，把我的鎗拿來，我們就出遠門去了。」

馬鞍是從傅賴司忒家買來的，因為它給他們家任何那一個大屁股坐著都嫌小了些。辨尼與喬弟兩個人並坐在上面倒很舒適。

「你坐在前面，孩子。可是你如果一直長，長得比我高，你只好騎在後面了，因為我看不見前面的路。到這裏來，泊克！跟著跑！」

那小狗跟上來了。牠停止過一次，回過頭去向後面望著。

「我希望這是你末了一次看見這地方。」辨尼告訴牠。

愷撒有過充份的休息，穩定地快步走著。牠衰老的背脊是寬闊的，那馬鞍是寬廣的，這樣騎著馬，有他父親在後面撐著他，喬弟覺得這和一隻搖椅一樣舒服。那沙路在陽光裏像一條絲帶，上面印著樹葉的蔭影。在西面，在水潭邊，那條路分開兩支，一條繼續前進到傅賴司忒家的島嶼，另一條折轉向北。朝北的道路上有古老的斧痕砍在高齡的長葉松上，作為指路的記號。

「是你還是傅賴司忒家的人做的這些記號？」喬弟問。

「這些是從前的人砍的，那時候我和傅賴司忒家都還不知道在哪裏呢。呵，孩子，有些印子這樣深，這些松樹又長得這樣慢，說不定有些該是西班牙人做的記號。去年那先生沒教過你歷史嗎？孩子，是西班牙人開的這條路。這裏這條，我們現在正走過的這條，就是西班牙人的老路，橫穿過整個的佛洛利達州。它在柏忒勒堡附近分開了。朝南的一條通到譚姆拍。那是騎兵路。這裏的一條是黑熊路。」

喬弟轉過來，眼睛睜得多大，望著他父親。

「你估著西班牙人有沒有制伏那些熊？」

「我估著他們停下來紮營的時候，總得要對付那些熊的。他們有印第安人和他們作對，還有熊，還有豹子。也跟我們一樣，不過我們沒有印第安人。」

喬弟瞪著眼睛四面望著，那松林突然人烟稠密起來。

「現在這裏沒有西班牙人嗎？」

「喬弟，現在沒有一個活著的人聽見他爺爺說他看見過一個西班牙人。西班牙人是從海洋那邊來的，來做買賣，打仗，行軍走過佛洛利達州，沒有一個人知道他們到哪裏去了。」

矮樹林圍上來了。樹林稠密而低矮，只偶然有一點樹蔭。然後那條路又放寬了，草木都向後退，前面高高矗立著傅賴司忒島的大樹——那是這一帶的地界標誌。辨尼下了馬，拎起那隻小狗，又上了馬，將牠抱在懷裏。

喬弟說，「你為什麼抱著牠？」

「你不要管。」

他們進了高地，涼爽而深沉，上面交叉著棕櫚與常青橡樹的穹門。那條路繞來繞去，在一棵巨大的橡樹下可以看見傅賴司忒家的小屋經過雨淋日晒的灰色。

辨尼說，「你可不要去捉弄草翅膀。」

「我從來不捉弄他，他是我的朋友。」

「那很好。他是母雞掉毛的時候生下來的，所以養出來有點古怪，這不能怪他。」

「他是我最好的朋友，除了奧利佛。」

樹林的寂靜突然爆炸了。小屋裏面發出一陣騷動，那聲音像是椅子被人擲到屋子對面，一個巨大的物件訇然跌碎了，玻璃打破了，沉重的腳在地下鋪著的木板上蹬著，傅賴司忒家的男子們的聲音衝到四壁上。一個女性的聲音在那喧囂中尖銳地叫喊著。突然大開了門，一羣狗像流水似地奔馳到戶外。傅賴司忒媽媽用一根掃火爐的掃帚打牠們，牠們爭先恐後跑到安全的地方去。她的兒子們擁在她背後。

辨尼喊著，「一個人在這裏下馬，有沒有危險？」

傅賴司忒家的人吼叫著招呼白克士忒家的人，又向狗羣發出命令。傅賴司忒媽媽用兩隻手把她的格子布圍裙提起來，一上一下揮動著，像搖著旗子一樣。歡迎的吶喊與他們向狗羣發出的命令完全混雜在一起，使喬弟有點感到不安，彷彿有點不確定他們是否受歡迎。

「下來，進來！走開，你們這些該死的偷醃肉的賊！嗨！你！好吧？滾開！」

狗羣分散開來鑽到樹林裏去了，喬弟跳下地來。辨尼下了馬，柔情脈脈地抱著那小狗。傅賴司忒家人圍著他轉來轉去。

在那邊，喬弟看見草翅膀匆匆地走下小屋的台階，向他走來。那駝背的彎曲的身體移動起來，全靠那樣一歪一扭，像一隻受傷的無尾猿一樣。草翅膀舉起他的手杖來飛動著。喬弟奔跑著迎上去。草翅膀的臉龐發出光輝來。

他喊著，「喬弟！」

他們站在那裏，羞澀而愉悅。

喬弟有一種快感，他與任何別人在一起都沒有這種感覺。在他看來，他的朋友的身體並不比一隻變色蜥蜴或是一隻鼴更奇怪。大人都說草翅膀是個白痴，他也相信他們的話。他自己決不會做出草翅膀所做的那件事——「草翅膀」就是由此得名的。這是年幼的傅賴司忒構想出一種觀念，認為他如果能夠使自己附在一件什麼輕飄飄的東西上，他能夠從馬廄的屋棟上慢悠悠地飄下來，像任何鳥雀一樣。他把幾大捆糧草——牛豌豆乾草——縛在他手臂上，跳了下來。他沒有死，這是一個奇蹟，不過添上幾根折斷的骨頭，使他天生的駝背的軀體更加歪曲一些。當然這是一件瘋狂的事。但是喬弟覺得，就他私人的意見說來，和這有些類似的某種東西或許能夠這樣辦。他自己就常常想到風箏，非常大的風箏。同時他對於這跛腳的男孩渴想飛行的心理有一種秘密的瞭解，渴想飛行，渴想輕快；渴想有一剎那的自由，脫離他的身體，他那羈絆在地上，傴僂著，顛躓著的身體。

他說，「嗨。」

草翅膀說，「我有一隻小浣熊。」

他永遠有一個新的寵物。

「我們去看牠。」

草翅膀帶他到山屋後面去，那裏堆積著一些盒子與鳥籠子，裏面住著他不停地換著的各種鳥獸。

「我的鷹死了，」草翅膀說，「牠性子太野了，不能關在籠子裏。」

一隻松鼠不停地蹬著踏板。

「我把牠送給你，」草翅膀自動地應許他，「我可以再弄一隻。」

喬弟的希望升高了，又跌了下來。

「媽什麼都不肯讓我養。」

他的心漲大了，想要那隻松鼠，想得心裏疼痛起來。

「浣熊在這裏。來，『嘈嘈』！」

一個黑鼻子從狹窄的木板柵欄裏突了出來。一隻極小的黑腳掌，像一個嬰兒的手，跟著伸了出來。草翅膀抽出一根木板，把那浣熊取出來。牠抱住他的手臂，發出一種奇異的唧唧的嗚聲。

「你可以抱牠。牠不會咬你。」

喬弟擁抱著那浣熊，讓牠偎在他身上。他想他從來沒看見過，也沒摸到過比這更可喜的東西。那灰色的毛皮像他母親出門穿的佛蘭絨睡衣。那浣熊輕輕地咬著他的肉，又啼叫了一聲。

「牠要牠的糖乳頭，」草翅膀很母性地說，「我們把牠帶到屋子裏去。」

六

那浣熊仰天躺著，窩在喬弟的臂彎裏，用牠的兩隻前腳抓住那滿裝著糖的布包。牠極快樂地閉著眼睛。

傅賴司忒老爹從火爐那邊的陰影中發言了。喬弟沒有注意到他，他坐在那裏，那樣安靜。

「我小時候也有過一隻浣熊，」他說，「牠有兩年像一隻貓一樣地脾氣好。後來有一天牠在我的小腿上咬掉一塊肉。這一隻長大了也會咬人，這是浣熊的天性。」

傅賴司忒媽媽走進小屋裏面，到她的鍋鑊那裏。她的兒子們也跟在她後面排隊走了進來；柏克與磨坊輪，蓋璧與派克，阿齒與萊姆。喬弟困惑地望著那乾瘦枯萎的一對老夫婦，是他們生出這些大漢，一個個像山一樣高。他們都很相像，除了蓋璧比別的幾個矮些。

辨尼．白克士忒進來了，擠在他們裏面，簡直看不見他。喬弟很詫異，看見他父親仍舊將那隻無用的小狗抱在懷裏，柔情脈脈地。

辨尼從房間這一頭走到那一頭。

「你好，傅賴司忒先生。我見到你非常榮幸。你的身體好嗎？」

「你好吧，先生。我強健得很，很不壞，像我這樣一個快完蛋的人，總算還不錯了。說老實話，我現在馬上就該死了，上天堂了，但是我一直挨著。覺得好像我在這裏住熟了。」

傅賴司忒媽媽說，「請坐，白克士忒先生。」

辨尼拉過一張搖椅，坐了下來。

萊姆·傅賴司忒從房間對面向這邊喊著，「你的狗瘸了？」

「呃？不。就我知道的來說，牠從來沒瘸過。我不過是怕你們這些大獵狗咬牠。」

「貴重得很？」

「牠不值錢的。不值一捲烟草。等我走的時候你們不要打主意想留下牠，因為牠不值得一偷。」

「牠要是這樣不中用，你倒把牠當寶貝一樣，這樣照應牠。」

「我是得照應牠。」

「你用牠捉過熊？」

「我用牠捉過熊。」

萊姆走近前來，俯身湊在牠跟前，粗聲呼吸著。

「牠鼻子尖嗎？牠會不會困住一隻熊？」

「牠不中用。我從來沒養過一隻這樣不中用的狗，也從來沒有跟這樣的狗打過獵。」萊姆說，「我從來沒聽見一個人像這樣把他自己的狗說得一個錢不值。」

辨尼說，「哪，我也承認牠長相很不錯，差不多人人看見牠都想要牠，可是你們千萬不要轉這念頭，想跟我交換，因為你們會上當，受騙的。」

「你回去在路上想打一點獵嗎？」

「唔，一個人總不免時時刻刻想到打獵這樁事。」

「你把一隻沒用的狗帶了來，太奇怪了。」

傅賴司忒家的人四面望望，彼此對看著。他們沉默下來了。他們的黑眼睛盯著那小狗看。

「這隻狗不行，我這管從鎗口裝火藥的舊鳥鎗也不行，」辨尼說，「我簡直沒有辦法。」

那幾隻黑眼睛溜到那小屋的牆壁上，傅賴司忒家的武器都掛在那裏。那麼一大排，喬弟想，夠開一爿鎗店。傅賴司忒家的人交換馬匹，賣鹿肉，違禁釀酒，賺到很多的錢，他們買鎗不算一回事，就像別人買麵粉與咖啡一樣。

「我從來沒聽見說你打獵失風。」萊姆說。

「我昨天就沒有得手。我的鎗放不出去，後來放出去了，又走了火。」

「你昨天去打什麼？」

「老八字腳。」

一聲巨吼爆發開來了。

「牠在哪裏吃東西？牠從那一邊來的？牠到哪裏去了？」

傅賴司忒老爹用他的手杖咚咚敲著地板。

「你們這些傢伙都閉嘴，讓辨尼講。你們都像牛吼一樣，一句話也不讓他說。」

七

喬弟覺得這故事比那次打獵還要有趣。他有這父親真是值得驕傲的，他得意得整個的人都要炸開了。辨尼．白克士忒，他個子不比一隻泥蜂大，打起獵來卻能夠勝過最好的獵人。而他又能夠坐在那裏，像他現在這樣，編出一種神秘不可思議的魔法，使這些高大的毛茸茸的漢子都急切地傾聽著，緊張得透不過氣來。

他使那戰鬥成為一件史詩式的事蹟。說到他的鎗走了火，老八字腳將裘麗亞壓在牠胸脯上，蓋璧誤吞了他的烟草，奔到壁爐前面，吐著唾沫，噎住了。傅賴司忒家的人握住拳頭，神情緊張，坐在他們座位的邊緣上，張著嘴聽著。

「漢子，」柏克透出口氣來，「我真想在那裏湊個熱鬧。」

「八字腳後來到哪裏去了呢？」蓋璧懇求著。

「沒有人知道。」辨尼告訴他們。

大家寂靜無聲。

萊姆最後說，「你一次也沒提到過你這裏的這隻狗。」

「不要逼我，」辨尼說，「我已經告訴了你牠不中用。」

「我看牠打過這一架，身上還好好的。一個傷痕也沒有，是吧？」

「沒有，牠身上一個傷痕也沒有。」

「得要一條非常伶俐的狗，才能夠跟一隻熊打架，身上一處都沒有被抓傷。」

辨尼使勁吸著他的烟斗。

萊姆站起來走到他跟前，高高地矗立在他面前。他捏得手指上的關節格格作響。他流著汗。

「我要兩樣東西，」他沙嗄地說，「我要你弄死老八字腳的時候，也有我一手。還有，我要那邊那隻狗。」

「噯呀，不行，」辨尼溫和地說，「我不能把牠換給你，讓你上當。」

「對我扯謊沒有用的，你說你換什麼東西。」

「我把老利普換給你吧。」

「你當是你狡猾得很哪，我現在就有好幾隻比利普好的狗。」

萊姆走到牆壁跟前，摘下一支鐵釘上掛著的鎗，是一支倫敦細絞牌的。雙筒發出亮光。吹柄是胡桃木製，溫暖而亮瑩瑩的。那雙重的撞針非常靈活。裝配的零件都彫刻著繁複的花紋。萊姆把它甩上去頂在他的肩膀上，瞄一瞄準。他把它遞給辨尼。

「英國來的貨色。從此用不著從鎗口裝火藥了。你自己把子彈裝進去，就像吐口痰一樣地便當。把你的子彈擱進去——把她關上——把她扳上扳機——砰！砰！連發兩響。射得像一隻老鷹飛得一樣準。平換。」

「噯呀，不行，」辨尼說，「這兒這支鎗是值錢的東西。」

「老子有的是錢。你不要跟我辯。我要一隻狗的時候，我就是要一隻狗。你把牠換這支鎗，不然就要來把牠偷了來。」

「唔，那麼，好吧，」辨尼說，「要是這麼個情形。可是你一定要當著證人答應在你帶牠打過獵以後，不准把我打得肚子裏的飯也打了出來。」

「拉手，」一隻毛茸茸的巨掌抓住辨尼的手。「到這兒來，孩子！」

萊姆向那狗吹口哨。他提著牠頸上的皮，把牠拎起來，領牠到外面去，彷彿就連現在都怕失去了牠。

辨尼坐在椅子上搖來搖去。他毫不在意地把那支鎗橫放在膝蓋上。喬弟眼睜睜望著那完美的鎗，眼睛一刻也離不開它。他心裏充滿了敬畏之意，因為他父親與一個傅賴司忒家的人鬥智，竟得勝了。他想萊姆不知道可會守約。物物交易的繁複之點，他也曾經聽人說過，但是他從來沒想到，一個人只要用這簡單的方法——告訴別人實話，就可以佔那人的便宜。

談話一直談到下午。柏克把辨尼的舊鎗收了一收緊，他認為現在可以用了，不至於出事。傅賴司忒家的人不忙，沒有事做。說了好些故事，稱道老八字腳多麼機警；也提到在牠之前的別的熊；但是從沒有一隻像牠這樣聰明的。仔細描寫從前打獵的情形。二十年前死去的狗，他們都叫得出牠的名字，說得出牠的作為。草翅膀漸漸對於這些感到厭倦了，要到池塘那裏去釣鰷魚。但是喬弟捨不得離開這裏，他愛聽他們說老故事。最後辨尼伸了個懶腰，站了起來。他說，「談得有趣，我真不願意走。」

「你在這兒過夜。我們去捉狐狸。」

「謝謝你，可是我那兒沒有男人，不放心。」

草翅膀扯扯他的手臂。

「讓喬弟住在我這兒。我那些東西他還沒有看見一半呢。」

柏克說，「讓這孩子住在這兒吧，辨尼。我明天得要到伏盧西亞去。我騎著馬把他帶到你那兒去。」

「他的媽要鬧了。」辨尼說。

「媽最會這一手，對不對，喬弟？」

「爸，我要是能住下來我覺得非常有面子。我長久沒有玩過了。」

「自從前天起，一直沒有玩過。好，那麼，住下來吧，如果這些人一定歡迎你。萊姆，你要是試過了那條狗，要是那時候柏克還沒把這孩子送回來給我，你可不要把他殺了。」

他們哈哈大笑。辨尼把那新鎗與他的舊鎗一同扛在肩上，去把他的馬牽出來。喬弟跟在後面。他伸出一隻手去撫摸著那光滑的鎗。

「如果不是萊姆，不論是世界上隨便那一個人，」辨尼喃喃地說，「我都不好意思把它帶回家去。自從萊姆給我取了名字，我就少欠他這一著，得要佔他一個便宜。」

「你告訴他的都是實話。」

「我的話是率直的，但是我心裏的打算就像奧克拉哇哈河一樣地彎彎曲曲。」

「他知道了以後他會怎麼樣？」

「他起初一定想把我撕了。可是在這以後他會笑起來的。再會，孩子，明兒見。你要好好的。」

傅賴司忒家的人跟在後面送他。喬弟向他父親揮手，有一種新的孤獨的感覺。他幾乎想喊他回來；追上去，爬到馬鞍上，和他一同騎馬回家，回到那塊安適的開墾出的土地上。

草翅膀喊著，「那浣熊在一灘水裏摸魚，喬弟！來看！」

他跑去看那浣熊。牠在一個小坑裏划著水，用牠那像人的手撈摸著，找尋一些什麼，牠只有從牠的本能上可以知道水裏有這樣東西。他與草翅膀與浣熊一起玩著，消磨掉這一個下午剩下的時間。他幫著把松鼠的盒子打掃乾淨，給一隻瘸腿的紅鳥造了一隻籠子。喬弟重又渴望著要一個他自己的東西。草翅膀肯把那隻松鼠給他，他相信他連那隻小浣熊都肯給他。但是他從過去的經驗上知道，他不應當惹得他的母親生氣，給家裏添上一張嘴吃飯，不管是多麼小的嘴。

他們往回走，向小屋走來。傅賴司忒家的人散佈出去了，在他們田地上做工，悠閒地，從容地。這裏除了暴行之外，也有舒適與豐裕。他們人手多。辨尼．白克士忒一個人單獨種一塊地，差不多和他們的一樣大。喬弟想到他丟在那裏沒有鋤的一排玉蜀黍，覺得很慚愧。但是辨尼不會不高興替他做完。

太陽在西邊通紅的，黑暗來得很快，因為那些常青橡樹把光遮住了，在白克士忒家開墾出的土地上，一定還是亮的。那些弟兄們一個個排隊走進小屋裏。

晚飯後，傅賴司忒家的人吸著烟，談論著馬匹。喬弟與草翅膀對於這談話失去了興趣，到一個角落去玩擲刀遊戲。白克士忒媽媽決不肯讓他們把小刀投擲到她清潔光滑的地板上。在這裏，木頭多裂開幾片，少裂開幾片，也沒有什麼分別。喬弟玩著這遊戲，忽然坐直了身子。

「我知道一件事，我可以打賭你一定不知道。」

「什麼事？」

「從前西班牙人常常經過那矮樹林，就在我們大門口。」

「這個我知道。」草翅膀躬著背湊近些，開始興奮地輕聲說，「我看見過他們。」

喬弟瞪著眼向他望著。

「你看見什麼？」

「我看見過那些西班牙人。他們很高很黑，戴著亮晶晶的頭盔，他們騎著黑馬。」

「你看不見他們的。一個也沒剩下來。他們早走了，就像印第安人一樣。」

草翅膀精明地閉上一隻眼睛。

「這是人家這樣告訴你的。你聽我說。下次你到你們那水潭西邊去——你知道那大玉蘭樹？四面都是山茱萸？你到那玉蘭樹背後去看，總有一個西班牙人騎著黑馬經過那棵玉蘭樹。」喬弟頸上的毛髮直豎起來。當然這僅只是草翅膀編的故事。他父親和母親所以總說草翅膀是瘋癲的。但是他非常希望他能相信它。去到那玉蘭樹背後看看，至少沒有妨礙。

傅賴司忒家的人伸伸懶腰，有的敲敲烟斗，有的把嘴裏嚼的烟草吐出來。他們到他們臥室裏去，褪下背帶，把袴子鬆下來。草翅膀把喬弟領到他自己的床上，在一個棚屋式的房間裏，在廚房的屋簷下。

「枕頭給你枕。」他告訴他。

喬弟想他母親不知道會不會問他洗了腳沒有。他沒有洗腳就滾到床上去，心裏想著，傅賴司忒家的人生活得多麼自由。草翅膀開始說一個荒唐的故事，關於天涯海角，世界的盡頭。那是空洞而黑暗的，他說，只有雲，可以騎在上面。喬弟起初感到興趣。然後那故事變得沉悶而散漫。他睡著了，夢見西班牙人，騎著雲，不是騎馬。

八

奇怪，喬弟想，他每次離開了那塊開墾出來的土地，又回家來的時候，他總注意到以前從來沒注意過的東西，而這些東西都是一直在那裏的。嫩桑葚一球球地生在樹枝上，而他到傅賴司忒家去之前他看都沒看見它們。那「斯卡巴濃」葡萄籐，他母親在卡羅蘭納州的親屬送給他們的，初次開了花了，纖細的花，像縷輕紗似的。金色的野蜂找到了它的香氣，頭朝下顛倒站著，狂飲著它稀薄的蜜汁。

柴箱裏的柴快用完了，喬弟懶洋洋地在外面劈柴，去裝滿它。他很有工作的興致，但是必須是一種什麼溫和的從容不迫的工作。他慢吞吞地出去了兩趟，去裝滿那柴箱。老裘麗亞掙扎著走來走去尋找辨尼。喬弟彎下腰來撫摸牠的頭。這塊開墾出的土地上充滿了一種健康愉快的感覺，牠彷彿也有同感；或者牠也許是明白牠又可以多活些時了，可以在泥沼與矮樹林與高地上奔跑著。牠搖著她的長尾巴，靜靜地站在那裏讓他撫弄著牠。喬弟看見他父親，穿過那條路，從馬廄與田地向房屋這邊走來。他拎著一樣奇異的物件。他向喬弟喊著。

「我捉到一個非常古怪的東西。」

喬弟向他奔去。那疲軟的物件是一個動物，很奇異而又熟悉。牠是一隻浣熊，但並不是普通的鐵灰色的，而是通體奶油白色。他不能相信他的眼睛。

「牠怎麼是白的，爸爸？牠是不是一個浣熊的老祖宗？」

「就是這一點奇怪。浣熊從來不活到頭髮白。不是的，這是一種稀罕的東西，書上叫作『天老兒』。生出來就是白的。還有，你看，尾巴上這些圓圈，應當是深色的，竟也是奶油色的。」

他們蹲在沙上，檢驗那浣熊。

「牠是不是在捕機裏，爸？」

「在捕機裏。受了重傷但是並沒有死。說老實話，我剛才真不願意殺牠。」

喬弟惘然若失，因為他沒有看見那活著的白浣熊。

「讓我來抱牠，爸。」

他把那死獸抱在他懷裏。那淡白的毛皮彷彿特別柔軟。肚子上的毛像新孵出的小雞的絨毛樣柔軟。他撫摸著牠。

「爸，可惜我沒趕得上趁牠小的時候把牠捉了來，養大牠。」

「養著牠玩，這東西倒是真漂亮，不過牠大概也跟任何別的浣熊一樣刁惡。」

他們在大門口轉了個彎走進去，沿著房屋的一邊繞到廚房那裏。

「草翅膀說他那些浣熊沒有一隻是特別刁惡的。」

「是的，可是一個傅賴司忒家的人就是給咬了一口，也差不多覺都不覺得。」

「大概他會馬上還咬一口，是不是，爸？」

他們同聲笑了，描畫著他們那些鄰居。白克士忒媽媽在門口迎接他們。她看見那動物，臉上現出喜色來。

「你捉到了牠。好極了。就是牠在那裏偷我的雞。」

「可是媽，」喬弟抗議，「你看牠。牠是白的。牠是個稀罕東西。」

「牠一直是個偷東西的害人精，」她冷淡地說，「這皮子比普通的值錢些嗎？」

喬弟望著他父親。辨尼正鑽在水盆裏洗臉。他在肥皂沫裏睜開一隻明亮的眼睛，向他兒子眨了眨眼。

「大概連五分錢都不值，」他不經意地說，「喬弟在那裏想要一隻小背包。讓他用掉這塊皮子也好。」

能夠有一隻活的白浣熊固然最好，次之，用那柔軟的奇異的皮子做一隻背包，那也再好沒有了。喬弟腦子裏盡想著這件事。他吃不下早飯。他想要表示他的感激。

「我可以把水槽收拾乾淨，爸。」他說。

辨尼點點頭。

「我老是每年都指望著，那一年春天去雇個掘深井的人。那麼那些水槽就是積滿了垃圾也隨它去。可是磚頭非常貴。」

「我都不能想像，不省水是什麼樣子，」白克士忒媽媽說，「我省水省了二十年了。」

「你耐心點，喬弟媽。」辨尼說。

他的臉深深地皺了起來。喬弟知道缺水對於他父親是很大的磨難，他為了這件事比他們母子更吃苦。劈柴歸喬弟負責，然而是辨尼自己把那牛軛掛在他狹窄的雙肩上，把那兩隻用絲杉樹砍出的大桶掛在兩頭，沿著那沙路上下跋涉著，從墾地到水潭，那裏僅只靠地底沁出的水，造成了水塘，水是琥珀色的，因為裏面有樹葉黴菌，可以經過沙濾的。彷彿那勞作是辨尼向他的家庭道歉的表示，因為他在這樣乾燥的土地上建立家庭，而距離這裏沒有多少哩遠，就有小溪，小河，與好井。喬弟初次感到奇異，不知道他父親為什麼揀中這地方住家。他想到那水潭峻峭的一面需要清除的幾個小池，他幾乎希望他們住在河邊。然而這開墾出的土地，這高松的島嶼，就是整個的世界。別處的生活只是人家說的一個故事，就像奧利佛．赫托說到非洲與中國與康涅狄克州。

他站起來，緩緩地走到門口。

辨尼說，「你快點到水潭那裏去，孩子，等我把你的浣熊皮剝了下來，我也會跟了來的。」

天氣晴朗，風很大。喬弟到房屋後面的棚屋裏去拿了一柄掘地的鋤頭，向路上漫步走去。

世界的盡頭，他想，一定是像那水潭。草翅膀說它是空洞而黑暗的，只有雲可騎。但是沒有一個人知道。走到那裏，一定有一種感覺，就像走到這水潭邊緣上一樣。喬弟想，但願他是第一個人發現它。

一個小世界躺在他腳邊。它是深深凹進去的，像一隻巨大的碗。有時候一個陷進去的洞只有幾呎深，幾呎闊。白克士忒的水潭有六十呎深，而且那樣闊，辨尼那支舊鎗從這邊岸上都打不到對岸的一隻松鼠。喬弟向裏面瞪視著，覺得這水潭的形成，雖然是真實的事，比草翅膀的故事還要奇幻。

喬弟望下去，看到一個巨大的杯形的花園，長著羽毛似的綠葉，陰涼，濕潤，神秘。

通到洞底的一條小路從西岸下去的。一年年被辨尼·白克士忒的腳踏著，牽著他的牲口去飲水。使這條小路深深蝕到沙與石灰石裏面。天氣最乾燥的時候地底都不停地沁出水來，從岸上淋下來，聚積在洞底，成為一個淺淺的池塘。這是死水，而且各種動物都來飲水，來來去去，使它混濁不清。只有辨尼的豬喝那水，在裏面打滾。辨尼另有一個巧妙的裝置，供給別的牲口，與他自己家庭的用水。在東岸上，也就是小徑的對岸上，他在那一層層的石灰石裏面開鑿出一連幾隻石槽，來承受那沁出來濾過的水。最下面的石槽，離水塘底有人肩高，他把母牛與小牛帶到這裏來喝水，還有他的馬。他年青的時候，曾經把那兩條替他開墾土地的奶油色公牛牽到這裏來。比這裏高幾碼的地方，他鑿出兩隻較深的石槽。他的妻把她的木板與搗衣杵帶到這裏來洗衣裳。

最後，高高地在那牲口槽與洗衣槽之上，躺著一隻深而窄的槽，貯積的水專門供給他們自己喝與烹調。上面的岸那樣峻峭，沒有較大的野獸來騷擾那水。

喬弟一顛一顛走下那條小路，用鋤頭支撐著，路太險峻。走下去永遠使他興奮。一步一步，四面的岸升到他上面去。一步一步，他經過許多樹梢。一陣微風渦漩著吹進那綠碗，攪起一重重涼爽波浪。樹葉把它們的瘦手招動著。羊齒草在地下俯伏片刻。一隻紅鳥在那大洞上面飛了過去，劃著一條弧線。牠轉過來往下飛，落到水塘裏，像一片鮮艷的落葉。牠看見了那孩子，呼呼拍著翅膀升上去，飛去了。喬弟跪在池邊。

這男孩感到一種孤獨，而並不是寂寞。他決定等他長大之後他要給他自己造一座小房子在池邊。野獸對那房子會漸漸感到習慣的，在有月亮的晚上他可以從窗戶裏望出去，看牠們喝水。

他穿過那洞底的平地，爬上幾呎，爬到那牲口槽邊。很不順手——把那掘地的鋤頭從他肩上鋤下來，挖掘那水槽。他丟掉了它，用他的兩隻手來做這件工作。累積的落葉與沙，留下了厚厚的一層。他用力挖著，刮著，直到那石灰石水槽成為潔白的。他滿意地離開了它，移到高些的地方，去做那更費力的工作——擦洗那較大的洗衣槽。

他來到那最高的一隻飲水槽邊的時候，已經疲倦了。坡斜得這樣厲害，他把他的肚子平貼在岸上，只要低下頭去就可以喝到水，像一隻小鹿一樣。他用舌頭沿著那水槽上上下下舐著。他把整個的臉埋在水裏。他把臉轉側著，先是這邊臉被水沖洗著，浸得冰涼的，然後是那邊臉。他倒站在水槽裏，全身的重量都撐在兩隻手掌上。他想著他能夠屏住氣多久。他吹水泡。他聽見父親的聲音在洞底說話。

「孩子，怎麼你覺得這水這樣好？把水擱在臉盆裏，你就好像怕見了它。」

他回過頭來，濕淋淋地。

「爸，我一點也沒聽見你來。」

辨尼上岸去，檢驗那幾隻較低的水槽。他點點頭。他倚在那洗衣槽的邊緣上，把一根小樹枝放在嘴裏咀嚼著。

「我說老實話，」他說，「你媽說『二十年』，真讓我嚇了一跳。我就是從來沒有坐下來算一算時光。這些個年月在我旁邊溜過去一年一年，我也沒有留神，也沒去數它們。每年春天，我總是盤算著要給你媽挖一口井。可是到了後來，我不是缺一條公牛就是那母牛掉到泥沼裏死了，或是又有個孩子死了，我也沒心腸去挖井了，又要付藥錢。磚頭貴得這樣厲害——從前我有一次動手挖，挖到三十呎還沒有水，我就知道我這個苦是白吃了。可是叫隨便哪個女人在一個沁水的山坡上洗衣裳，一洗洗了二十年，未免太長了。」

喬弟嚴肅地聽著。

他說，「將來有一天我總會給她一個井。」

「二十年，」辨尼又重複了一遍，「可是永遠有樁什麼事情打攪著。又打仗了——後來那塊地又得要重新開墾過。」

他站在那裏，倚在水槽上，回顧過去的年月。

「我剛到這裏來的時候，」他說，「我揀中了這地方，到這裏來的時候，我指望著——」

今天早上的問句又到喬弟腦子裏來了。

「你怎麼樣揀中它的，爸？」

「呃，我揀中了它因為——」他的臉皺了起來，他心裏在尋找字句。「我就是一心想要安靜，沒有別的。」

九

是小鹿生下來的時候了。喬弟在矮樹林裏看到牠們的小尖蹄子纖纖的足跡。他無論到哪裏去，到水潭去，到田地南面的橡樹那裏，到捕機那裏——辨尼不得不佈下一些捕機，防備野獸侵襲——他走路的時候總把眼睛盯在地下，留神看著有沒有牠們來去的跡象。母鹿的較大的蹄印往往走在它們前面。但是母鹿是謹慎的。常常有時候母鹿的印子在一個地方，顯得母親單獨在那裏吃東西，而那逡巡的小鹿的印子卻離那裏相當遠，是母親把嬰兒丟在那草木濃密，比較安全的地方。常常有一對孿生的小鹿。當喬弟找到那雙行的足跡的時候，他幾乎抑制不住自己了。

每逢這時候他總是想，「我可以留一隻給媽媽，我自己要一隻。」

有一次晚上他向他母親提起這件事。

「媽，我們的牛奶很多。我弄一隻小鹿來養著玩，不行麼？一隻花點子的小鹿，媽。不行麼？」

「當然不行。你是什麼意思，牛奶很多？天天沒有一滴剩下來。」

「牠可以吃我的牛奶。」

「嗳，把那該死的小鹿養胖了，你倒長不高。我們大家都已經忙得要死在這裏，你怎麼想起來的，要弄那樣一個東西來，一天到晚在這裏咪咪叫著。」

「我想要一隻。我想要一隻浣熊，可是我知道浣熊大了就愛搗亂。我要是有一隻小熊，我一定非常喜歡牠，不過我知道熊常常總是很刁。我就是想要一樣東西整個是我自己的。一樣東西跟著我，是我的。」他掙扎著找適當的詞句。「我要一樣倚靠我的東西。」

他母親鼻管裏哼了一聲。

「呵，那你是在哪裏也找不到的。無論在畜生的世界裏還是在人的世界裏。哪，喬弟，我不打算讓你盡攪擾著我。你再說一個字，『小鹿』或是『浣熊』，或是『小熊』，看我不打你一頓。」

辨尼坐在他那角落裏安靜地聽著。

第二天早晨，他說，「我們今天去捉一隻公鹿來，喬弟。多半我們會找到一隻小鹿在那裏睡覺。看見野的小鹿也差不多和養在家裏一樣地有趣。」

辨尼吹著口哨把利普與老裘麗亞叫了來。男子與小孩與獵狗在上午十點鐘前後一同出發了。那五月天是溫暖而鬱悶的。太陽穿過矮樹林，熱烘烘地照下來。矮橡樹的小而硬的樹葉像一隻隻扁鍋，盛著那熱氣。熱沙隔著喬弟的牛皮鞋燒他的腳。天氣雖然熱，辨尼走得很快。喬弟幾乎跟不上他。裘麗亞緩緩跳躍著走在前面。還沒有鹿的氣味，辨尼一度停下來，瞪著眼向地平線上四面望著。

喬弟問，「你看見了什麼，爸？」

「沒有什麼，孩子，簡直什麼都沒有看見。」

在開墾出的土地東面一英里遠的地方，他換了個方向。突然有許多鹿的足跡，辨尼仔細看著它們，看大小，雌雄，與足跡的新舊。

「這裏有兩隻大公鹿一塊兒走著，」他終於說，「牠們在天亮以前到這兒來的。」

「你看腳印怎麼看得出這些？」

「沒有別的，就是看慣了。」

喬弟看這些足跡與其他的有些足跡，看不出多少分別來。辨尼彎下腰去用他的手指跟著這些印子劃著。

「哪，你知道母鹿和公鹿的分別。母鹿的足跡是又尖又細的。除了這個，人人都可以看出一道足跡是不是新鮮的，因為舊的足跡有沙吹到它裏面去。還有你要留神看，一隻鹿跑的時候牠的腳趾是張開的。牠走路的時候腳趾是並在一起的。」他向獵狗指出那新鮮的足跡，「來，裘麗亞，去捉牠！」

裘麗亞把牠的長鼻子低下去嗅著那道足跡。它從矮樹林裏出來，通到一片空曠的地域，全是些平地，生著苦莓。平地走完了，有一片陰涼的松林，走進去心神一爽。

這一對鹿並排走著，離得很近。真奇怪，喬弟想，公鹿在春天與夏天能夠這樣友善。然後當牠們的角長出來了，它們開始追逐母鹿，牠們就會把小鹿從母鹿身邊趕開，猛烈地戰鬥。一隻公鹿比另一隻大些。

「那裏的一隻大得可以騎了。」辨尼說。

一片高地連著那松林。毒狗草在這裏密密地生著，高高舉起它們的黃色的鐘形的花。辨尼細看這裏的繁多的足跡。他拉開一枝野葡萄籐。

那響尾蛇從葡萄籐下鑽出來咬了他一下，陡不及防地。喬弟看見那一閃，像一個影子一樣地模糊，比一隻燕子還要迅疾，比一隻熊抓人的爪子還要準確。他看見他父親挨了那有力的一擊，踉蹌倒退著。他也想要向後退。他想要竭力大聲喊叫。他木立在沙上一點聲音也發不出來。

辨尼叫喊著，「退後！拉住了狗！」

那聲音解放了他。他退到後面去，抓住兩隻狗，握著牠們頸上的皮，他看見那斑斑點點的影子舉起牠平扁的頭，高齊膝蓋。那頭左右搖擺著，跟隨著他父親的緩慢的動作。他聽見那尾巴上的響環呼呼做聲。兩隻狗也聽見了。牠們喘著氣。牠們身上的毛都直豎起來。老裘麗亞哀鳴著，掙脫了他的手。牠轉過身來，夾著尾巴沿著小路走下去。利普站起來，立在後腿上吠叫著。

緩慢地，像一個人在夢中，辨尼一步步倒退著。蛇尾巴的響環嘎嘎做聲。辨尼舉起鎗來擱在肩膀上，開了一鎗。喬弟顫抖了。那響尾蛇盤了起來，在牠的痙攣中扭來扭去。辨尼轉過身來向他的兒子瞪視著。

他說，「牠咬了我了。」

他舉起他的右臂，張著嘴向它凝視。他的嘴唇乾燥地貼在牙仁上。他的喉嚨搖動著。他呆呆地看著肌肉上刺穿的兩個小孔。每一個孔裏緩緩流出一滴血來。

他說，「牠是條大的。」

他停止瞪視，抬起頭來，他的臉色像山胡桃木燒的灰。

他說，「死神總有一天要抓到我。」

他突兀地轉過身來，開始衝出那矮樹林，向那開墾出的土地前進。他盲目地向家中走去，走一條直線。他衝過矮橡樹林，苦莓樹林，扁形葉矮棕櫚林。喬弟喘息著跟在他後面。突然，那濃密的叢林走完了。一片較高的橡樹林蔭蔽著一塊空地。

辨尼忽然站住了腳。前面有一陣騷動。一隻母鹿跳了起來。辨尼深深透了口氣，彷彿為了某種原因，呼吸不那麼困難了。他舉起他的鳥鎗，向母鹿的頭瞄準。喬弟腦子裏掠過一種思想；他父親瘋了，這時候不是停下來打獵的時候。辨尼開鎗了。那母鹿翻了個觔斗，落到沙上，稍稍踢了幾下，就躺著不動了。辨尼奔到屍體那裏，把他的刀從鞘裏拔出來。現在喬弟知道他父親是發了瘋了。辨尼沒有割開那死鹿的喉管，卻剖開那肚子。他把那屍身完全劈開來，心臟還在跳動，辨尼把肝割下來。他跪在那裏，把刀換到左手。他翻過左臂來，又向那兩隻小孔瞪視著。它們現在閉了起來了。下面的一截手臂腫得很粗，漸漸發黑了。他額上沁出一粒粒汗珠。他很快地割開那創口。一股深色的血湧了出來。他把那溫暖的肝壓在那裂口上。

他把聲音捺得低低地說，「我可以覺得它在那裏吸著我！——」

他壓得更緊些。他把那塊肉拿開了，看看它。它是一種毒性的綠色。他把它翻過來。把那新鮮的一面貼上去。

他說，「給我把那心割一塊下來。」

喬弟從他的癱瘓狀態中跳了出來。他笨拙地運用那把小刀。他亂切著，割下一部份。

辨尼說，「還要一塊。」

他把那塊鹿心貼在他臂上，換了一塊又一塊。

他說，「把刀遞給我。」

他在他手臂上比較上面的地方又割開一道口子，在那發黑的腫起的一塊腫得最高的地方。

喬弟叫喊起來。

「爸！你會流血流死的！」

「我寧可流血太多送了命，不願意混身發腫。我看見過一個人死——」

他把鹿肉拿開的時候，它不復是綠色的了。那母鹿的肉體的溫暖的生命力在死亡中漸漸凝固起來。他站了起來。

他安靜地說，「我再治它也只有這樣了。我回家去了。你到傅賴司忒家去，叫他們騎馬到小河那裏把威爾遜醫生請來。」

他轉過身去，循著那人們腳步踐踏出的小徑前進。喬弟跟在後面。他在他肩膀後面聽見一陣輕微的悉悉聲。他回過頭去看。一隻花點子的小鹿站在那裏，從空地的邊緣向外張望著，搖搖晃晃站立不穩。牠黝暗的眼睛睜得很大，很驚奇似地。

他喊著，「爸！那母鹿有一隻小鹿。」

「對不起，孩子。我沒有辦法。走吧。」

他非常替那小鹿感到痛苦。他遲疑著。牠把牠那小小的頭向後一仰，感到困惑似地。牠搖搖晃晃地走到母鹿的屍身那裏，俯身去嗅。牠咪咪叫著。

辨尼喊著，「不要站在那裏不動，孩子。」

喬弟奔跑著追上去。辨尼在路上停了一會。

「喊一個人走這條路到我們那裏去，把我扛回去，萬一我要是走不到家。快點。」

他想像到他父親的身體腫脹著倒在路上，那恐怖像一陣狂潮一樣地沖洗著他全身。他開始奔跑了。他父親在那裏艱難地一步步走著，懷著一種緩慢的絕望，向白克士忒島走去。

喬弟沿著大路跑到傅賴司忒島。他的腿移動著，但是他的精神與身體彷彿懸掛在兩條腿上面，像一隻空盒子架在兩隻車輪上。他腳底下的路是個踏車。他兩隻腿一上一下蹬著，但是他似乎一次又一次地經過同樣的大樹與矮樹。

他到了那島嶼的高樹林前面，那些樹使他吃了一驚，因為它們表示他現在離目的地這樣近了。他活過來了，他覺得害怕。他害怕，但是他可以向他的朋友草翅膀呼喊。他的朋友會聽見他，會走上來，他想到他的朋友的眼睛，那眼睛是溫柔的，代他感到悲傷，他想到這裏心裏就舒服了些。他深深地吸進一口氣，沿著橡樹下的小徑狂奔過去。

他大聲喊著，「草翅膀！草翅膀！是喬弟！」

在一剎那間他的朋友就會來到他跟前，從房屋裏出來，在那搖搖晃晃的台階上匍匐著爬下來，他一匆忙起來，就必須要這樣。或者他會從矮樹叢中出現，後面跟著那浣熊。

「草翅膀！是我！」

沒有人回答。他跑進那打掃乾淨的沙土院子裏。

「草翅膀！」

房屋裏很早地已經點上了一盞燈。烟囪裏冒出一裊炊烟。門與百葉窗都關上了，防蚊子進去，同時也防禦黑夜。門開了。在門內的燈光裏，他看見傅賴司忒家的男子們站了起來，一個跟著一個，就像樹林裏的大樹把它們的根拔了出來，抬起頭來向他那邊移動著。他突然站住了。萊姆．傅賴司忒走上前來站到台階上。

「你不能進去看他。」

這太使人不能忍受了。喬弟放聲哭了起來。

他抽噎著，「爸——他給蛇咬了。」

傅賴司忒家的人從台階上下來，圍繞著他。他大聲抽噎著，因為他憐憫自己也憐憫他父親，也因為他終於到了這裏了，他出發去做一件事已經做完了。

白克士忒家的小屋點著許多蠟燭，很明亮。喬弟不敢問他們那問題。他走到他父親的寢室裏。他母親坐在這邊床沿上，威爾遜醫生坐在那邊床沿上。辨尼的臉是黝暗腫脹的。他的呼吸重滯。喬弟彷彿覺得全靠他守夜。如果他撐著不睡，與那苦痛的睡眠著的人同時努力呼吸，與他一同呼吸，替他呼吸，他就可以使他活下去。他深深地吸進一口氣，與他父親吸得一樣深。這使他眩暈。他頭腦裏輕飄飄的，而他的肚子是空的。他知道他要是吃了東西會覺得好些，但是他咽不下去。他在地板上坐下來，把他的頭靠在床邊上。他開始回想這一天的經過，好像他在一條路上倒退著走。他不由得感覺到他在這裏，在他父親身邊，是比較安全的。他省悟到有許多事情如果單獨遭遇到，都是可怕的，而他與辨尼在一起的時候並不可怕。只有那響尾蛇一點也沒有失去牠的恐怖性。

他回憶到那三角形的頭，牠襲擊起人來那電光似的一閃，隨後牠又平靜下來，縮為機敏的一盤盤。他毛髮悚然起來。他似乎覺得他在樹林裏再也不能感到安心了。他回憶到他父親怎樣冷靜地開了一鎗，與那兩隻狗的恐懼。他回憶到那母鹿。與她那暖烘烘的肉貼在他父親的傷口上，那恐怖性。他記起了那小鹿。他坐直了身子。那小鹿今天夜裏是孤獨的，也像他過去曾經感覺到的一樣孤獨。這可能使他失去父親的災禍，使牠成為孤兒。牠躺在那裏，饑餓困惑，貼近牠母親殘害的身軀，等候著那僵硬的形體站起來給牠溫暖，食物，與舒適。他把他的臉壓在那掛下來的床單上，辛酸地哭泣著。他恨一切死亡，憐憫一切孤獨，那恨與憐憫撕裂了他的心。

有他父親在他身旁，他與一窠響尾蛇戰鬥。牠們在他腳上爬過，拖著牠們尾上的響環。輕輕地發出喋喋的聲音。那一窠蛇化成一條蛇，碩大無朋的，向他這邊移過來，與他的臉一樣高。牠襲擊了他，他極力想要尖聲叫喊，但是喊不出。他四面望著找父親，他躺在響尾蛇下面，張開眼睛向著黝黑的天空，他的身體腫得像一隻熊一樣大，他死了。喬弟開始向後退，離開那條響尾蛇，一步一步地來，每一步都是苦痛的。他的腳膠黏在地下。那蛇突然消失了，他獨自站在一個巨大的，風蕭蕭的地方，把那小鹿抱在懷裏。辨尼去了，一種悲傷的感覺充滿了他，他以為他的心要碎了。他醒了，抽噎著。

他在那硬地板上坐了起來。那開墾出的土地上漸漸天明了。一種蒼白的光一條條躺在松林那一邊。他急急地爬起來看他父親。

辨尼呼吸得比較舒暢了。他身上仍舊腫著，發著熱，但是他看上去並不比那次野蜜蜂叮了他的時候更壞。白克士忒媽媽睡熟在她的搖椅上，她的頭向後仰著，仰得非常高。老醫生橫躺在床腳上。

喬弟輕聲說，「醫生！」

醫生咕嚕了一聲，抬起頭來。

「什麼事——什麼事——什麼事？」

「醫生！你看爸！」

醫生把身體挪了挪，撐在一隻肘彎上。他眨了眨眼，揉揉眼睛。他坐了起來，他彎著腰湊到辨尼身上。

「真了不得，他過了關了。」

白克士忒媽媽說，「呃？」

她筆直地坐起來。

「他死了？」

「沒有，差得遠呢。」

她失聲哭了起來。

醫生說，「聽起來就像是你反更覺得難受似的。」

她說，「你不知道，他要是撇下了我們，該多麼苦！」
喬弟從來沒聽見她的語氣這樣溫柔。
醫生說，「咦，你這裏不是還有一個男人。哪，你看喬弟，夠大了，可以犁田，割稻，打獵。」
她說，「喬弟不壞，但是他不過是個孩子。一天到晚什麼都不想，就想在外面亂跑，就想玩。」
他垂下頭來，這是真的。
她說，「他爸鼓勵他偷懶。」
醫生說，「唔，孩子，你應當高興，有人鼓勵你。我們大都活了一輩子也沒有人鼓勵我們。哪，太太，等他醒來的時候，我們來給這傢伙灌點牛奶下去。」
喬弟急切地說，「我去擠奶，媽。」
他經過前面的一間房。柏克．傅賴司忒在地板上坐起來了，惺忪地揉擦著他的頭。磨坊輪還在睡著。
喬弟說，「醫生說爸過了關了。」
「該死，我真想不到。我醒了過來，正想著我去幫著葬他。」
喬弟沿著房屋繞過去，把盛牛乳的葫蘆瓢從牆上摘下來，他覺得他和葫蘆瓢一樣輕。他覺得他可以張開兩臂，從大門上面飄過去，像一根羽毛一樣。早晨是寂靜的，有一陣輕風在高高的松樹梢上微微地振動著。初升的太陽把一根根長手指伸進那塊開墾出的土地。他打開院門，門閂格格一響，許多鴿子從松樹裏飛出來。翅膀噓噓做聲。

他狂喜地在牠們後面叫著，「嗨，鴿子！」

屈克西聽見他的聲音，叫起來了。他爬到閣樓上去替牠拿乾草。牠真是有耐心，他想，給牠吃這樣壞的東西，而牠以牠的乳還報他們。他又想起那小鹿，今天早上牠一定餓急了。他想牠不知道可會去試著吮吸那母鹿的冷乳頭。那死鹿剖開的肉會吸引狼羣，也許牠們已經找到了那小鹿，把牠柔軟的身體撕得粉碎。他早晨因為他父親活著而感到的喜悅，現在陰暗下來了。

他母親接過那裝牛奶的葫蘆瓢，她濾過那牛奶，倒出滿滿一杯拿到病人的房間裏。他跟在她後面。辨尼醒著在那裏，他軟弱地微笑著。

他用重濁的聲音低低地說，「老死神還得再等一會才能把我弄到手。」

醫生說，「你這漢子，你一定是響尾蛇的親戚。你怎樣能辦到的，我真不知道。」

柏克與磨坊輪走進房來，他們露出牙齒笑著。

柏克說，「你可不漂亮，辨尼，可是你是活的。」

醫生把牛奶湊在辨尼唇上，他乾渴地吞咽著。

醫生說，「我不能說我有多大功勞，救活了你。你不過是時候還沒到，死不了。」

辦尼閉起他的眼睛。

他說，「我可以連睡一星期。」

醫生說，「我就是要你這樣做，我也沒有別的更好的辦法了。」

他站了起來，把兩條腿舒展了一下。

白克士忒媽媽說，「他睡著，誰去種田呢？」

柏克說，「他有什麼非做不可的事？」

「頂要緊的是那老玉米，得要再耕一遍。那洋山芋得要鋤，可是喬弟鋤得非常好，只要他肯一個勁地做下去。」

「我一定一個勁，媽。」

柏克說，「我在這兒住下來，耕那老玉米什麼的。」

她慌亂起來。

她僵硬地說，「我真不願意受你的恩。」

「哪，太太，我們並沒有多少人在這一帶地方混飯吃。我要是不住下來，我這人太沒有義氣了。」

她溫順地說，「我真是感激。要是老玉米收成不好，我們三個人還不如統統給蛇咬死了，也是一樣的。」

喬弟覺得這一頓早飯很值得驕傲。沒有像傅賴司忒家那麼多的不同的食品，但是每一種都份量充足。男子們貪饞地吃著。喬弟讓他的思想又漂浮著回到那小鹿身上，他無法禁止自己想到牠。牠站在他思想背後，挨得那樣近，就像他把牠抱在懷裏那樣親近——在他的夢中。他從桌子前面溜下來，走到他父親床邊。辨尼躺在那裏休息著。他的眼睛張開著，很清明。

喬弟說，「你好些了嗎，爸？」

「好得很，孩子。我覺得真得意，孩子，你那樣頭腦清楚該怎麼著就怎麼著。」

「爸——」

「唔，孩子。」

「爸，你記得那母鹿跟那小鹿？」

「我再也忘不了牠們。那可憐的母鹿救了我，這是真的。」

「爸，那小鹿也許還在那裏。牠餓了，大概也非常害怕。」

「我猜著也是這樣。」

「爸，我差不多已經長大了，不用吃牛奶了。我出去看看，好不好，看我可找得到那小鹿。」

「把牠抱回家來？」

「抱回家來養大牠。」

辨尼靜靜地躺在那裏，向天花板瞪視著。

「養大牠並不費什麼，爸。牠沒有多少時候就會學著吃葉子和橡實了。我們把牠的媽媽帶走了，這不怪牠。」

「讓牠挨餓，的確像是忘恩負義，是不是？孩子，我實在硬不起心來對你說『不』。我再也沒想到今天天亮的時候我還會看見天光。」

「我能不能跟磨坊輪一塊兒騎馬回去，看我可找得到牠？」

「你告訴你媽說我叫你去。」

他側著身子溜著，回到桌子前面坐下來。他母親在替每一個人倒咖啡。

他說，「媽，爸說我可以去把那小鹿領回來。」

她把那咖啡壺舉在半空中。

「什麼小鹿？」

「那小鹿是我們殺了的那母鹿的，殺了她用那肝吸出毒來救爸。」

她喘息著。

「可憐可憐我吧——」

「爸說讓牠挨餓是忘恩負義。」

威爾遜醫生說，「這話有理，太太，這世界上沒有一樣東西是完全不要付出代價的。這孩子是對的，他爹也是對的。」

她無力地把壺放下來。

「好吧，你要是肯把你的牛奶給牠——我們沒有別的東西給牠吃。」

「我就是這麼想著。沒有多少時候牠就能自己找東西吃，什麼都用不著了。」

男子們從桌子前面站起來。

醫生說，「我料想不會有什麼變化，只有進步，太太，可是如果他的情形又變壞了，反正你知道到哪兒去找我。」

她說，「唔，我們該給多少錢，醫生？我們馬上給是給不起，可是等到秋收的時候——」

「給什麼錢？我什麼事也沒有做。我還沒到這兒，他已經出險了。我住了一晚上，吃了一頓好早飯。等你們的甘蔗磨了出來的時候，送一點糖漿給我。」

「你真是個好人，醫生。我們一直在這兒苦扒苦掙，苦得那樣，我真是不知道天下能夠有這樣好的人！」

「不要說這樣的話，女人。你這兒就有個好男人。別人為什麼不對他好呢？給辨尼多吃牛奶，他肯吃多少就吃多少。這以後再給他吃青菜和新鮮肉，要是你能夠弄到新鮮肉的話。」

柏克說，「我跟喬弟會照應他的。」

磨坊輪說，「來來，孩子。我們得要騎著馬走了。」

白克士忒媽媽焦慮地問，「你不會去得太久吧？」

喬弟說，「我晚飯前一定會回來的。」

「我猜你根本就不會回來，」她說，「要不是為了吃晚飯。」

醫生說，「那是男人的天性，太太。有三樣東西使一個男人回家來——他的床，他的女人，跟他的晚飯。」

柏克與磨坊輪格格地大笑起來。醫生一眼看見那奶油色的浣熊皮背囊。

「這玩意兒真俊！我要是有這麼個東西裝藥多麼好！」

喬弟從來沒有過一樣東西是值得送人的。他把它從釘上拿下來，放在醫生手裏。

「這是我的，」他說，「送給你。」

「呀，我不能搶你的東西，孩子。」

「我用不著它，」他高傲地說，「我可以給我自己再弄一隻。」

「那麼我謝謝你。每次我出門去，我總會想著，『謝謝你，喬弟·白克士忒。』」

他很得意，因為老醫生這樣高興。他們出去給馬飲水，把白克士忒家的馬廄中貯藏著的稀少的乾草拿出來餵牠們。

柏克對喬弟說，「你們白克士忒家剛剛夠過，一點都沒有剩下，是不是？」

醫生說，「他們人手少，樣樣事都得要白克士忒自己一個人做。等這孩子大些了，他們就要富裕起來了。」

磨坊輪跨上他的馬，把喬弟拉上來，騎在他背後。醫生也上了馬，轉過來朝另一方向馳去。喬弟向他揮著手，他的心是輕鬆的。

他向磨坊輪說，「你想那小鹿還在那裏嗎？你肯不肯幫我找牠？」

「我們會找到牠的，只要牠還活著。你怎麼知道牠是雄的？」

「那花點子全在一條線上。在一隻雌的小鹿身上，爸說那些點子總是東一條西一條的。」

「那就是牠的雌性。」

「你是什麼意思？」

「咳，雌的總是靠不住的。」

磨坊輪在馬的脅部拍打了一下，那匹馬開始疾走起來。

喬弟說，「告訴我草翅膀怎麼了。他是真的病了麼？」

「他完全是病了。他不像我們別的弟兄，他什麼人都不像。彷彿他喝的是空氣，不是喝水；吃的是野鳥野獸的東西，不是吃醃肉。」

「他看得見不實在的東西，是不是？西班牙人和類似的東西。」

「是的，可是——該死——有時候他真能夠讓你覺得他當真看見它們。哪，你想到哪一個地段去找那小鹿？這條路上樹越長越密了。」

喬弟突然不願意要磨坊輪與他在一起。如果那小鹿是死了，或是找不到了，他不能讓別人看出他的失望。而如果那小鹿是在那裏，那會唔將是那樣可愛，那樣秘密的，他不能忍受與別人分享它。

他說，「離這兒不遠了，可是樹太密，馬不好走。我可以下來走過去。」

「可是我不敢離開你，孩子。萬一你要是迷了路，或是也給蛇咬了。」

「我會當心的。那隻小鹿如果走遠了，我大概要費很長的時候才找得到牠。你就把我丟在這兒吧，磨坊輪。我真是感激。」

喬弟等著那馬蹄聲消失了，然後轉彎向右。那矮樹林是寂靜的。只有他自己踏著樹枝發出的輕微的聲音穿過那沉寂。他有一剎那工夫心裏有點懷疑，想著他不知道有沒有弄錯了方向。然後一隻鷗在他前面飛起來，拍著翅膀升入空中。他來到那橡樹下的空地上。許多鷗圍成個圓圈，繞著那母鹿的屍身。牠們回過頭來，扭過牠們那瘦長的頸項，向他發出嗤嗤的聲音，威脅著他。他把他的樹枝向牠們擲去，牠們就飛到一棵鄰近的樹上。

他繞著那屍身走著，走到他看見那小鹿的地方，把草分開來。那不過是昨天的事，這彷彿是不可能的，那小鹿不在那裏。他繞著那空地走了一個圈，沒有聲音，沒有蹤跡。那些鷗嗤嗤地拍著翅膀，感到不耐煩，急於要繼續幹牠們的正事。在一棵扇形葉矮棕櫚下面，他可以認出一條足跡，尖尖的，纖潔的，像一隻地下鴿的腳印一樣。他往地下爬著，爬過那棵矮棕櫚。

就在他面前有個東西在動，使他吃了一驚，向後面退了下去。那小鹿抬起牠的臉來湊到他臉跟前。牠轉過頭來，驚奇地，牠頭一直撥轉到背後去；把那水汪汪的眼睛瞪視著他，使他混身都感到震動。牠在顫抖著。牠並沒有想站起來逃走。喬弟覺得他太控制不住自己了，他一動都不敢動。

他輕輕地說，「是我。」

那小鹿舉起牠的鼻子，嗅著他。他伸出一隻手去擱在那柔軟的頸項上，那接觸使他神志昏迷起來。他匍匐著爬過去，一直爬到牠跟前。他把他兩隻手臂圍抱住牠的身體，一陣輕微的痙攣通過牠的全身，但牠一動也沒動。他撫摸著牠身體的兩旁，就像那小鹿是一隻磁鹿，他怕打碎了它。牠的皮比白浣熊背囊還要柔軟，光滑清潔，有青草的甜香。他緩緩地站起來，將那小鹿從地上舉起來，牠不比老裘麗亞更重些。牠的腳癱軟地掛下來，腳很長，長得使人詫異，他得要儘量地把那小鹿舉得高高地，挾在他手臂下面。

他怕牠看見牠母親，嗅到那氣味，就會踢起來，咪咪叫起來。他繞過那塊空地，衝進那叢林中。小鹿的腿在矮樹叢中，他自己也不能自由地提起腳來。他努力護住牠的臉，不被那多刺的籐戳傷。他一步步走著，牠的頭跟著顛動。牠這樣順從他，真是個奇蹟，使他的心怦怦跳著。他走到小路上，竭力地快步走著，直到他來到那條路與回家的大路的交叉點。他停下來休息，把那小鹿放下來，讓牠站在它剛才垂在空中的四隻腿上。牠搖搖晃晃地站著。牠向他看看，咪咪地叫起來。

他著迷了，說，「等我透過這口氣來我就來抱你。」

他記起他父親說的，一隻鹿曾經被人抱過，就會跟著人走。他緩緩地走開去，那小鹿向他的後影瞪視著。他回到牠跟前，撫摸牠，然後又走開了。牠顫巍巍地向他走了幾步，可憐地叫了起來。牠願意跟著他，牠屬於他，牠是他自己的。他把一隻手臂摟住牠的頸項，他覺得他彷彿永遠不可能感到寂寞了。

十

七月的暑熱在土地上蒸著。這塊地不像一塊山芋田，而像一片無邊無際的海。喬弟回過頭去看著鋤完了的一行行，現在它們漸漸看上去很像樣了，但是那沒有做完的一行行彷彿一直伸展到地平線上。他把他的棕櫚葉帽子推到腦後去，用他的袖子擦了擦臉。由太陽來判斷，一定是快到十點鐘了。他父親說如果山芋在正午鋤完了，他下午可以去看草翅膀，替小鹿取個名字。

那小鹿躺在一排矮樹紮的籬垣中間，在一棵接骨木漿果樹的樹蔭下。他開始工作的時候，牠老在旁邊搗亂，幾乎妨害他的工作。牠在那些芋床旁邊奔來奔去，踐踏著芋籐，撞到芋床的棱邊。牠走過來站在他前面，正在他鋤地的一條路上，不肯走開，逼迫他和牠玩耍。牠與他相處的最初幾個星期內的那種張大了眼睛，驚奇的神氣，現在已經變成了一種靈活警覺的神情。牠有一種智慧的神氣，和老裘麗亞一樣。喬弟差不多已經決定了他非得把牠領回去關在棚屋裏不可，但是正在這時候，牠自動地去找到一塊陰涼的地方，躺了下來。

他喜歡工作著的時候有牠在旁邊。牠給他一種舒適的感覺，他手裏揑著把鋤頭，從來沒有過這種舒適的感覺。他又向那些蔓草猛力進攻，自己很得意，看見他自己前進的成績。一行行的芋畦退下去，退到他後面。他無腔無調地吹著口哨。

他給那小鹿想了許多名字，挨次用每一個名字叫牠，但是牠一個都不喜歡。草翅膀不會辜負他的期望的。他替他自己的寵物取名字，非常有天才。他那隻浣熊叫「嘈嘈」，一隻鼴叫「擠擠」，一隻松鼠叫「吱吱」，還有那瘸腿的紅鳥，叫「牧師」，因為「講道的牧師」的讀音是「普利輟」，而那紅鳥站在牠的架子上唱著「普利輟，普利輟，普利輟！」

自從柏克回家以後，這兩個星期內他做了許多工作。辨尼的體力漸漸康復了，但是他有時候覺得昏眩，頭暈。喬弟努力地時時提醒自己要使他省力些。現在有了那隻小鹿，真太好了，從前他常常感到的那種遲鈍的寂寞的疼痛終於消釋了，使他對他母親充滿了感激之意，因為她容許牠耽在這裏。牠確是需要大量的牛乳。牠確是妨礙她做事。有一天牠來到房屋裏面，發現一鍋攪勻的玉蜀黍糊，預備烤麵包的，牠把這一鍋都吃得乾乾淨淨。從那次起，牠吃過——綠菜葉，調著水的玉蜀黍粉，餅乾的碎片，幾乎什麼都吃。白克士忒家吃晚飯的時候得要把牠關在棚屋裏。因為牠用頭撞他們，咪咪叫著，敲落他們手裏的盤子。喬弟與辨尼笑牠，牠就狡黠地把頭一仰。兩隻狗起初總是和牠為難，但是牠們現在也抱著一種寬容的態度了。白克士忒媽媽雖也抱著一種寬容的態度，但是她從來不覺得牠滑稽有趣。喬弟一一指出牠的美點來。

「牠的眼睛多好看，媽，你說不是嗎？」

「眼睛太尖了，老遠就看見一鍋老玉米糊。」

「牠的尾巴多麼靈巧，多麼傻相，不是嗎，媽？」

「普天下的鹿尾巴都是一樣的。」

「可是媽，牠多麼靈巧，多麼傻相，你說不是嗎？」

「牠傻是真傻。」

太陽緩緩地升到中天。那小鹿到山芋田裏來，細細嚼著幾片嫩芋籐，然後又回到那一排矮樹下。喬弟檢查他的工作成績，他還有一行半沒有鋤。他很想到房屋裏去喝口水，但是那樣一來，他剩下的時間就太少了；也許今天午飯吃得晚。他竭力加快地鋤下去，但是也不敢太快，怕割斷芋籐。當太陽懸在頭頂心的時候，他鋤完了那半行，那整整的一行展開在他前面，譏笑地。再過一剎那，他母親就會敲著廚房門口掛著的那鐵環，他就不得不停止了。辨尼說得很清楚，時間方面絕對不寬容，如果吃午飯的時候還沒有鋤完，就不能去看草翅膀。他聽見籬笆的另一面有腳步聲。辨尼站在那裏，望著他。

「山芋真多，是不是，孩子？」

「真多。」

「真是很難想像，明年這時候，一個也不會剩下了。你那邊那個小寶寶，櫻桃樹下的那個，牠要吃掉牠的那一份。你記得我們那次費多大的事——兩年前——不讓鹿跑進來？」

「爸，我來不及了。我一早上差不多沒有停過，現在還剩下一行。」

「唔，那麼，我告訴你。我並不打算輕輕地放過你，我說話算話。但是我可以跟你對換。你到水潭去替你媽挑些水來，我今天晚上把這山芋鋤完它。爬那水潭的牆，我簡直不行了。這是公平交易。」

喬弟丟下鋤頭，開始向房屋裏跑去，去拿水桶。

辨尼在他後面喊著，「你不要把桶裝得滿滿的——挑不動的。一隻小鹿決沒有一隻公鹿的力氣。」

僅只是兩隻桶，已經沉重得很。桶是絲杉木製的，用手砍出來的，兩隻桶掛在牛軛上，牛軛是白橡木的。喬弟把那牛軛擔在他兩肩上，沿著那條路快步走下去。小鹿緩緩跳躍著跟在他後面。水潭是陰暗而寂靜的。在清晨與傍晚倒比正午的時候陽光多，因為樹上密密層層的樹葉截斷了頭頂上的太陽。他沿著那峻峭的斜坡跑下去，在到那大綠碗的碗底，不能跑得太匆忙。小鹿跟在後面，他們在那池塘中一同涉水過去，潑濺著水花。那小鹿低下頭來喝水，他曾經夢見這個。

他向牠說，「將來有一天我給我自己造一個房子在這裏。我給你弄一隻母鹿來，我們都住在這裏，這池塘旁邊。」

一隻青蛙跳下來，那小鹿嚇得直往後退。喬弟笑牠，他奔上坡去，到那飲水槽邊。他用那槽邊懸掛著的一隻葫蘆瓢舀水，裝滿了兩隻桶。他不聽他父親的警告，把水桶差不多裝滿了。他蹲下身來，把肩膀向前傴僂著，承受著那牛軛。當他直起腰來的時候，太重了，他站不起來。他舀出一部份水來，能夠站起來了，能夠掙扎著走完那一段斜坡。那木製的軛壓得他瘦削的肩膀發痛，他的背脊也疼痛。半路上，他不得不停下來，放下那兩隻桶，再潑出一些水。

他走到家裏的時候，他們已經在吃飯了。他把水桶舉起來擱在水架上，把小鹿關起來。他用桶裏的新鮮水把水罐灌滿了，拿進來擱在餐桌上。他工作得太辛苦了，又熱又累，所以他並不怎樣餓。他吃了些捲心菜當飯，把他所有的玉蜀黍麵包與牛奶都省下來給那小鹿吃。

喬弟餵了牠之後，這兩個夥伴就一同出發。那小鹿有時候在他前面跑，有時候在後面，穿到矮樹林去。有時候牠在他旁邊走著，這最好了。那時候他就把他的手輕輕擱在牠頸上，使他的兩隻腿與牠的四隻腿的韻節合拍。路邊有一株兔豆籐在開花，他把它扯下一段來，將它盤繞在小鹿的頸上，作為鏈條。那玫瑰色的花朵使那小鹿更加美麗，他甚至於覺得就連他母親也會讚美牠。

喬弟在傅賴司忒家的一條路上轉了彎，開始奔跑起來，因為急於要把那小鹿給他的朋友看。他預備給他驚奇一下。他預備走到草翅膀跟前，在樹林裏，或是在房屋背後，在他馴養的那些鳥獸之間，或是走到他床前，如果他仍舊在生病。他讓那小鹿在他旁邊走著，草翅膀的臉會有一種奇異的光明愉快。他會把扭曲的身體傴僂著，縮成一團，伸出他溫柔而彎曲的手，摸摸那小鹿。他會微笑，因為他知道他——喬弟——是滿足了。

喬弟到了傅賴司忒島，匆忙地在常青橡樹下走過，來到那空曠的院子裏。那座房屋是睡昏昏的。烟囱裏沒有一裊烟冒出來。看不見狗，雖然有一隻獵狗在後面的狗欄裏發出哀鳴嘷聲。他停下來叫喊。

「草翅膀！是喬弟！」

那獵狗哀鳴著。房屋裏面有一隻椅子刮著地板發出響聲來。柏克到門口來了，他低下頭來向喬弟望著，用手摸了摸自己的嘴。他的眼睛好像什麼都看不見，喬弟覺得他一定是喝醉了。喬弟訥訥地說，「我來看草翅膀。我把我的小鹿帶來給他看。」

柏克把他的頭搖了搖，彷彿他要抖掉一隻困擾著他的蜜蜂，或是抖掉他的思想。他又擦了擦他的嘴。

喬弟說，「我特為他來的。」

柏克說，「他死了。」

那幾個字眼沒有意義。它們不過是三片棕色的樹葉，在他旁邊吹過，吹到空中去。但是在它們經過之後，有一陣寒冷跟著來了，一種麻木抓住了他，他有點糊塗起來了。

他重複著，「我來看他。」

「你來得太晚了。不然我會來接你的，來不及了。都來不及去請老醫生。先一分鐘他還有氣，下一分鐘他就這麼沒有氣了，就像你吹滅一根蠟燭一樣。你可以進來看看他。」

喬弟逐次把一隻腿提起來，再提起另一隻，上了台階。他跟著柏克走進房屋裏面。傅賴司忒家的男子們全都坐在一起，一動也不動，沉重地。喬弟彷彿覺得他們砌起一堵牆來抵抗他，他們看見他也像從那牆頭上望下來的。柏克摸索著找到他的手，他領他向那間大寢室走去。

草翅膀閉著眼睛躺在那裏，小小的，消失在那大床的中心。他蓋著一床被單，那被單在他下頷下面摺過來。他的手臂露在被單外面，雙臂交叉著壓在胸前。傅賴司忒媽媽坐在床沿上。她用她的圍裙蒙著頭，前後搖擺著。她猛然把圍裙掀下來。

她說，「我的孩子沒有了。我那可憐的歪歪扭扭的孩子。」

喬弟想逃走。那枕頭上的瘦骨嶙峋的臉使他感得恐怖。它是草翅膀而它又不是草翅膀。柏克把他拉到床邊。

「他聽不見了，可是你對他說話。」

喬弟的喉嚨搖動著。沒有字句出來。草翅膀好像是牛脂製成的，像一根蠟燭。

他輕聲招呼著，「嗨。」

一開口了，就打破了那癱瘓。他的喉嚨收緊了，就像有一根繩索勒著它。草翅膀的沉默是不能忍受的。現在他明白了，這是死亡。死亡是一種沉默，不給人答覆。草翅膀再也不會向他說話了。他轉過身來把他的臉埋在柏克的胸前。那巨大的手臂緊緊抓住了他。他在那裏站了許久。

柏克說，「我知道你一定真他媽的恨得要死。」

他們離開了那間房。傅賴司忒老爹向他招手，他到他身邊去。那老人撫摸著他的手臂，向那一圈沉思的男子們揮揮手。

他說，「奇怪不奇怪？這些傢伙差不多無論哪一個我們都可以不要。偏把我們少了他不行的那一個給帶走了。」他又伶俐地加上一句，「雖然他是那麼個歪歪扭扭的沒有用的東西。」

喬弟在這裏，使他們每個人都傷心。他徬徨著，走到院子裏去。他順著腳走到房屋背後，草翅膀馴養的鳥獸都在那裏，裝在籠子裏，被遺忘了。喬弟餵了牠們，給牠們喝水。照應這些動物，將牠們的主人永遠不能再給牠們的安慰暫時給牠們一些——這減輕了他的痛苦。

那下午悠長得無窮無盡。傅賴司忒家的人並不理會他，但是不知道怎麼，他曉得他們預期他耽在這裏不走。如果他應當走的話，柏克會向他說再會的。太陽在常青橡樹後面落了下去，他母親要生氣了。然而他在那裏等候著一些什麼，即使僅僅是一個暗號，表示不要他在這裏了。

在晚餐的時候，沒有談話，沒有笑謔與推擠碰撞，沒有喧囂的腳步聲蹬蹬響著。傅賴司忒家的男子們排隊走到餐桌前面，像一羣夢遊病者。喬弟坐在傅賴司忒媽媽旁邊。她給每一個人的盤子裏盛上肉，然後哭了起來。

她說，「我把他也算了進去了，向來一直有他。呵，我的上帝，我把他算進去了。」

柏克說，「好了，媽，喬弟會吃他的一份，也許長大了像我一樣大個子。是不是，孩子？」

一家人重振旗鼓。他們饑餓地吃著，吃了幾分鐘，然後他們推開了他們的盤子。

傅賴司忒媽媽說，「我今天晚上沒有心情洗滌了，你們也是一樣。就把那些盤子堆在那裏，過了明天早上再說吧。」

明天早晨可以鬆一口氣了。她看看喬弟的盤子。

她說，「你沒吃你的餅乾，也沒喝你的牛奶，孩子。它們有什麼毛病？」

「那是給我的小鹿吃的。我總把我的飯省下些來給牠吃。」

她說，「你這可憐的小寶貝。」她又哭起來了。「我孩子要是看見你的小鹿，他多高興呀！他老是說到牠，說了又說。他說，『喬弟有了個兄弟了。』」

喬弟又感覺到他的喉嚨粗重起來了——那可恨的感覺。他咽了口唾沫。

他說，「我就是為這樣緣故到這裏來的，我來叫草翅膀替我的小鹿取個名字。」

「他替牠取了名字了，」她說，「他上次說到牠的時候，他給了牠一個名字。他說，『一隻小鹿舉著牠的旗子，那麼興興頭頭的。一隻小鹿的尾巴就是個興頭的小白旗。我要是有一隻小鹿，我就給牠取個名字叫「小旗」。我要叫牠「小旗鹿」。』」

喬弟重複了一遍，「小旗。」

他覺得他整個的人都要炸裂開來了。草翅膀曾經說到他，曾經替那小鹿取了名字。他的快樂與悲哀糾結在一起，給他一種慰藉，而同時又是不可忍受的。

他說，「我想我最好去餵牠。我最好去餵小旗。」

他從他的椅子上溜了下去，拿著那一杯牛乳與餅乾走出去。

他喊著，「到這兒來，小旗！」

那小鹿到他跟前來了，他覺得牠似乎知道那名字，也許它一直知道那名字。他把餅乾浸在牛奶裏，餵給牠吃。牠的鼻子握在他手裏是柔軟而濕潤的。他回到那房屋裏面去，那小鹿也跟了來了。

他說，「小旗可以進來嗎？」

「帶牠進來吧，歡迎得很。」

他僵硬地坐了下來，坐在房間的一角，草翅膀的三腳凳上。

傅賴司忒老爹說，「你今天晚上坐在這裏陪他，他一定非常高興。」

原來這就是他應該做的事。

「明天早上葬他，要是你不在這裏，本來也不大合適。他除了你也沒有別的朋友。」

喬弟拋開他對於他母親與父親的憂慮，就像丟棄一件太破爛的襯衫。面臨著這樣嚴重的事件，相形之下，那是無關緊要的。傅賴司忒媽媽到寢室裏去，擔任守夜的早班。那小鹿在房間裏聞來聞去，逐次把每一個人都嗅到了，然後走過來躺在喬弟身邊。

在九點鐘的時候，有人騎著一匹馬喀喇嗒喀喇嗒進了院子，是辨尼與老愷撒。他把韁繩一撒手，從牠頭上丟落在地下，走進房屋裏面。傅賴司忒老爹以家長的身份站起來招呼他。辨尼四面看看，看著那些陰暗的臉龐。那老人指了指那半開著的寢室的門。

辨尼說，「那孩子？」

傅賴司忒老爹點點頭。

「已經去了——還是就要去了？」

「已經去了。」

「我就是怕這個。我忽然想到，喬弟沒回來就是為了這個。」

他把一隻手擱在那老人肩上。

「我真替你難過，是什麼時候的事？」

「就是今天天亮的時候。」

「他媽進去看他可要吃一口早飯。」

「他不舒服躺在那裏，有一兩天了，不然我們就去把老醫生請來了，可是他似乎好了些。」

那談話就像是一陣暴雨的湍流，淋在辨尼頭上，那些言語把傷口洗乾淨了，緩和了那深深侵蝕到裏面去的創痛，他嚴肅地聽著，時而點點頭。他是一塊小小的堅固的磐石，他們的悲傷是潮水，必須打在石頭上。

柏克說，「大概喬弟願意一個人陪他坐一會。」

他們把他帶到那間房裏，轉過身去把門關上的時候，喬弟非常驚惶。有一個東西坐在房間裏遠遠的一個陰沉的角落裏，它就是他父親被咬的那天晚上，在矮樹叢中潛行的東西。

他說，「小旗也來，行不行？」

他們表示同意，認為這是合禮的，於是他把那小鹿領了進來，和他在一起。他坐在椅子的邊緣上。他偷偷地看枕頭上的那張臉。床頭的一張桌子上點著一根蠟燭。躺在燭光下，面頰瘦削的，那不是草翅膀。草翅膀在外面趺趺跰跰在矮樹叢中走著，後面緊跟著那浣熊。再過一剎那他就會前仰後合地走進房屋裏面，喬弟就會聽見他的聲音了。

他在天亮的時候醒過來，聽見敲敲打打的聲音，他立刻清醒了。草翅膀走了！他從床上溜下來，溜到那大房間裏，房間是空的，他走到外面去。辨尼在那裏把一隻新松木盒子的蓋給釘上去。傅賴司忒家的人站在旁邊。傅賴司忒媽媽在哭。沒有人向他說話。辨尼釘上最後一隻釘。

他問，「預備好了嗎？」

他們點點頭，柏克與磨坊輪與萊姆走上前來。

柏克說，「我一個人扛得起。」

他把那盒子甩起來擔在肩膀上。傅賴司忒老爹與蓋璧不在這裏。柏克向南面高地出發。其餘的人一個個跟了上來，那行列緩緩地向那高地前進。喬弟記得草翅膀有一個葡萄籐秋千在這裏，在一棵常青橡樹下。他看見傅賴司忒老爹站在它旁邊。他們手裏拿著鏟子。一個新挖出的洞在土地裏大張著嘴。柏克把棺材放下來，徐徐地推到洞裏去。他向後退了一步。傅賴司忒家的人都遲疑著。

辨尼說，「父親先來。」

傅賴司忒老爹舉起他的鏟子，把泥土鏟起來拋到那盒子上。他把那鏟子遞給柏克，柏克丟了幾團土塊上去。那鏟子在兄弟們手裏傳來傳去。還有一茶杯的土剩下來。喬弟發現那鏟子到了他手裏。他麻木地抄起那點土，把它丟在那土堆上。傅賴司忒家的人彼此互相看看。傅賴司忒老爹說，「辨尼，你是從小有過基督徒的教養的。你說兩句話吧，我們覺得很感激。」

辨尼走到那墳墓前面，閉起他的眼睛，仰起臉來對著那陽光。傅賴司忒家的人都低下頭去。

「呵，主，全能的上帝。我們這些愚昧的凡人，也輪不到我們說什麼是對的，什麼是不對的。如果是我們中間隨便哪一個做這件事，我們就不會讓這可憐的孩子瘸著腿到這世界上來，他精神上又還有點毛病。我們把他帶到這世界上來，一定會讓他長得直條條的，高高的像他的哥哥們一樣，可以好好的過日子，做工，做事。不過也可以說，主呀，祢用別的東西補報了他了。祢給了他一種本事，那些野的畜牲都喜歡他。祢給了他一種智慧，讓他又伶俐又溫柔。鳥都到他跟前來，傷害莊稼的禽獸都在他旁邊自由自在地走動，大概他很可以用他那可憐的歪扭著的手抓住一隻雌野貓。

「現在祢覺得祢應當把他帶走了，帶到一個地方去，在那裏，腦子或是手腳有點彎彎扭扭的，都沒有什麼要緊。可是主呀，我們想著祢現在總已經把那兩條腿和那可憐的駝背和那兩隻手給弄直了，這使我們覺得很高興。我們覺得高興，想著他走來走去像別人一樣地方便。還有，主呀，祢給他幾隻紅鳥，也許再給他一隻松鼠，一隻浣熊，一隻鼴，和他作伴，就像他在這裏養的那些。不知道怎麼，我們人人全都是冷清的，可是我們知道他要是有那些小野東西在他旁邊，他不會覺得冷清——但願我們這不是過份的請求，要祢放幾個傷害莊稼的禽獸在天堂裏。願祢的意旨立刻施行。阿門。」

傅賴司忒家的人喃喃唸著「阿門」。他們臉上有一粒粒的珠汗突出來。他們一個個走到辨尼身邊來，緊緊地絞握他的手。那浣熊跑了來了，在那新翻過的泥土上跑過。牠叫著，柏克就把牠舉起來擱在他肩上。傅賴司忒家的人轉過身來，排隊走回家去。他們給愷撒裝上了馬鞍，辨尼上了馬。他把喬弟舉起來放在他後面。喬弟叫那小鹿，牠就從矮樹叢中出來了。

愷撒一顛一顛，緩緩地沿著那條路走回家去，他們沒有說話。太陽高了，可以看見白克士忒家開墾出的土地了。白克士忒媽媽聽見馬蹄聲，在大門口等著。

她喊著，「為一個人著急已經夠受了，索性你們兩個都走了，老不回來。」

辨尼下了馬，喬弟也溜下馬來。

辨尼說，「喬弟媽，你不要發急。我們是有一個責任在身上。可憐的小草翅膀死了，我們幫著葬了他。」

他把愷撒放出去吃草，回到房屋裏面。早飯已經做好了，但是現在冷了。

辨尼說，「不用費事了，就把咖啡熱一熱吧。」

他心不在焉地吃著。

他說，「我從來沒看見一家人為一件事這樣傷心。」
她說，「難道那些老粗也都呼天搶地起來？」
他說，「奧莉，也許有一天你會知道人心永遠是一樣的。傷心的事總是傷人的，無論傷在什麼地方。傷的地方兩樣，創疤也兩樣。有時候我覺得，它對你一點也沒有怎樣，只把你的舌頭磨利了。」
她突兀地坐了下來。
她說，「彷彿我非得硬起心來，不然我受不了。」
他丟下他的早飯，走到她跟前去，撫摸她的頭髮。
「我知道。你只對別人稍微厚道一點就行了。」

十一

八月的酷熱是無情的，但是幸而這是閒暇的季節。只有很少的工作需要做，而這點工作也不是急於要做完的。曾經下過許多天的雨，玉蜀黍已經成熟了。它漸漸乾燥起來，不久就可以磨碎，烘乾，收藏起來。辨尼計算著他今年可以有好收成。山芋籐長得很茂盛，牛豌豆也非常豐富。它們是主要的食糧，再加上一些野味，幾乎每天都是如此。可以有很好的一大堆牛豌豆乾草，供冬季取用。白克士忒家人盼望秋天與霜，那時候就要把山芋掘出來，把閹豬殺了，玉蜀黍磨成粉，甘蔗也榨出來，蔗漿煮出來成為糖漿，家裏就富裕起來，不像這樣貧乏了。吃是夠吃的——就連在現在這最苦的季節——但是不能常換口味，食物也不腴美，缺乏一種儲藏豐富的舒適的感覺。

太陽將一隻沉重的手壓在矮樹林與開墾出的土地上，毫不放鬆。白克士忒媽媽胖大的身體在熱天很受罪。辨尼與喬弟人瘦，手腳俐落，天熱在他們不過覺得越來越不願意迅速地移動，也不願意多動。他們在早晨一同辛苦工作，擠牛奶，餵馬，劈柴，從水潭裏挑水回來，然後就歇息了，一直到晚上。

喬弟意識到草翅膀是不在這裏了。草翅膀活著的時候總和他在一起，在他的思想背景中，是一個友善的人物，他可以在思想中依戀著他——即使不是在實際生活裏。但是小旗一天一天地長得出奇地快，這是夠安慰他了。喬弟認為牠的花點子開始褪去了，那是成熟的徵象，但是辨尼看不出多少變化來。無疑地，牠的智力是增長了。辨尼說在矮樹林中的一切動物中，熊的腦子最大，第二就是鹿了。

白克士忒媽媽說，「這個東西太他媽的機靈了。」辨尼就說，「咦，喬弟媽，你罵出這樣的野話來，不難為情嗎？」他向喬弟眨了眨眼睛。

小旗學會了把門上的門閂抽出來，到房屋裏面來，白天晚上無論什麼時候，只要牠沒有被關起來。牠用頭去撞喬弟頭上的一隻羽毛枕，把它撞下地去，滿房子拋擲著，直到它破了為止，因而接連有許多天，羽毛飄到每一個角落裏，一盤餅乾布丁裏忽然有羽毛出現，卻不知道從哪裏來的。牠開始與兩隻狗玩耍。老裘麗亞太莊嚴了，至多不過在牠用前腳觸摸她的時候，搖搖尾巴。但是利普嗚嗚吼著，繞著圈子，假裝要捉牠，小旗就狂奔著，把腳後跟踢得老高，甩著牠愉快的尾巴。牠最喜歡和喬弟玩。他們扭打著，比賽猛力用頭撞擊，又並排賽跑，白克士忒媽媽終於抗議，說喬弟長得像一條黑蛇一樣瘦了。

十二

九月的第一個星期是像枯骨一樣地枯焦乾燥，只有蔓草仍舊在那裏長著。那天氣是整個夏天最酷熱的，然而有一種模糊的變化，彷彿那些草木感覺到一個季節的逝去與另一個季節的來臨。辨尼說，一切生物都很難找到食物。春天與夏天的漿果與野生的鶇莓，都早已沒有了。野梅樹與小山楂已經有好幾個月都沒有果子可以給鳥獸吃。浣熊與狐狸把野葡萄籐的皮都剝光了。

秋天的果實還沒有熟，像番瓜與苦莓與柿子。松樹的松子，橡樹的橡實，扇形棕櫚葉的漿果，都要到第一次霜降的時候才可以吃。鹿在那裏吃那些嫩花葉，香月桂樹與挑金孃的花苞，鐵絲草的嫩枝，池塘裏與草原上生的慈菇的嫩尖，多汁的百合花莖與托子。牠們吃這一類的食物，所以總是停留在卑濕的地方，泥沼裏，草原上，與海灣中突出的高地上，牠們難得走過白克士忒島，在那些鬆濕的地方很難獵獲牠們，辨尼在一個月內只打到一隻週歲的公鹿。

白克士忒家的人焦慮地看著九月的月亮的方位。當上弦月出現了的時候，辨尼喊他的妻兒來看。那一鉤銀色的月亮差不多是垂直地掛在空中。他非常喜悅。

「我們不久就會有雨水了，一定的，」他告訴他們，「如果那月亮是橫的，它就會把雨水推出去，我們就沒有雨了。可是你看它，一定會下得那樣大，你只要把衣裳晾出去，上帝就會替你洗。」

他是一個好的預言家。三天之後一切的徵象都表示要下雨，他和喬弟打了獵回來經過杜松泉，聽見那些鱷魚在那裏吼叫。一羣白色的海鳥飛了過去，辨尼用手擋住眼睛上的陽光，不安地望著牠們的後影。

他向喬弟說，「這些海鳥不該經過佛洛利達州，我很不放心，這是壞天氣的兆頭，如果我說『壞』，那是真壞。」

喬弟覺得精神向上一提，就像那些海鳥一樣。他愛暴風雨，它壯麗地長驅直入，將全家人都關在房屋裏面，非常安適。工作是不可能的，他們一同坐在那裏，那雨像擂鼓似地打著那屋頂上用手工劈出的木瓦。他母親脾氣很好，替他用糖漿做糖果，辨尼說故事。

他說，「我盼望這是個真正的颶風。」

辨尼轉過身來鋒利地責備他。

「你快不要盼望這樣的事。颶風把田裏長的東西吹倒了，把水手淹死了，把樹上的柳丁刮下來。在南邊，孩子，它連房子都給拆了，直截地殺人。」

喬弟溫馴地說，「我不再盼望這樣了，可是風和雨總是好的。」

「好吧，風和雨，那又是一回事。」

那天晚上的日落很奇異。日落的時候，天上不是紅的，而是綠的。太陽下去之後，西方變成灰色的，東方充滿了一種光，是嫩玉蜀黍的顏色。辨尼搖搖頭。

「我很不放心，看上去非常不懷好意。」

然而次日早晨是晴朗的，雖然東邊天上是血紅的。辨尼費了一早晨的時間修理那燻房的屋頂。他到水潭去把喝的水挑回來，去了兩次，把一切可以用的水桶都裝滿了。在上午十一點鐘模樣，天空變成灰色的，此後就一直如此。一絲風都沒有。

喬弟問，「是不是有個颶風要來了？」

「我想不是的。但是反正有個什麼東西要來了，這樣子不對。」

在下午三四點鐘的時候，天空變得這樣黑暗，雞都自動回到雞籠裏去了。喬弟把屈克西與那小牛趕進來，辨尼提早擠牛奶。他把老愷撒趕到畜舍裏去，把剩下來的最後的一點乾草叉了一大把，擱在牠的槽裏。

辨尼說，「把雞窠裏的蛋拿出來，我要進屋去了。你快一點，不然你要碰上它了。」

幾隻雞都不在生蛋，畜舍的窠裏只有三隻蛋。喬弟爬到那用玉蜀黍幹搭成的格子裏面，那有條紋的老石鴿在那裏生蛋，窠裏有兩隻蛋；他把五隻全都放在他的襯衫裏面，開始向房屋走去。他不像他父親那樣著急。忽然之間，在那假黃昏的寂靜中，他驚慌起來了。有個巨大的吼聲從遠處發出來，是那風。他非常明顯地聽見它從東北來，就像是它踏在龐大的腳掌上奔了來，它經過的時候，巨掌拂著樹梢。它彷彿一口氣跳過了那塊玉蜀黍田。它噓噓叫著，擊中那院子裏的樹木，桑樹的枝條俯伏在地下，漿果樹脆弱的樹枝吱吱格格響著。它在他頭上經過，嗤嗤做聲，像許多高飛的雁的翅膀。松林嗚嗚吹著口哨，雨跟著來了。

剛才那陣風是高高地在頭頂上。這雨是一堵堅實的牆，從天空一直砌到地上。喬弟直砸到那牆上去，就像他是從極高的地方衝著它跳下來。他繼續用一隻手臂托著蛋，另一隻手臂遮著臉，倉皇地跑進院子。小鹿在那裏等候著，顫抖著，牠的尾巴掛下來，潮濕而扁平，牠的耳朵也往下垂著。牠跑到他跟前，想躲在他後面。他繞著房子跑過去，跑到後門口，小鹿跳縱著緊跟在他後面。廚房的門閂上了。風與雨那樣猛力地向門上吹打著，他無法把門拉開來。他捶打著那厚厚的松木板。有那麼一剎那的工夫，他以為在那喧囂中屋裏一定聽不見他，他與那小鹿會給丟在外面淹死了，像小雞一樣。然後辨尼從裏面拔出門閂，把門推開來，推到風雨中。喬弟與小鹿竄了進去。喬弟站在那裏直喘氣，他擦掉眼睛裏的水。那小鹿眨著眼睛。

辨尼說，「是誰盼望刮大風的？」

喬弟說，「如果這樣快就能夠如願以償，那我一定要小心，不敢亂盼望了。」

白克士忒媽媽說，「你現在馬上去把這些濕衣裳換下來。你進來以前不能夠把那小鹿關起來嗎？」

「來不及，媽。牠淋濕了，又害怕。」

「好吧——只要牠不搗亂。」

雨在屋頂上擂鼓似地打著。風在屋簷下嘘嘘吹著哨子。老裘麗亞躺在地板上，在小鹿的近旁，暴風雨是像喬弟所希望的一樣舒適安樂。他私下盼望過一兩個星期再來一個，辨尼時而從窗戶裏向外面的黑暗中張望著。

「雨真大，可以淋死一個癩蛤蟆。」

晚餐很豐富，有牛豌豆與燻鹿肉餅與餅乾布丁。無論什麼事，只要它勉強可以說是一樁大事，都激動白克士忒媽媽，使她特別多做些菜，就彷彿她的幻想只能夠用麵粉與酥油來表現。她自己親手餵了小旗一點布丁，喬弟暗暗地覺得感激，幫她洗淨擦乾晚餐的盤子。

第二天早晨，他發現辨尼在準備著冒著風雨出去給屈克西擠奶，那是現在暫時唯一的一件必要的工作。那傾盆大雨，絲毫都沒有小。

白克士忒媽媽說，「你識相點，還是進來吧，不然你要得肺炎死了。」

喬弟說，「讓我去。」但是辨尼說，「那風會把你刮走了，孩子。」

他望著他父親矮小的骨格向前傾著，頂著那暴風前進，他覺得他們兩人之間論大小，論健壯，都沒有多大分別。辨尼又回來了，濕淋淋的，透不過氣來，葫蘆瓢裏的牛奶濺上一點點的雨水。

他說，「幸虧我昨天挑了水來。」

那一天從早到晚都是一樣地風雨交作，那雨成大片地落下來，風吹著它，從屋簷下打進來，白克士忒媽媽用鍋子與葫蘆瓢接雨水。在下午五六點鐘，辨尼又去給屈克西擠奶，餵愷撒，給牠喝水，並且餵雞；雞都擠在一起，非常害怕，不能夠在地下抓爬著捉蟲吃。白克士忒媽媽逼著他馬上換下他的濕衣裳。衣服在火爐邊冒出熱氣來，烘乾了，發出濕布的香甜的黴味。

晚飯不大豐富，一家很早就上床睡覺了。黑暗來得特別早，早得不成話，也無法知道鐘點。在平常的日子大概是天明前一個鐘頭，喬弟醒來了。這世界是黑暗的，雨仍舊在下著，風仍舊在吹著。

辨尼說，「今天早上雨會停一停的。這是個連吹三天的東北風，沒錯，不過這場雨可下得真大。我要是看見出太陽可真高興。」

太陽沒有出來，早晨雨並沒有停。在下午三四點鐘，雨下得更大了。它嘩嘩地倒下來，就像是杜松溪與銀穀溪與喬治湖與聖約翰河全都同時兜底傾潑在那矮樹林上。風勢並不比以前更猛烈，但是有時候突然來一陣狂風。而它永遠沒有完的時候，刮風，下雨，刮風，下雨，刮風，下雨。

辨尼在廚房裏來回走著。他說，「我爹曾經說到一八五幾年有一個暴風雨非常厲害，可是我估計著佛洛利達州的歷史上從來沒有過這樣大的雨。」

一天天地過去了，毫無變化。在第五天上，辨尼與喬弟奔到豌豆田裏去，扯下一些牛豌豆，夠吃一兩頓的。豆子都倒了。他們背對著雨與風，把整個的豆籐都拔出來。他們彎到燻房裏去，拿出一塊鹽漬肉。豆莢外面已經黴了，但是裏面的豌豆仍舊是堅實的，好的。晚餐又是一個盛筵。

第六天的早晨完全與其他的早晨一樣。既然他們反正是要淋得稀濕的，辨尼與喬弟脫了衣服，只穿一條袴子，拿著口袋到田地裏去。他們在那傾盆大雨中一直工作到正午，把那滑溜溜的豆莢從矮叢上扯下來。他們進來吃了一頓匆忙的飯，又出去了，也沒有換衣服。他們把田地的大部份都走遍了。辨尼說乾草是完全損失了，但是他們要盡他們的能力搶救豌豆。

第七天的早晨也可能就是第一天的早晨，早飯後，辨尼帶喬弟到玉蜀黍田裏去。玉蜀黍被暴風雨吹折了，莖被打倒在地下，但是玉蜀黍穗沒有被損害。他們收集它們，把它們也帶到廚房裏，那溫暖乾燥的安全處所。

白克士忒媽媽說，「我還沒有把豌豆烘乾呢。這麼些個東西叫我怎麼樣烘法呢？」

辨尼沒有回答，他走到前面的一間房裏，在壁爐裏生起火來。喬弟出去再拿了些柴來。柴完全濕透了，但是那樹脂豐富的木頭被烘熱了一會之後，就會燃燒起來。辨尼把玉蜀黍穗散佈在地板上。

他向喬弟說，「這是你的事：不停地把它換來換去，讓它都能夠稍微得到點熱氣。」

白克士忒媽媽說，「甘蔗怎麼樣？」

「都吹折了，一片平地。」

「你估著山芋怎麼了？」

他搖搖頭。在下午五六點鐘他到山芋田裏去掘了些出來，夠晚上吃的。山芋正在那裏開始腐爛，有的削掉一些還可以吃。晚餐又彷彿很奢侈，因為有山芋。

辨尼說，「要是到了明天早上還是這樣，我們不如丟開手，乾脆躺下來死了吧。」

喬弟從來沒有聽見他父親說過這樣灰心的話，它使他混身冰涼。小旗漸漸表現出食量缺乏的影響了，牠的脅骨與脊骨都可以看得見，牠常常咪咪叫著。

在半夜裏，喬弟醒了過來，彷彿聽見他父親在那裏走動著。他似乎覺得雨勢不那樣猛烈了。他還沒能夠確定知道，就又睡熟了。他在第八天的早晨醒來。有一點異樣，寂靜無聲，而不是喧囂。雨停了，長風也靜下來了。石榴花顏色的一種光，從那灰色的潮濕的空氣中濾過。

辨尼打開了所有的門窗，把門窗大敞著。

「外邊那世界也沒什麼好，出去也沒什麼可看的，」他說，「可是我們全都出去吧，我們應當覺得感激，總算還有個世界在那裏。」

兩隻狗在他旁邊擠過去，並排跑了出去。辨尼微笑了。

「該死，簡直像《聖經》上，從方舟裏出去，」他說，「那些畜生一對一對的——奧莉，來跟我一塊兒出去。」

喬弟跳來跳去，與那小鹿一同跳下台階。

「我們是那兩隻鹿。」他喊著。

白克士忒媽媽向田野上望過去，又開始哭泣了。但是喬弟覺得那空氣是涼爽，甜潤，慈和的。那小鹿也和他有同樣的感覺，在那院子的大門上一縱縱了過去，腳後跟迅速地一閃。這世界被洪水破壞了，但是它畢竟是——就像辨尼說的，他一直這樣提醒他的妻——他們所有的唯一世界。

十三

接連兩個星期，辨尼忙著救護農作物。山芋在那裏腐爛著，如果不掘出來，就完全損失了。喬弟每天工作很長的時候，挖掘山芋。他必須要小心，把那隻芋叉插進去相當深，不要太近芋床的中心。然後他小心地舉起來，就可以叉住一大堆山芋，不會碰傷它們。山芋全都掘了出來之後，白克士忒媽媽把它們攤在後面走廊上，盡可能地晾乾它們，貯藏起來。它們一個個都得要看過，要拋棄掉不止一半。把爛的一頭切掉了，與那些沒長好的小山芋放在一起，擱在一邊餵豬。

牛豌豆乾草是完全毀了。它已經差不多熟了，在水裏泡了一星期，長了黴，一大片攤在地下，只有剝了殼的豌豆是他們搶救下來的唯一的一部份。在水災的三星期之後，一連過好幾個晴天，辨尼拿著他的鐮刀到鯔魚草原子——他現在稱那地方為鯔魚草原——割了些沼地的草，把它晒乾了收起來。

「在艱難的日子裏，這也是好糧草。」他說。

十四

到了十一月裏，白克士忒家的人知道今年冬天的野味是沒有多少指望了，也可以揣測到那些肉食的野獸是怎樣一個情形。鹿死掉許多，只剩下一小部份。從前有十來隻成羣地在開墾出的土地的邊緣上覓食，現在只有一隻孤獨的公鹿或母鹿從籬笆上跳過去，到那牛豌豆田裏尋找食物，而找不到；鹿變得大膽起來，把鼻子在那舊山芋床上拱著，找尋人家沒有發現的小山芋。

一切可吃的野獸，鹿與火雞，松鼠與鼴，都這樣稀少，打一天的獵都可能一點收穫也沒有。那些不友善的野獸也損失慘重，起初辨尼以為這該是有益的，哪知立刻就可以很明顯地看出，那結果只是使那些剩下來的兇手更加饑餓，更加奮不顧身，因為牠們自己的食物來源減少了。他開始為家裏的幾隻閹豬著起慌來，白克士忒媽媽也同意了，認為最好把豬殺了，不要再等下去了。一共八隻閹豬，都燒煮起來。那天的晚餐是一席盛筵，很久以後都覺得那頓飯實在奢侈。房屋背後的花園裏不久就會有捲心菜了，那開墾出的土地上處處都會生出野芥菜。將要有醃肉，可以與它們配搭著做菜，也可以和剝了殼的風乾牛豌豆一同燒煮。豬油渣可以夠做好幾個月的豬油渣麵包。白克士忒家今年過冬可以對付過去了。燻房裏裝滿了東西，野味即使缺少也不太嚴重了。

玉蜀黍沒有多大損失，就連在那一直在田裏淋雨的玉蜀黍穗也都無恙。喬弟每天費許多鐘點在那石磨上磨玉蜀黍粉。推著那頭頂上的槓杆轉著圈子一個鐘頭一個鐘點這樣推下去，那是單調的，然而並不是不愉快的，喬弟把一隻高高的樹根拖上來，他背脊疲倦了的時候就坐在上面，休息休息，同時也換換花樣。

他向他父親說：「我想心思差不多全是在這裏想的。」

辨尼說，「我盼望你多用腦子，因為這次發大水，把你的一個老師也弄掉了。傅賴司忒家本來跟我商量好了，今年冬天我們兩家合夥請一個老師來住在這裏，教你和草翅膀。草翅膀死了的時候，我還盤算著是可以安上捕機捉些野獸，弄點現錢，獨力聘請老師。可是現在那些畜生這樣少，皮子又這樣壞，不行了。」

喬弟安慰地說，「那不要緊，我現在已經有很多的知識了。」

「小夥子，這正證明了你沒有知識。我真不願意讓你長大成人而什麼都不知道。你今年只好將就些，就靠我把我知道的一點東西教給你。」

這情形不但是他樂於接受的，簡直太好了。辨尼會開始教他讀書，或是做算術，然後他們兩個連覺都沒覺得，他已經會岔開來，講起故事來了。喬弟繼續磨玉蜀黍，心情很輕快。小旗走上來了，他停下來，讓那小鹿舐那廢渣洞口的粗粉。

小旗漸漸膽大起來了，有時候跑到那矮樹林裏，一去一兩個鐘頭。沒法把牠關在棚屋裏，牠學會了踢倒那鬆鬆的板牆。白克士忒媽媽表示她相信（其實只是因為她希望這樣）這小鹿漸漸野性發作了，總有一天會失蹤的。喬弟現在甚至是聽見這樣的話都不發愁了。他知道那小鹿也和他一樣感到心神不寧。小旗不過是感覺到牠需要舒舒腿。到牠四周的世界上去探險，他們完全互相瞭解。他也知道小旗漫遊著走開去的時候，不過是繞著圈子，從來不走得太遠，以至聽不見喬弟叫牠。

十五

第一次的濃霜是在十一月底。開墾出的土地北端的一棵高大的山胡桃樹上的葉子變得像牛油一樣黃。蘇合香樹是黃紅相間的，房屋對面，路那邊的橡樹林紅通通的，像露營的火光一樣鮮明。日子一天天地來了，涼潤而爽脆，烘暖了，使一切都愉快地慢下來，然後又冰一冰它。白克士忒家的人晚上坐在前面的一間房裏，第一次生起壁爐來。

白克士忒媽媽說，「好像不能相信，又是烤火的時候了。」

喬弟肚子貼在地下，趴在那裏，向火焰中瞪視著。是在這裏面，他常常能夠看見草翅膀的西班牙人。他瞪著眼睛，等著那火焰恰正移上一根叉開的木頭，就可以毫不費事地想像一個騎在馬上的人，披著一件紅斗篷，戴著一個發亮的盔。那景象從來不能維持多久，因為那些柴騷動起來，那根木頭跌落下去，於是那西班牙人又騎著馬馳去了。

他問，「西班牙人從前是不是披著紅斗篷？」

辨尼說，「我不知道，孩子。現在你該看出來一個老師多麼有用處了。」

白克士忒媽媽驚奇地說，「他怎麼會想起來的，問這些事情？」

他翻過身去側身臥著，伸出一隻手臂搭在小旗身上。那小鹿躺在那裏睡熟了，腿壓在肚子底下，像一隻小牛一樣，白尾巴在睡眠中一牽一牽地搐動著。小鹿晚上在他們吃過晚飯以後耽在房屋裏面，白克士忒媽媽並不介意。甚至於牠睡在喬弟的寢室裏，她也眼開眼閉，因為至少那時候牠不會闖禍。她彷彿認為牠應該是在這裏的，她對牠抱著一種挑剔的不關心的態度，就像她對於那兩條狗一樣。牠們在外面，睡在房屋下面。在苦寒的夜裏辨尼把牠們也領進來，這並不是必要的，而是因為他喜歡與別的生物分享他的舒適。

白克士忒媽媽說，「你丟一根柴在火上，我看不大清楚這條縫子。」

她把辨尼的一條冬天的袴子改小了給喬弟穿。

她說，「你要是又打算照你今年春天長得那樣快，我就快要把你的袴子改小了給你爹穿了。」

喬弟笑出聲來，辨尼假裝生氣了。然後他的眼睛在火光中閃爍著，他瘦削的肩膀顫動著，他也大笑起來了。白克士忒媽媽夷然地坐在搖椅上一搖一搖。她每次說個笑話，他們總是都非常高興。她脾氣好起來，家裏完全兩樣了，就像是寒冷的夜間在壁爐裏生上火一樣。

辨尼說，「你曉得，我想今年冬天不會太冷。」

喬弟說，「我喜歡冷，可惜就是要送柴進來。」

「看上去彷彿今年冬天好過。我們總算還好，今年的收成和肉，比我早先打算的好得多。也許現在可以透過一口氣來了。」

白克士忒媽媽說，「也該讓我們透口氣了。」

「是啊，老餓神今年在別處打主意。」

那天晚上，時間漸漸地過去，大家都沒有再說話。沒有聲音，只有那壁爐裏的火嗤嗤響著，辨尼吸著烟斗，噴烟的聲音，拍和著白克士忒媽媽的搖椅在地板上「吱——拍，吱——拍」的響聲。有一次有一個噓噓的巨聲在房屋上面經過，像松林裏驟然起了一陣風，野鴨在向南方飛去。喬弟抬起頭來望著他父親，辨尼將他的烟斗的管子向上指了指，點點頭。喬弟是因為他太舒服了，懶得開口，不然他很想問牠們是那一種野鴨，牠們到哪裏去。如果他能夠知道這些事情，像他父親知道得一樣清楚，他以為他不學算術與單字拼法也可以過得去了。他喜歡那本讀本，它大部份都是講故事，可沒有辨尼的故事好——從來沒有一個故事及得上辨尼的——然而無論如何，總是故事。

十六

麻鷸到南方來了，牠們每年冬天從喬治亞州來。老的是白色的，有彎曲的長喙；小的，春天才孵出來的，是灰棕色。小麻鷸非常好吃，缺少新鮮肉的時候，或是白克士忒家的人吃厭了松鼠的時候，辨尼與喬弟騎著老愷撒到鯔魚草原去，開鎗打下半打來。白克士忒媽媽把牠們像火雞一樣地烤出來，辨尼賭咒說味道比火雞還要香些。

工作是輕鬆的，喬弟與小旗在一起消磨掉許多時間。那小鹿現在長得非常快，牠的腿是細長的。喬弟有一天發現牠的淺色斑點——鹿的幼年的標誌——已經消失了。他立刻檢驗那光滑堅硬的頭，看有沒有長角的跡象。辨尼看見他在那裏尋找著，忍不住要笑他。

「你當是真會有神佛顯靈，孩子。牠一直到夏天，頭上都會是光禿禿的。牠要到週歲的時候才有角。那時候那角是小的尖戳戳的。」

喬弟初次感覺到一種滿足，牠使他充滿了一種溫暖的懶洋洋的驚異之感。他差不多天天拿著他的鎗與彈藥袋，與小旗一同到樹林裏去。橡樹的葉子不紅了，而是一種腴美的棕色。天天早上有霜。

十七

到了正月底，天氣又暖和起來了。在春天真正到來之前，也許還會有霜，或者甚至於結冰。但是這幾天暖洋洋的天氣是春天的前鋒。有些田地種早收的東西，辨尼把這幾塊地先耕出來。他把柏克在他被響尾蛇咬了病倒的時候，替他開墾出的新地也翻了一翻，他決定了要試著種一點棉花，賣了拿點現錢。北面的高地附近的低地要種烟草。他把苗床預備好了，在房屋與葡萄棚之間。現在牲口只剩下一個老愷撒，一個屈克西，他決定少種牛豌豆，多出來的田地種玉蜀黍，不過總是不夠。雞不夠吃的，閹豬也養不胖，白克士忒家他們自己的玉蜀黍粉在夏末秋初的時候就吃完了，都是因為玉蜀黍不夠多。田地上沒有一樣東西比它更重要。喬弟幫他把一整個冬天積下來的肥料從畜舍裏運出去，散佈在那多沙的田畝上。他計劃著到了三月初——春天的第一隻怪鴟叫起來的時候——就要把地收拾好了，苗床都給預備好了，隨時可以播種。

白克士忒媽媽苦苦抱怨著說她一直想要一個苗床種生薑，別人個個都有。河那邊小舖的老板娘曾經答應她，隨時她準備種的時候，可以給她薑根。辨尼與喬弟把那苗床預備好了。他們在房屋旁邊掘下去四呎深，墊上絲杉的條板。他們從西南方搬運了些黏土來填進去。辨尼答應她，他第一次到河上去做交易的時候，就把薑根帶回來。

十八

在二月裏，辨尼有一個時期風濕病發作，瘸得很厲害。這病已經有好幾年了，它在寒冷或是潮濕的天氣裏總是給他許多麻煩。他從來也不肯當心避免受寒，想幹什麼就幹什麼，覺得這件事是必須要做的，就去做，不管天氣怎樣，也不替自己省力。白克士忒媽媽說，幸而這不是農忙的季節，他趕著這時候病倒了也好。

他父親閑著，喬弟就去做那些輕鬆的工作，而且不時地劈柴，不讓它斷檔。他有一件事情鼓勵他使他加緊工作，因為工作做完了以後，他就自由了，可以和小旗一同出去漫遊。辨尼甚至於容許他把那支鳥鎗帶去。沒有他父親在一起，他若有所失，然而他很喜歡單獨打獵。他和小旗自由自在地在一起。他們最喜歡到水潭那裏去。有一天他去汲取供食的水，小旗和他一同去，他們無意中在那裏發明一種遊戲。那是一種瘋狂的捉人遊戲，在那大綠碗的峻峭的山坡上跑上跑下。小旗玩著這遊戲是無敵的，因為在喬弟爬上巔頂一趟的時間內，牠可以在一邊上上下下六次。牠發現了對方無法捉到牠，就輪流地採取兩種態度，或是故意捉弄人，使喬弟疲於奔命，或是使用一種詭計——這更使牠感到滿足，也更能博取對方的歡心——故意地讓牠自己被俘獲。

在二月中旬的一個溫暖的晴天，喬弟從水潭的洞底向上面望去。小旗高高地站在上面，成為一個黑色的剪影。他有那麼一剎那的工夫覺得很驚異，以為那是另一隻鹿。小旗這樣大了——他沒有看出牠長得多麼快。打了來作為食物的許多週歲的小鹿並不比它更大。他興奮地回家去找辨尼。辨尼坐在那廚房的壁爐邊，裹著棉被，雖然那天天氣很暖和。

喬弟衝口而出地說，「爸，你估著小旗差不多是個週歲的鹿了嗎？」

辨尼以一種嘲弄的神氣望著他。

「我近來自己也這樣想著。再過一個月，我想牠就是個週歲的鹿了。」

「那時候牠有些什麼不同的地方？」

「唔，牠會跑到樹林裏去耽著，去得更長久些。牠會長大許多。牠站在兩樣東西中間，就像一個人站在兩州的分界上，牠正在那裏離開這個，變成那個。牠後面是小鹿。牠前面是公鹿。」

喬弟向空中瞪視著。「牠會不會長角？」

「大概在七月前頭看不見牠長出角來。現在那些公鹿正在那裏褪角。牠們整個的春天都是頭上光禿禿的。後來在夏天裏那尖角就長出來了，到了配對的季節牠們又有全副的角了。」

喬弟細心地檢驗小旗的頭，他撫摸牠額上堅硬的邊緣。白克士忒媽媽走過，手裏拿著一隻鍋。

「媽，小旗就快是隻週歲的小鹿了。媽，牠頭上長出小角來不漂亮麼？牠的角一定漂亮的，你說是不是？」

「牠就是戴著個皇冠我也不會覺得牠漂亮。再長出天使的翅膀也沒用。」

他沒有堅持這一點。小旗現在反正再好些也是越來越丟臉了。牠學會了從牠頸項上套著的繩圈裏溜出去。如把繩子抽緊了使牠無法溜脫，牠就用一隻小牛用來反抗束縛的同樣的策略，牠用力掙著，直到牠的眼睛突出來，呼吸也堵噎住了；要救牠那條蠻橫忤逆的命，就非放了牠不可。而牠自由的時候，就鬧得天翻地覆。無法把牠關在棚屋裏。牠會把它齊根鏟了。牠是野性的，鹵莽的。只有當喬弟也在旁邊，可以隨時應付牠的時候，他們才容許牠到房屋裏面來。小旗並且也不像從前牠是個小鹿的時候，願意睡很長的時間，現在牠晚上越來越不安靜了。白克士忒媽媽抱怨說，她曾經屢次聽見牠在喬弟的房間裏或是前面的房間裏輕輕地跳來跳去。喬弟造了一個很合理的謊話，說是屋頂的老鼠，但是他母親很懷疑。也許小旗那天下午在樹林裏睡了一覺，因為這一天夜裏牠離開了它那青苔鋪的床，推開了喬弟的寢室裏那扇搖搖晃晃不牢固的門，在整個房屋裏漫遊著。喬弟被他母親的一聲刺耳的銳叫驚醒了。小旗把牠潮濕的鼻子湊到她臉上去。將她從熟睡中驚醒了。喬弟趁她還沒來得及大鬧起來，趕緊把那小鹿從前門悄悄地送了出去。

「這下子可完了，」她大發脾氣，「這東西白天晚上都不給我太平。現在不許牠進屋了，隨便什麼時候都不許進來，再也不許進來了。」

辨尼起初一直置身在這論爭之外。現在他在他床上開口說話了。

「你媽是對的，孩子。牠長得太大了，太不安靜了，不能耽在屋子裏。」

喬弟回到床上去，躺在那裏睡不著覺，想著小旗不知道冷不冷。他認為他母親不講理，不應當反對那清潔柔軟的鼻子湊到她自己的鼻子上。他睡熟了，緊緊抓住他的枕頭，假裝那是小旗。

在早晨，辨尼覺得好些了，可以穿上衣服在田地四周一蹺一拐地走著，撐著一根手杖。他四面都走遍了。他回到房裏後面來，他的面色很嚴肅。他把喬弟叫到他身邊來。小旗在那烟草苗床上來回踐踏過。那些嫩苗幾乎就可以種出去了，牠把它們差不多毀壞了一半，剩下的只夠種平常的那一塊地，供給辨尼自用。不能照他計劃的那樣，賣了賺錢，賣給伏盧西亞的波耶司老板。

「我並不是想小旗是成心使壞，做下這樁事情，」他說，「牠不過是來回跑著，這塊地是一樣東西，可以在上頭跳——不過是這樣。哪，你去在苗床上嫩秧中間，處處都豎起木樁來，苗床四周豎起木樁，不讓牠再踏壞剩下的這些。其實我早就該這樣做的，可是我從來沒想到牠會到這塊地方來頑皮。」

辨尼的明理與仁慈反而比他母親的憤怒更使喬弟感到悒鬱。他黯然地轉過身去做那件工作。

辨尼說，「哪，既然這不過是湊巧出了這樁事情，我們就不要告訴你媽吧。剛趕著這時候給她知道，不大好。」

喬弟一面工作著，一面努力想著可有什麼方法不讓小旗闖禍。牠那些搗亂的法子，喬弟大都認為只是伶俐可愛，但是這次破壞苗床是嚴重的。他十分覺得這樣的事決不會再發生了。

十九

三月來了，具有一種涼爽而晴朗的華麗。黃色的茉莉花開得晚，蓋滿了籬笆，使田地上充滿了它的芳香。桃樹開了花，野梅花也開了。紅鳥整天地歌唱，而牠們晚上唱完了歌的時候，模仿鳥就繼續唱下去。鴿子造了窠，彼此咕咕叫著，在墾地的沙上走來走去，像振動著的影子。

辨尼說，「像這樣天氣，我就是死了，也會坐起來留神看它的。」

夜裏曾經下過一陣小雨，那霧的日出表示在天黑以前還要下一場雨。但是那早晨本身是亮瑩瑩的。

「對老玉米正合適，」辨尼說，「對棉花正合適，對烟草正合適。」

整整的一星期內不停地栽種。種了玉蜀黍與棉花之後，又種牛豌豆。種了牛豌豆之後又種山芋。房屋背後的菜園種下了洋蔥與蘿蔔，因為那兩天晚上是月黑夜，根類農作物必須在那種時候栽種。辨尼每天一早起身，做到很晚才歇，他毫不容情地奴役自己。栽種這件事本身是做完了，但是他並不滿足。他心裏火燒火辣地急於要做春天的工作，因為天氣的情形有利於這些工作，而這一年的生計完全倚賴目前的成績。他一次又一次地從水潭那裏挑著那兩隻沉重的桶，滿裝著水，來灌溉那烟草秧與菜園。

柏克．傅賴司忒在那新開墾的地裏——現在種著棉花的地方——留下了一個樹根，讓它在地裏爛掉，他討厭它。他在四周挖掘著，砍著斬著，然後他把牽馬車的鏈條鈎在它上面，讓老愷撒拉它。那老馬拉著、掙著，兩邊的脅骨一起一伏，辨尼把一根繩子套在那樹根上，向愷撒喝吆著，與牠一同扯著。喬弟看見父親的臉色變白了。辨尼伸手去抓著他的腰胯，身體往下一沉，跪到地下。喬弟向他奔去。

「不要緊的，我一會就好了——大概我使岔了勁了——」

他彎腰曲背，痛得直不起身子來。喬弟扶他坐到樹根上。從那裏他總算能夠爬到愷撒背上。他向前俯伏著，把頭擱在愷撒的頸項上，抓緊了馬鬃。喬弟解下了那牽馬車的鏈條，把馬從田地裏牽出去，穿過大門到院子裏來。辨尼一動也不動，不像要下來。喬弟搬出一隻椅子來給他站在上面，可以分兩級走下來。辨尼溜到椅子上，然後到地上，爬進房屋。白克士忒媽媽正在廚房桌子跟前工作著，她回過頭來，手裏的鍋嘩喇一聲響跌落地上。

「我早知道有這樣一天的！你把自己攪得受了傷！你從來不知道歇手。」

他一步拖一步地走到床前，臉朝下向床上一倒。她跟了過來，幫他翻過身來，墊了個枕頭在他頭底下。她把他的鞋子扯下來，給他蓋上一條薄棉被。他鬆快地伸直了兩條腿，他閉上了眼睛。

「這真好——呵，奧莉，這真好——我一會就好了。我一定是使岔了勁了——」

辨尼沒有痊癒。他躺在那裏病著，很苦痛。白克士忒媽媽要喬弟騎馬去請威爾遜醫生，但是辨尼不許他去。

「我已經欠了他債了，」他說，「我馬上就會好的。」

喬弟覺得不安。然而辨尼總是不斷地遇到小小的意外——他總想用他那矮小壯健的身體做十個人的工作。沒有一樣東西能長期地傷害辨尼，就連一條響尾蛇也弄不死他，他安慰地想著。

辨尼病倒之後不久，喬弟進來報告說玉蜀黍長起來了。秧苗是完美的。

「那好極了！」

那枕頭上的蒼白的臉發出愉快的光輝。

「哪，我萬一要是起不來，那就正要找你這樣的一個人去把它耕出來。」他皺起了眉頭。

「孩子，你也跟我知道得一樣清楚，你無論如何不能讓那小鹿跑到田地裏去。」

「我一定不讓牠去，牠一點也沒有攪擾什麼。」

「那很好，那好極了，可是你決不要讓牠去，要非常小心。」

夜裏下了一場小雨。早晨喬弟到玉蜀黍田裏去——是辨尼叫他去看那玉蜀黍經過這一場雨是不是長得高些了，有沒有生出糖蛾的徵象。他跳過木闌干，開始出發，穿過那田地。他已經走了好幾碼的路才想起來，他應當看見那玉蜀黍的淡綠色的秧苗。一根也沒有，他感到困惑了。他再走得遠些，看不見什麼玉蜀黍。一直等到走到田地的盡頭，才有那一根纖細的芽出現。他沿著那一排排畦往回走。小旗的尖銳的足跡很明顯，牠大清早去拔起那玉蜀黍，就跟用手拔的一樣整潔。

喬弟害怕起來了。他在田地裏逗留希望會有一個奇蹟發生，他一轉背，那玉蜀黍就又出現了。他拖著遲重的腳步回到房屋裏去。辨尼叫他，他來到寢室裏。

「喂！孩子，莊稼怎麼樣？」

「棉花長起來了。看樣子很不錯，是不是？」他的熱心是假裝出來的，「牛豌豆從地裏鑽出來了。」

「老玉米呢，喬弟？」

他的心跳動得像蜂雀的翅膀一樣快。也咽了口唾沫，冒險縱身跳下去。

「不知道什麼東西把它吃掉了一大半。」

辨尼沉默地躺在那裏，他的沉默也是一個可怕的噩夢。最後他說話了。

「你看不出是什麼東西幹的事？」

他向他父親望著。他的眼睛是絕望的，懇求著的。

辨尼說，「不要緊。我叫你媽去看，她看得出來。」

「不要叫媽去！」

「遲早要知道的。是小旗幹的，是不是？」

喬弟的嘴唇顫抖著。

「我估著——是的，爸。」

辨尼憐憫地望著他。

「我很對不住你，孩子。我一大半也早已料想到牠會這樣的。你去玩一會。叫你媽到這兒來。」

「不要告訴她，爸。請你不要告訴她。」

「不能不讓她知道，喬弟。哪，去吧。我打算盡我的能力幫你的忙。」

他跌跌撞撞走到廚房裏。

「爸叫你，媽。」

他到房屋外面去，他喚著小旗，顫聲地。那隻鹿從橡樹林中出來，來到他跟前。喬弟沿著那條路往下走，一隻手臂搭在牠背上。雖然牠犯了罪，他只有更愛牠。小旗把腳後跟踢得高高地，邀請他和牠一同跳躍玩耍。他沒有心踢玩，他緩緩地走著，一直走到水潭邊，它像春天的花園一樣可愛。山茱萸花還沒有開完，它最後的白色的花朵，映襯在那淡淡的蘇合香樹與山胡桃樹上。他甚至於都不想繞著它走一圈。他轉過身來向房屋走去，進了屋。他母親與父親還在那裏說話。辨尼叫他進來，站在床旁邊。白克士忒媽媽的臉漲得紅紅的，她因為失敗了，所以忿怒。她的嘴唇閉得緊緊的成為一條線。

辨尼安慰地說，「我們商量好了，喬弟。這樁事情是糟極了，可是我們來試著想想辦法。我想你總是願意特別辛苦地幹活，把事情辦好。」

「我什麼事都肯做，爸。我去把小旗關起來，一直等糧食都收割了再放牠出來。」

「我們哪有一個地方關得住這個野東西。哪，你聽我說。你現在去到糧草架上去拿老玉米，揀最好的穗子，你媽會幫你把它們剝出來。這以後你就去把它種下去，就像我們從前那樣種法，就種在那第一批放下去的地方。像我一樣地挖出一個個的洞，挖好了洞你再走回頭，把種子丟進去，蓋起來。」

「我知道怎樣種。」

「等你做完了這個，大概要到明天早上，你把愷撒套在貨車上，到那邊那從前開墾出的一塊地裏——朝傅賴司忒家裏走，在那條路轉彎的地方。你把那兒那舊木柵拆下來，把木樁裝在貨車上。你得要走多少趟就走多少趟。把木樁堆在這裏，順著我們的柵欄一直堆到那邊去。你最初裝來的幾車，你把它倒在那邊，沿著玉蜀黍田的南邊，沿著東邊，靠近家裏的院子。這以後你就造起柵欄來——先造那兩邊——看你有多少木樁，夠造多高就造多高。我注意到你那小鹿總是從這一頭跳過柵欄去。如果你能夠在這兒攔住牠，牠也許暫時不會進去，一直等你整個地造好了。」

喬弟彷彿覺得他曾經被關在一隻小黑盒子裏，而現在那蓋子掀開了，太陽與空氣都進來了，從他身上照過吹過，他自由了。他吹口哨到糧草架那裏去，選出那穀粒最大的玉蜀黍。他把它裝在一隻口袋裏，拿到後門。他在台階上坐下來，開始剝殼。他母親來了，在他旁邊坐下來。她的臉是一隻嚴冷的面具。她拾起一堆玉米，就工作起來。

拖曳那些造柵欄的木樁，運上車去，再搬運下來，喬弟做夢也沒想到要費那麼長的時間。做到一半的時候，還彷彿是一個無窮無盡的任務，一個毫無希望的任務。在他開始造木柵之前，玉蜀黍已經要長出來了。每天早上他恐懼地尋覓那淺色的苗。每天早上他心裏一鬆，發現它們還沒有露面。他每天在天明前的黑暗中就起來了，一直要工作到落日。由於睡眠不足，他眼睛下面有黑圈。辨尼沒有得閒替他剪頭髮，頭髮蓬鬆地掛下來，戳到眼睛裏面。在晚飯後他的眼皮濛濛地闔下來，他母親叫他去拿柴進來，他也並沒有怨言，雖然她可以很容易地自己在白天把柴拿進來的。辨尼留神看著他，心裏感到他痛苦比他腰胯間的脫腸還更痛得厲害。有一天晚上他把喬弟叫到床前。

「我看見你做工做得這樣辛苦，我覺得很得意，孩子，可是就連那小鹿——雖然你這樣看重牠——你也不值得為牠送了命。」

喬弟頑強地說，「我不會送命的。你摸摸我的筋，我現在漸漸地力氣大得很了。」

辨尼摸了摸那瘦削堅硬的手臂。是真的，舉起木樁，拋擲木樁，有規律的，沉重的。這使他的手臂與肩背上的肌肉發達起來了。

在第四天早晨他決定開始在小旗常玩的這一頭築起木柵來，那麼如果他還沒有做完，玉蜀黍就長出來了，小旗不會給他一個措手不及。他甚至於打算晝夜地把牠的腿縛在一棵樹上，讓牠去踢，讓牠去掙扎跳躂——如果必須的話——直等到木柵造好了為止。他發現那工作進行得很迅速，使他心裏一鬆。在兩天內，他把南面與東面的柵欄造到五呎高。白克士忒媽媽看見那不可能的事居然實現，她也心軟下來了。在第六天的早晨，她說，「我今天沒有事做，我來幫你把那柵欄再加高一呎。」

「呵，媽。你這好媽媽——」

「不用把我摟得死緊的，氣都透不過來。從來沒想到居然有這股子勁，能夠像這樣做工。」

她很容易就氣喘起來，但是那工作本身，雖然辛苦，並不太重，因為現在那輕巧的木樁兩頭都有一雙手托著。堆在角落裏的木樁足夠把那柵欄造得比六呎高出許多——辨尼說六呎就夠高了，可以攔住那小鹿了。

那天晚上喬弟發現那玉蜀黍衝破了地面。在早晨他試著給小鹿套上一個足枷，他把兩隻後腿用繩子拴在一起，中間留下一呎的地位讓牠自由活動；小旗發狂似地弓著背飛縱起來，踢著，把自己投擲在地下。牠跌倒了，雙膝跪在地下，牠瘋狂地戰鬥著，如果不放了，顯然牠會折斷一條腿。喬弟割斷了繩子，放牠走了。牠狂奔著到樹林裏去了，去了一整天沒回來。喬弟猛烈地工作著，造那西邊的柵欄，因為那小鹿自由地進攻，在南面東面受到阻礙的時候，這該是牠最合邏輯的進攻線。白克士忒媽媽在下午幫了他兩三個鐘頭的忙。他用完了他堆在西面北面的木樁。

連下了兩場雨，玉蜀黍又長高了，有一吋多高了。在那天早上，喬弟正準備好了，要回到從前開墾出的那塊地去，再搬運一些木樁來，他走到那新造的高木柵那裏，爬到頂上去眺望那田地。他一眼看見小旗，在那裏吃那北面高地附近的玉蜀黍。他跳了下來，叫他母親。

「媽，你肯不肯去幫我運木樁？我非得趕快不可。小旗從北面的一頭進來了。」

她匆匆地和他一同出來，爬上木柵，爬到可以向內張望的高度。

「什麼北面的一頭，」她說，「牠就在這兒在最高的一個犄角，跳過了柵欄。」

他低下頭去看她指著的那塊地方。那尖銳的足跡向那柵欄走去，然後在柵欄那一邊又出現了，在那玉蜀黍田裏面。

「把這輪莊稼也吃了。」她說。

喬弟瞪著眼睛看去，那嫩苗又給連根拔出來了。一行行的畦都是光禿禿的，那小鹿的足跡在那一行行之間來往得很整齊。

「牠沒有走多遠，媽。你看，那邊玉蜀黍還在那裏，牠只吃了這邊的一點點。」

「唔，可是誰又攔得住牠隨時回來吃完它？」

她把手一鬆，落到地下去，遲鈍冷漠地走回房屋裏去。

「這下子再也沒的可說的了，」她說，「我從前壓根就不該鬆口的，真是個傻子。」

喬弟緊緊偎在那柵欄上。他是麻木的，他無法感覺，也無法思想。小旗聞到了他的氣味，舉起牠的頭來，跳躍著向他跑過來。喬弟爬了下來，回到院子裏。他不要看見牠。他正站在那裏，小旗一跳跳過了他辛苦造成的高柵欄，輕飄得像一隻飛翔著的模仿鳥。喬弟轉過身來背對著牠，走進屋去。他走到他的房間裏，倒在床上，把他的臉埋在枕頭裏。

他預料到他父親會叫他。這一次辨尼與白克士忒媽媽談話的時間並不長。他預料到有一件不祥的事情將要發生，它尾隨在他後面已經有許多天了。但是他沒有預料是這樣一件不可能的事情。他沒有預料到他父親的話。

辨尼說，「喬弟，凡是能夠做到的事全都做到了。我真覺得難受，我再也沒法告訴你，我多麼難受。可是我們不能讓我們一年的收成都給毀了，我們不能夠大家都挨餓。你把那小鹿帶到樹林裏去，把牠拴起來，開鎗打死牠。」

二十

喬弟順著腳向西方走去，小鹿跟在他旁邊。他把辨尼的鳥鎗扛在他肩膀上，他的心跳著，停了，又跳起來。

他輕聲說，「我不幹，我就是不幹。讓他們打我，讓他們殺了我，我不幹。」

他在幻想中和他母親與父親談話，他告訴他們倆他恨他們。他母親憤怒地詈罵著，辨尼不做聲。他在腦子裏和他們戰鬥著，直到精疲力盡為止。他在那廢棄了的開墾出的土地上停下來。還剩下一小截柵欄，是他還沒有拆下來的。他倒在一棵古老的漿果樹下的草叢中，久久地抽噎著。直到他抽噎不出為止。小旗用鼻子來推推他，他就抓緊了牠。他躺在那裏喘氣。

他說，「我不幹，我就是不幹。」

他站起來的時候覺得眩暈，他倚在那漿果樹粗糙的樹幹上，它正在開著花，蜜蜂在樹上嗡嗡飛來飛去，香氣甜甜地浮在春天的空氣中。他自己覺得慚愧，因為他白費了時間在哭泣上。這不是哭的時候，他需要思想。他需要用腦子解決困難，就像辨尼遇到危險的時候一樣。

他想到奧利佛．赫托。奧利佛一定肯幫助他的，但是奧利佛航海到中國去了。他想到傅賴司忒家的人。柏克會幫助他的，但是柏克又能怎樣呢？突然有一種思想來到他腦子裏，就像是尖利地刺了他一下。他覺得他能夠忍受與小旗分離，如果他知道這小旗還活在這世界上某一個地方。他可以想著牠，活潑潑的，頑皮的，把牠那旗子似的尾巴豎得高高地，歡愉地。他要去找柏克，向他哀求。他要向柏克提起草翅膀，盡說草翅膀，說得柏克的喉嚨哽咽住了。然後他要他用貨車把小旗載到傑克生鎮去，小旗將要被人帶到一個寬闊的公園裏，人們到那裏去看各種野獸。牠跳來跳去，有許多東西吃，有一隻母鹿陪牠，人人都讚美牠。他——喬弟——將要自己種植農作物賣錢，他一年去看小旗一次。他要省下錢來，將來自己弄一個地方，然後他要把小旗買回來，於是他們住在一起。

興奮的狂潮淹沒了他全身。他轉過身來，離開了那塊開墾出的土地，沿著那條路走上去，到傅賴司忒家去，他的希望使他心神一爽。不久，當他搖搖擺擺走上了傅賴司忒家的那條常青橡樹下的小徑，他搖得精神完全恢復了。他跑到那房子那裏，跑上台階。他在那開著的門上敲了兩下，然後走進去。房間裏除了傅賴司忒老爹與媽媽之外沒有別人，他們一動也不動坐在他們的椅子裏。

他喘息著說，「你們好？柏克在哪裏？」

傅賴司忒老爹把那乾枯的頸項上的頭緩緩地轉過來，像一隻甲魚一樣。

「你好久沒來了。」他說。

「柏克在哪裏，請你告訴我。」

「柏克？他們弟兄們統統騎著馬到坎忒基去了，去買馬賣馬。」

「在農忙的時候？」

「農忙的時候也是做買賣的時候。他們寧可做買賣，不願意耕田。他們想著他們做買賣賺的錢可以夠我們買糧食的，」那老人吐了口痰，「大概是可以賺點錢。他們丟下些糧食，堆著些柴。我們什麼都不缺，等到四月裏他們總有一兩個要回來的。」

「四月——」

他呆鈍地轉過身，要走出門去。

「來陪我們坐著，孩子。我替你做飯吃，葡萄乾布丁，呃？你和草翅膀總愛吃我的葡萄乾布丁。」

「我得要走了，」他說，「我謝謝你。」

他又轉過身來。

他絕望地衝口而出地說，「你要是有一隻小鹿吃掉了老玉米，你怎麼著也攔不住牠，你爸爸叫你去開鎗打死牠，你怎麼辦？」

他們呆呆地望著他，眼睛一眨一眨。傅賴司忒媽媽格格地笑了起來。

傅賴司忒老爹說，「那我就去開鎗打死牠。」

他知道他沒有解釋清楚。

他說，「譬如這是你心愛的小鹿，你愛牠就像你們大家愛草翅膀一樣。」

傅賴司忒老爹說，「愛和老玉米是兩樁事，一點也不相干。你不能讓一個東西吃掉田裏的收成。除非你們家有像我們這樣的兒子，有別的辦法混飯吃。」

傅賴司忒媽媽說，「就是你去年夏天抱到這裏來，叫草翅膀給牠取名字的那隻小鹿？」

「就是牠，小旗，」他說，「你不能留下牠嗎？草翅膀一定會留下牠的。」

「我們也沒有再好些的辦法養牠，也跟你一樣。牠也不會耽在這裏的，再也留牠不住的。一隻週歲的鹿，四哩地真不當回事了。」

他們也是一堵石牆。

他說，「好吧，再見。」就走了。

他要自己帶著小旗走到傑克生鎮去。他四面尋找一樣東西來做一根繩套在它頸項上，可以牽著牠。他用他的小刀費勁地切斷一根葡萄籐。他把一截葡萄籐套在小旗的頸項上，向東北出發。小旗起初馴服地給牽著走，然後牠對於這束縛漸漸不耐煩起來了，扯著掙著。

為了要情願跟他走，他竭力逗哄著那週歲的鹿，這把他磨得精疲力盡。最後他放棄了，把那葡萄籐鏈條卸下來。然後小旗故意地嘔人，反而甘心情願地走著，從來不跑出他的視線外。在下午，喬弟發現自己非常疲乏，那疲乏是由於饑餓而產生的。他沒吃早飯就離開了家，他那時候一心只想走。饑餓、悲苦，與那強烈的三月的太陽晒在他頭上，使他昏昏地像吃了迷藥一樣，他倒下身睡著了。他醒來的時候，小旗不見了。他整個下午跟著牠的足跡走，那足跡在矮樹林中走出走進，然後回到那條路上，均勻地繼續向家中走去。

沒有別的辦法，只有跟了去。他太疲倦，也不能再往下想了。他在天黑之後走到了白克士忒島。廚房裏點著一根蠟燭。兩隻狗到他跟前來了，他拍拍牠們，使牠們安靜下來。他靜悄悄地徐徐走近前去，向裏面張望著，晚飯已經吃完了。他母親坐在燭光中，縫著她那無窮無盡的一件件需要補綴的東西。他正在不能決定進去不進去，這時候小旗突然狂奔著穿過那院子。他看見他母親抬起頭來聽著。

他匆匆地溜到燻房那邊去，低聲喚著小旗，那週歲的鹿到他跟前來了。他蹲伏在角落裏。他母親走到廚房門口，打開那扇門，一道光橫躺在那沙上。門關上了，他等了很久，一直等廚房裏的燈光熄滅了。他給她充份的時間上床睡覺，然後偷偷地走到燻房裏面去，找到那剩下的燻熊肉。他割下來，又硬又乾，但是他湊在上面咀嚼著。他渴想著那冷的熟食，那一定是擱在廚房的紗櫃裏，但是他不敢進去拿。他覺得自己像一個陌生人，一個賊。他抱了一大捆晒乾的沼澤草，就在那畜舍裏做了一個床鋪。他在那裏睡了一夜，小旗睡在他旁邊，在那寒冷的三月的夜間，不大夠暖和。

他在日出之後醒了，四肢僵硬，心裏很悲苦。小旗不在那裏了。他不情願回去，但是沒法不向房屋走去。在大門口他聽見他母親的聲音，提高了喉嚨憤怒地詈罵著，她發現了那支鳥鎗——他昨天把它倚在那燻房的牆上，她發現了小旗。她也發現那小鹿已經充份利用了早晨的時間，不但吃了一大片玉蜀黍芽，而且把牛豌豆也吃了一大部份。他無法可施地走到她面前去，承受她的怒氣。他低著頭站在那裏，讓她罵。

她終於說，「你到爸那兒去。總算這一次他是站在我這一邊。」

他走到寢室裏面，他父親的臉是眉蹙嘴歪的。

辨尼溫柔地說，「你怎麼沒照我說的那麼做？」

「爸，我實在不能夠，我做不出來。」

辨尼把頭向後一仰，靠在枕頭上。

「你過來，到我跟前來，孩子，喬弟，你知道我盡了我最大的力量替你保存你那小鹿。」

「是的，爸。」

「你知道我們靠我們田裏的收成過日子。」
「是的，爸。」
「你知道天底下再也沒那麼個辦法可以攔住那野性的小鹿，不讓牠破壞。」
「是的，爸。」
「那麼你為什麼不做那非做不可的事？」
「我不能夠。」
辨尼沉默地躺著。
「叫你媽到這兒來。你到房間去，把門關起來。」
「是的，爸。」
服從簡單的命令，似乎使他的痛苦緩和了些。
「爸說到他那兒去。」
他走到他的房間裏，關上了門。他坐在他床沿上，扭絞著他的手。他聽見低低的語聲，他聽見腳步響，他聽見一聲鎗響。他從房間裏跑出去，跑到那敞開著的廚房門口。他母親站在台階上，那支鳥鎗冒著烟，拿在她手裏。小旗在柵欄旁邊躺在地下跳滾。
她說，「我並沒想讓那畜生受苦。我打不準，你知道我不行。」
喬弟跑到小旗身邊。那週歲的鹿把身體向上一抬，站在那三隻好腳上，跌跌撞撞走了開去，就像那孩子本人也是牠的敵人。牠流著血，因為一隻前腿被打斷了。辨尼掙扎著下床，他在門口蹲了下去，跪在一條腿上，緊緊抓住了支撐身體。

他喊著，「我要是能夠我就去幹這樁事了，我實在站不起來——你去結果了牠，喬弟。你非得把牠弄死不可，不要讓牠再痛苦下去了。」

喬弟跑回來，把那支鎗從他母親手裏奪過來。

他銳聲叫著，「你們故意這樣，你們一直恨牠。」

他掉過來攻擊他父親。

「你對我說話不算話，是你叫她幹這個的，我恨你。我盼望我這輩子再也不會看見你了。」

他追趕著小旗一面跑，一面嗚咽。

辨尼喊著，「你攙著我，奧莉。我站不起來——」

小旗在痛苦與恐怖中用三隻腿奔跑著，牠兩次跌倒在地下，喬弟趕上了牠。

他銳聲叫著，「是我！是我！小旗！」

小旗像打鼓似地甩動牠的腿，掙扎著站了起來，又跑開了。血不停地涓涓流出來。那週歲的鹿跑到那水潭邊上。牠搖晃了一會，然後倒了下去。牠沿著那斜坡滾下去，喬弟跟在牠後面跑來，小旗躺在池邊。牠張開水汪汪的大眼睛，轉過眼來望著那孩子，帶著一種目光鈍滯的驚奇的神氣。喬弟把鎗口壓在那光滑的頸項背後，扳了扳鎗機。小旗顫抖了一會，然後就躺著不動了。

二十一

喬弟沿著那條到蓋次炮台的路向北面走去。他的步伐是呆板的，就彷彿除了兩條腿，沒有一樣東西是活的。他離開了那死的小鹿一看都沒敢看牠。什麼都沒有關係，要緊的是要離開這裏；沒有地方可去，這也沒有關係。過了炮台他預備乘著渡船過河。他的計劃現在清晰起來了，他是要到傑克生鎮去。他是要航海去，像奧利佛·赫托一樣。

到傑克生鎮最好的辦法是乘船。他最好立刻到河邊去，他需要一隻船。他記起一隻沒人要的獨木舟，他和辨尼曾經坐著它渡過鹽泉溪。一想到他父親，就有一把鋒利的小刀刺破了他寒冷的麻木，然後那創口又凍結了起來。他預備在那小河上順流而下，到喬治湖，然後向北面划到那大河裏。

他在鹽泉那裏轉了彎。他口渴，把腳踏在那淺水裏走過去，俯身湊到那冒泡的泉水裏喝著。鯔魚在附近跳著，青色的蟹急急地橫行著。在那泉水下面他找到了那獨木舟。

他把它拉到岸上來，戽出船底的水。一直泡在水裏，使它漲大了，船底不會漏水。船頭上有些裂縫，漏進水來。他把他襯衫上的袖子撕下來，扯成一條條，填塞住那些裂縫。他走到一棵松樹下，用他的小刀刮下樹脂，把它從外面揉進去。

他把那獨木舟推到溪裏去，拾起那斷了的槳，開始向下游划去。他不大會划，拙手笨腳的，潮流把他送到對岸又送回來，老是折來折去。

他到了小河盡頭的時候，太陽已經快下山了。那小河流入大喬治湖的一個寬闊的湖灣。在南面，離這裏不遠，伸出一個砂嘴，是乾燥的土地。他划到那陸地那裏，跨上岸去，把那船拉上去。他在一棵常青橡樹下坐了下來，倚在樹幹上，向那空曠的水面上瞪著眼望過去。他曾經希望他在小河的盡頭也許會碰見一隻大河的船。他看見一隻向南方航行，但是它遠在湖心。

太陽落到樹梢下面去了。他死了心，不再希望天黑以前喚住任何船隻。他收集青苔，給他自己在橡樹下做了一隻床鋪，陸地與水中都注滿了黑暗，一隻貓頭鷹在他近旁的叢林中叫著，他打寒戰了。夜風騷動著，吹上來很寒冷，要是生個火就好了。辨尼即使沒帶他的火絨牛角筒也能夠生火，像印第安人那樣，但是他從來沒學會這個。如果辨尼在這裏，就會有熊熊的火，有溫暖與食物與舒適。他並不害怕，他不過是覺得淒涼。他哭著哭著，終於睡熟了。

太陽照醒了他，在蘆葦裏咭咭呱呱叫著的紅翅膀的黑鳥也吵醒了他。他站了起來，覺得軟弱而眩暈。現在他得到了充份的休息之後，他知道他是餓了。一想到食物，簡直痛苦得如同受酷刑。一陣陣的痙攣像許多火熱的小刀戳在他肚子上。他開始有狂熱的幻象，看到白克士忒家日常的伙食。他看見一片片火腿，熱氣騰騰的，棕色的，油滴滴地浸在原汁裏，他嗅到那香味。他看見黃褐色的餅乾，外皮黝暗的玉蜀黍麵包，滿滿的一碗牛豌豆，裏面浮著一方塊一方塊的白醃肉。他嗅到油煎松鼠，那氣味那樣明確，使他嘴裏湧唾涎。他嚐到屈克西的乳汁的溫暖的泡沫。他可以和兩隻狗打架，爭奪牠們那一鍋冷粗粉與肉汁。饑餓原來是這樣的，當他母親說「我們都要挨餓了」的時候，她就是這個意思。當時他聽見這話，他笑了，因為他以為他知道饑餓是什麼樣的，而它微微帶著一點愉快的性質。現在他知道那只是胃口好。而挨餓完全是另外一樁事，這東西是可怕的，它有一個大肚子包圍著他，有利爪耙過來他心肝五臟。他努力抑制住一種新的恐慌。他再往前走，不久就會有一座小屋或是漁人的露營，他告訴他自己。他要老著臉討飯，然後再繼續前進。世上沒有一個人會拒絕給另一個人食物。

他整天沿著湖岸向北方划去，在下午五六點的時候，他看見前面樹叢裏有一個小屋，他抱著很大的希望朝裏划過去，划到它跟前，是一個空屋。他偷偷地在裏面徘徊著，像一隻饑餓的浣熊或是鼬。在一個灰塵滿積的架子上有些洋鐵罐，但都是空的。他在一隻罐子裏找到一些發霉的麵粉，約有滿滿一杯。他把它加上水，攪和出來，吃了那粉糊。就連他餓得這樣，也覺得它毫無滋味的，但是它使他肚子裏的疼痛停止了。

第二天早晨，他找到一些去年的橡實，松鼠埋在地裏的，他狼吞虎嚥地吃了它們。他覺得昏昏欲睡，他幾乎不能強迫自己拿起槳來。如果他不是順著潮流走，他想他簡直無法再向前進行了。他整個上午沒有划多遠。在下午，有三條船在河心經過。他站起來揮動雙臂，大聲喊叫著，他們不理會他的呼喊。當他們走遠了，看不見了的時候，他雖然不願意哭，一陣陣的啜泣撕毀了他。他決定離開河岸，划到河心去，攔住下一隻船。風息了，水是平靜的。水面上反映出的耀眼的日光燒炙著他的臉與頸項與裸露的手臂。那太陽是灼熱的，他的頭一陣陣震動著。他眼睛前面輪流地出現許多黑點子與一上一下跳動著的金色的球。一種稀薄的嗡嗡聲在他耳朵裏哀鳴著，那嗡嗡聲突然斷了。

他睜開眼睛的時候，只知道天黑了，他正被人抱起來。

一個男子的聲音說，「把他放在那邊的舖位上，他病了，把他的獨木舟拴在後面。」

喬弟向上面望著。他躺在一個架床上，這一定是那郵船。一隻燈在牆上閃爍著，一個男子俯身湊在他跟前。

「你怎麼了，孩子？我們在黑暗裏差一點把你撞翻了。」

他想回答，但是他的嘴唇腫著。

一個聲音在上面喊著，「給他點東西吃，看怎麼樣。」

「你餓吧，孩子？」

他點點頭，現在那船在移動著。艙中那男子在那船上燒飯的火爐前面叮噹作響。喬弟看見一隻厚厚的杯子伸到他面前來，他豎起頭來，拚命地去抓住它。那杯子裏裝著冷湯，濃厚而油膩。喝了一兩口，一點滋味也沒有。然後他嘴裏出了津液，把整個的心身都伸出手來要它，他貪饞地急急朝下嚥，竟被一些小塊的肉與洋山芋噎住了。

那男子好奇地問，「你有多久沒有吃東西了？」

「我不知道。」

「嗨，船長，這孩子連他上次什麼時候吃的東西都不知道。」

「多多地給他吃，可是慢慢地餵他。不要給他太多了，不然他要把我的艙位吐髒了。」

那杯子又回來了，還有餅乾。他努力約制自己，但是那人一次次地餵他，有時候中間等得太長久了，他就顫抖起來。第三杯比第一杯不知好多少，然後一種懶洋洋的感覺爬到他身上來，他深深地呼吸著。那搖盪著的燈使他的眼睛跟著它來回動著，他閉上了眼睛。

那小汽船停了，使他醒了過來。他起初有一剎那以為他是在那獨木舟裏，跟著潮水漂流著。他站了起來，揉揉他的眼睛。他望望那船上燒飯的火爐，記起那湯與餅乾，他肚子裏的疼痛已經消失了。他爬下很少的幾級樓梯，來到甲板上。天快亮了。他們正在把那只郵件袋卸到一個埠頭上。他認得那是伏盧西亞城。那船長轉過身來對著他。

「你差一點送了命，小夥子。你住在哪裏？」

「白克士忒島。」

「從來沒聽見這條河裏有個白克士忒島。」

大副開口說話了。

「那不是一個真的島，船長。是那矮樹林裏的一個地方。從這裏沿著那條路上去大概有十五哩遠。」

「那麼你要在這裏下船，孩子。你家裏有人嗎？」

喬弟點了點頭。

「他們知道你在哪裏？」

他搖搖頭。

「逃出來的，呃？我要是像你這麼個瘦精精大眼睛的小混蛋，我就老實點蹲在家裏。除了你家裏的人，誰也不會管你的事的，像你這樣小的一個孩子，連襯衫的底襟都不知道塞在袴子裏面。把他抱下去擱在碼頭上。」

筋肉壯健的手臂把他舉起來放下去。

「把他的獨木舟解了纜。抓住它，孩子。我們走吧。」

汽笛嗚著，邊輪攪動著。那郵船「啜啜啜」向上游開去，那潮流牽扯著那獨木舟。他的手臂扳住它，覺得疲倦起來。那陌生人的腳步聲沿著那條路上去，漸漸消失了。沒有地方可去，只有白克士忒島。

他並沒有計劃，就向西方走去，也沒有別的方向可去。白克士忒島像一個磁石似地吸引著他，除了那塊開墾出的土地之外沒有一件實在的東西。他繼續向前跋涉著，他不知道敢不敢回家去。大概他們不會要他了，他給了他們許多麻煩。也許他要是走到廚房裏去，他母親會把他趕出去，像她把小旗趕走一樣。他對於任何人都沒有用處，他溜來溜去，玩耍，任性地大吃。他們一直容忍著他的莽撞與他的貪饞。而小旗將這一年的生計破壞了一大半。他們幾乎一定是會覺得，他們沒有他要安逸得多。他們不會歡迎他。

他在路上徘徊著，太陽很強烈。冬天已經過去了，他模糊地想著現在一定是四月了。春天已經接收了那矮樹林，鳥都在矮樹叢中配對，歌唱。快到晌午，他在大路與朝北的路的交叉點停下來休息。這裏的低矮草木曝露在太陽的熱力下。他的頭開始痛起來，他站了起來，朝北向銀谷走去。他告訴他自己並不打算回去。他只想到那泉水那裏去，朝那四周的涼爽黑暗的崖岸之間走下去，在那流泉裏躺一會。

往東面去，草木繁茂起來了，附近有水。他循著小路走下去，向銀谷走去。他口渴得舌頭彷彿黏在他上顎上。他跌跌撞撞從崖岸上走下去，倒在那陰涼淺水邊，喝著水。那水在他嘴唇上鼻子上冒著泡。他一直喝得他肚子漲得多大的，他覺得難受，翻過身去朝天躺著，閉起眼睛來。他躺在那裏，疲倦得昏昏沉沉的。他不能前進，也不能退後。有一樣東西結束了，而並沒有新的開始。

在下午四五點鐘，他清醒過來了。他坐了起來。一朵早開的玉蘭花，白蠟似的，正在他上面。

他想，「這是四月了。」

一個回憶激動了他。一年前他曾經到過這裏來，那天天氣溫和柔媚；他曾經在那小河的水裏潑潑濺濺地走過來，就像現在這樣躺在羊齒草與野草叢中。曾經有一樣東西非常精緻可愛，他替自己做了一隻小水車。他站起來走到那地方去，心跳得很快。他覺得如果他找到了它，同時也就會找到其他一切的消失了的東西。那小水車沒有了，那洪水把它沖走了，把它的一切愉悅的旋轉都沖走了。

他倔強地想，「我再來給自己做一個。」

他砍了小樹枝來做柱子，熱狂地削著。他從一片扇形棕櫚葉上切下一條條來，製成他的槳片。他把幾根直柱埋在溪底的泥裏，讓那槳片旋轉起來。上去，翻過來，下來。上去，翻過來，下來。那小水車在旋轉著了，銀色的水一滴滴落下來。但是它不過是一條條的棕櫚葉拂著水，那動作裏面沒有魔力，那小水車失去了它慰藉的力量。

他說，「小孩玩的洋娃娃——」

他一腳把它踢散了。那碎片浮在溪水上，順流而下。他倒在地上。辛酸地啜泣著。無論在哪裏都得不到安慰。

有辦尼在那裏，一陣思家的感覺沖洗著他全身；見不到他——這件事突然成為不可忍受的。他費力地爬起來，爬上岸去，開始沿著那條路向那塊開墾出的土地跑去，一面跑一面哭。他父親也許不在那裏，他也許死了。收成給毀了，他兒子也走了，他也許在絕望中把東西裝捆起來，搬走了，再也找不到他了。

他抽噎著，「爸——等我。」

喬弟離開家裏還有半哩遠，黑暗已經趕上了他。就連在黃昏中，地區的標誌也仍然是熟悉的。那塊開墾出的土地上高高的松林可以認得出來，比那一步步爬過來的黑夜更黑些。他開了大門，走進院子。他繞著房屋的一邊走過去，來到廚房的階前，跨上台階。他赤著腳，靜悄悄地徐徐走到窗前，向裏面張望著。

壁爐裏生著火，快熄滅了。辨尼傴僂著坐在爐邊，裹在棉被裏，一隻手遮住他的眼睛。喬弟走到門口，卸下門閂，跨進門去。辨尼抬起頭來。

「奧莉？」

「是我。」

辨尼回過頭來向他驚奇地望著，他說，「喬弟？」

他到他父親跟前來，站在他旁邊。辨尼伸出手來握住他的手，把它翻過來，用兩隻手合在它上面緩緩地搓著。

「孩子——我差一點當你不回來了，你沒事吧？」

他點點頭。

「你沒事——你沒死，也沒走，你沒事。」他臉上充滿了一種光輝，「謝天謝地。」

這使人不能相信，喬弟想，他要他。

他說，「我非回家不可。」

「當然你得要回來的。」

「我說那話是有口無心。說恨你——」

那光輝迸裂了成為那熟悉的微笑。

「當然你是有口無心。當我是一個小孩的時候，我說話也像一個小孩。那紗櫥裏有吃的東西，那邊那隻鍋裏也有，你餓嗎？」

「我只吃過一次東西，昨天晚上。」

「只吃過一次？那現在你知道了。老餓神——」他的眼睛在火光中發亮，就像喬弟想像的一樣，「老餓神——他的一張臉比老八字腳還要刁惡，是不是？」

「真可怕。」

「那兒有餅乾，你打開那一罐蜜，葫蘆瓢裏應當有牛奶。」

喬弟在那些盤碟之間拙手笨腳地搜尋著。他站在那裏吃，狼吞虎嚥。他把手插到一盤燒熟的牛豌豆裏，把豆子抄起來送到嘴裏去。辨尼呆呆地望著他。

他說，「我覺得很難受，吃苦才學乖。」

「媽在哪兒？」

「她趕著貨車到傅賴司忒家去換點老玉米種子來，她想再來種點，她把雞帶了去跟他們換。她難受極了，覺得非常沒面子，可是她不能不去。」

喬弟把那櫥門關了起來。

辨尼說，「我很想知道你上哪兒去的。」

「我到河上去的，我想去航海去。」

「唔。」

他裹在那條棉被裏，看上去非常小，縮小了。

喬弟說，「你身體怎麼樣，爸？你好了些嗎？」

辨尼望著壁爐裏的餘燼，望了許久。

他說，「不如告訴你實話吧。我不中用了，差不多都不值得費一顆子彈打死我。」

喬弟說，「等我把這兒的事做完了，你一定得讓我去把老醫生給你請來。」

辨尼仔細打量著他。

他說，「你這次回來兩樣了，你吃過苦頭了，你現在不是隻週歲的小鹿了。喬弟——」

「噯，爸。」

「我要跟你談談，大家都是男子漢，有話可以直說。你想著我對你說話不算話，哪，有一樁事情是每一個人都應當知道的，也許你已經知道了。那並不光是我，並不光是你的小鹿非得給殺掉。孩子，生命往往說話不算話。」

喬弟望著他父親，他點點頭。

辨尼說，「你已經看見世界上的事情是怎樣的。你已經知道人是下流、嗇刻的。你已經看見老死神怎樣玩手段，你也曾經跟老餓神在一起混過。人人都想要生命是個好東西，一個安逸的東西。它是好的，孩子，非常好，可是它不是安逸的。生命把一個人打倒在地下，他站了起來，它又把他打倒了。

「我曾經想要你覺得生命是安逸的，比我從前安逸些。一個人看見他的孩子們跟這世界對抗，真覺得心疼。我總想不要讓你受傷，能保護你多久就保護你多久。我要你跟你那小鹿去玩，我知道你覺得冷清，有了牠你覺得好得多。可是每一個人都是冷清的。叫他怎麼著呢？他給打倒在地下的時候，叫他怎麼著呢？哪，就拿它當作命裏注定的一份兒，照樣往前走。」

喬弟說，「我逃走了我真覺得難為情。」

辨尼坐直了身子。

他說，「你年紀差不多夠大了，可以自己作主了。也說不定你會一心想去航海，像奧利佛·赫托一樣。有些人彷彿天生是該在土地上的，也有人彷彿天生是該在海上的。不過你要是願意住在這裏種我這塊地，我一定很得意。將來有一天我看見你叫人來掘一個井，讓這兒的女人用不著到一個沁水的山坡上去洗衣裳，那我一定很得意。你願意嗎？」

「我願意。」

「拉拉手。」

他閉起他的眼睛來。壁爐裏的火已經燒成了一些紅紅的餘燼。喬弟把它們養在灰裏，那麼早晨準定可以有火。

辨尼說，「我上床稍微要人攙著點，看樣子你媽在那邊過夜了。」

喬弟把他的肩膀托著他的身子，辨尼沉重地倚在上面。他一蹺一拐地走到他床前，喬弟替他蓋上了棉被。

「有你在家裏，就像是有得吃有得喝一樣。去睡去吧，好好休息休息，明天見。」

這話使他周身都暖透了。

「明天見，爸。」

他到他房間裏去，關上了門。他脫下他破爛的襯衫與袴子，爬進那溫暖的被窩。他奢侈地躺在那裏，伸直了他的腿。他早晨一定要早起，擠牛奶，把柴拿進來，做田上的工作。當他在田上做工的時候，小旗不會在那裏和他玩了。他父親不會再擔承較重的一部份工作了。這不要緊，他一個人也可以對付。

他發現他自己在留神聽著沒有某種聲息。他是想聽見那小旗的聲音，繞著房屋跑著，或是在寢室的一角，在牠那青苔的床鋪上動彈著。他再也不會聽見牠的聲音了。他想他母親不知道有沒有在小旗的屍身上蓋上些泥土，不知道那些鵰有沒有把牠吃得乾乾淨淨。小旗——他相信他再也不會愛任何東西，無論是男人是女人還是他自己的孩子，像他愛那小旗一樣。他會寂寞一輩子，但是一個男子漢只拿它當作他應得的一份哀愁，繼續前進。

在他的睡眠的開始，他喊了出來，「小旗？」

那不是他自己的聲音在叫喊著，那是一個孩子的聲音。在某一個地方，在那水潭再過去些，過了那棵玉蘭樹，在常青橡樹下面，一個孩子與一隻小鹿並排跑著，永遠逝去了。

譯後

有一種書，是我們少年時代愛讀的作品，隔了許多年以後再拿起來看，仍舊很有興味，而且有些地方從前沒有注意到的，後來看到了會引起許多新的感觸。看這樣的書，幾乎可以說是我們自己成熟與否的一個考驗。這樣的書不多，像這本《鹿苑長春》就是一個例子。

《鹿苑長春》是一九三九年獲普利澤獎的小說。曾經攝成彩色影片，也非常成功。作者瑪喬麗·勞林斯（Marjorie Rawlings）於一八九六年生於美國華盛頓，她所寫的長篇小說總是以美國南部佛洛利達州偏僻的鄉村為背景，地方色彩很濃厚，書中人物都是當地的貧民，她以一種詩意的傷感的筆調來表現他們，然而在悲哀中常常攙雜著幽默感，當代的批評家一致承認她的作品最精彩的時候確是不可及的，有風趣與溫情，而又有男性的力，強烈的泥土氣息。

談到近人的作品，說「不朽」總彷彿還太早，然而《鹿苑長春》在近代文學上的地位已經奠定了。《鹿苑長春》裏面出現的動物比人多——鹿、響尾蛇、八字腳的老熊、牛、馬、豬——像一個動物園，但是裏面的人物，尤其是那男孩子喬弟，是使人永遠不能忘記的。

那孩子失去了他最心愛的東西，使他受到很深的刺激，然而他從此就堅強起來，長大成人了。我們仔細回味，就可以覺得這不止於是一個孩子的故事，任何人遇到挫折的時候，都能夠從這裏得到新的勇氣。

這故事具有真正的悲劇的因素——無法避免，也不可挽回的。書中對於兒童心理有非常深入的描寫，可以幫助做父母的人瞭解自己的子女。寫父愛也發掘到人性的深處。

它是健康的，向上的，但也許它最動人的地方是與東方的心情特別接近的一種淡淡的哀愁。最後的兩段更是充滿了一種難堪的悵惘，我譯到這裏的時候，甚至於譯完之後重抄一遍，抄到這裏的時候，也都是像第一次讀到一樣地覺得非常感動，眼睛濕潤起來。我相信許多讀者一定也有同感。

張愛玲

國家圖書館出版品預行編目資料

張愛玲譯作選二：老人與海．鹿苑長春 / 張愛玲 著.
-- 二版. -- 臺北市：皇冠, 2021.12
面；公分. --（皇冠叢書；第4995種）
（張愛玲典藏；18）

ISBN 978-957-33-3818-5（平裝）

874.57　　110018024

皇冠叢書第4995種
張愛玲典藏 18

張愛玲譯作選二

老人與海．鹿苑長春

【張愛玲百歲誕辰紀念版】

作　　者—張愛玲
發 行 人—平雲
出版發行—皇冠文化出版有限公司
台北市敦化北路120巷50號
電話◎02-2716-8888
郵撥帳號◎15261516號
皇冠出版社(香港)有限公司
香港銅鑼灣道180號百樂商業中心
19字樓1903室
電話◎2529-1778　傳真◎2527-0904
總 編 輯—許婷婷
責任編輯—張懿祥
美術設計—王瓊瑤
著作完成日期—1969年
張愛玲典藏二版一刷日期—2021年12月
張愛玲典藏二版二刷日期—2022年05月
法律顧問—王惠光律師

讀者服務傳真專線◎02-27150507
電腦編號◎001218
ISBN◎978-957-33-3818-5
Printed in Taiwan
本書定價◎新台幣350元　港幣117元